Rolf Ersfeld
Delphin und Magnolie

Namen und Ereignisse des Romans sind frei erfunden. Ähnlichkeiten oder Übereinstimmungen mit lebenden Personen, Orten oder Institutionen wären rein zufällig.

Originalausgabe 2013
Copyright © 2013 by Rolf Ersfeld
Copyright © 2013 by IL-Verlag (ILV), Basel
Umschlagfoto: © Pitopia, Susanne Guettler, 2009
Umschlagentwurf: © UlinneDesign, Neuenkirchen
Satz: IL-Verlag
ISBN: 978-3905955-51-4

Rolf Ersfeld

Delfin und Magnolie

Roman

Geliebt wirst du einzig, wo du schwach dich
zeigen darfst, ohne Stärke zu provozieren.

(Theodor W. Adorno)

Lilith

Sie sagte es so dahin, aber gerade die Beiläufigkeit, wie etwas unbemerkt aus der Tasche Fallendes, war es, die ihn aufhorchen ließ.
„Bin bis Samstag bei einem Fortbildungsseminar, kaufst du ein?"
„Natürlich", brummte er, „und wo?"
„In der Nähe von Münster, muss nachsehen, wie es heißt."
Scheppernd klirrende Geräusche zerschnitten die Luft, Lilith räumte die Spülmaschine aus, sortierte alles in Schränke oder Schubladen, der Lärm machte jede weitere Unterhaltung unmöglich. Er hasste dieses Küchenkonzert, das sich misstönig grell in seine empfindsamen Ohren fraß, wie Zähne in ihr Opfer und räumte das akustische Schlachtfeld mit dem Sportmagazin in der Hand, das er gerade lesen wollte. Sie schien ihn zu lieben, den aufdringlich hellen Klang von Gläsern oder aneinanderstoßenden Porzellans, den sie in unpassendsten Momenten anstimmte, als Begleitsound zu klassischer Musik, die er sich entspannt zu Gemüte führte oder pünktlich zur abendlichen Tagesschau, um den Sprecher zum lächerlichen Pantomimen zu degradieren und ihn zum fortgeschrittenen Lippenleser. Für sie war er, ebenso wie das rachitische Fauchen des altersschwachen Staubsaugers, Echo dynamischer Kraft, die despotisch im Haushalt waltete und Vertrauen in ihre Stärke vermittelte. Trotz gelegentlicher Bittgesuche, ließ sie in Sachen ‚Geräusche' und ‚Zeiten' jegliche Sensibilität vermissen. Dass Nachbarrecht, mit klaren Regelungen, etwa fürs Rasenmähen, hier nicht galt, empfand er als bedauernswertes Manko, einer Anregung an den Gesetzgeber wert. Hätte wenigstens hinterher

alles seinen ursprünglichen Platz gefunden, weit gefehlt. Jedes Mal erstaunte ihn die kreative Freiheit, die sie sich beim Einräumen nahm, aufs Neue, ließ ihn rätselnd vor Schränken oder Schubladen stehen. Welche Wahl hatte die Räumkür diesmal getroffen? Bei ihm musste schon als Kind alles seine unverrückbare Ordnung haben, klinische Pedanterie nannte sie das.

Vor sieben Jahren hatte er die impulsive Lilith bei einem Faschingsball kennengelernt, zu dem ihn Jan gegen sein Sträuben mitschleppte. Wäre nicht Damenwahl gewesen, hätte es mit Sicherheit keinen Kontakt gegeben, aber so wollte er der mit entwaffnendem Lächeln vor ihm stehenden temperamentvollen jungen Frau in der hübschen Verkleidung eines Musketiers keinen Korb geben. Weder seine bescheidenen tänzerischen Qualitäten, noch das Unterlassen jeglichen Flirtens hatten sie davon abhalten können, den Abend mit ihm zu verbringen, und er ließ sich von ihrem überbordenden Schwung, der witzig ironischen Art gerne mitreißen. „Glückspilz", raunte Jan, als er mit einer wie genmanipuliert wirkenden ‚Biene Maja' vorbeirauschte und ihm aufmunternde Blicke zuwarf. Es ging auf den Morgen zu, als er sich, alkoholumnebelt, von Lilith verabschiedete und ihre Telefonnummer erbat, die sie erst verriet, nachdem er ihr seine gegeben hatte. Schließlich gelte Gleichberechtigung auch in solchen Fällen.

Sie hatte ihm sofort gefallen, ohne Zweifel, ihre forsche Art seine Schwerfälligkeit in Sachen ‚Annäherung' spielerisch überwunden, was er dadurch bestätigt fand, dass sie ihm noch Tage später im Sinn blieb, als fastnächtliche Leichtigkeit längst wieder der Alltagsroutine gewichen war. Wie ein unkündbarer Untermieter bewies sie Sesshaftigkeit in seinen Sinnen, selbst, als er mit Dingen beschäftigt war, die sonst seine ganze Konzentration in Anspruch nahmen. Den Zettel mit ihrer Nummer hatte er mehrmals in der Hand, zögerte es hinaus, sie anzurufen, bis das Bild in seinem Gedächtnis verblassen oder, wie er glaubte, von der Tagesaktualität verdrängt werden würde. So manches hatte sich auf diese Weise von selbst erledigt. Wahrscheinlich hätte sie noch eine Weile als Erinnerung an den beschwingten Abend ‚überlebt', wenn sie sich nicht zwei

Wochen später überraschend mit: „Hier d'Artagnan, der Musketier, erinnerst du dich zufällig?", gemeldet hätte, um ihn wissen zu lassen, dass die Wundmale der vom Tanz geschundenen Zehen gerade abgeheilt seien und sie den Mut aufbringe, sich neue Aktivitäten mit ihm vorzustellen, wobei Tanz nicht erste Priorität haben müsse. Die originelle Begrüßung amüsierte ihn, er beeilte sich, zu versichern, dass er sie ebenfalls anrufen wollte, was an unvorhersehbaren Belastungen gescheitert sei. Kaum ausgesprochen, fand er es selten dämlich und durchschaubar.

„Bist du mit einer Frau zusammen? Dann sage ich gleich ‚schönen Tag, das war's'." Ihre Direktheit hatte Schockierendes und Faszinierendes zugleich, dem er sich nicht entziehen konnte, und das ihn ermutigte, dieselbe Frage zu stellen. Sie lachte glucksend. „Nein, mit einer Frau lebe ich nicht zusammen, aber falls es dich interessieren sollte, auch nicht mit einem Mann."

Einen Sportpark schlug sie als Treffpunkt vor, er wunderte sich, stimmte aber halbherzig zu. Tanzen bliebe ihm jedenfalls erspart. Wie lange war es her, dass er sich zuletzt mit einer Frau verabredet hatte? Auf Anhieb konnte er es nicht beantworten. Des Öfteren hatte Jan ihn ermuntert, sich mit Frauen zu treffen, die er eigens für ihn, den Schwierigen, ‚selektioniert' hatte, wie er es ausdrückte. Nach seinen Schilderungen wäre jede von ihnen der sprichwörtliche ‚Sechser im Lotto' gewesen, aber er war nie auf die inflationären Vorschläge eingegangen, ebenso wie Jan die ‚Millionenchancen' auch selbst nicht in Anspruch nahm.

„Ich versteh dich nicht Micha, siehst passabel aus, bist zwar ein Langweiler, aber intelligent, anständig, kinderlieb, unkündbar ... zig Frauen würden dir zu Füßen liegen, aber du ziehst es vor, als einsamer Wolf zu heulen. Wenn jeder enttäuscht das andere Geschlecht meiden würde, wäre die Welt längst ausgestorben."

Jan, sein Freund, war aus anderem Holz geschnitzt, ein charmant schludriger ‚Bruder Leichtfuß' mit rötlich-blonder Igelfrisur, die aussah wie eine aufgeklebte Bürste, witzig-frecher Klappe, geschäftstüchtig, der Treue auf seine Weise buchstabierte, von Frauen umschwärmt, obwohl sie den unsteten Filou in ihm erkannten, der keine Bindung wollte. „Glaub mir Micha, wenn es nach mir ginge, wüsstest du längst, wie der Kuckuck in die Uhr kommt."

Jan war – wie er – Schalke-Fan, sein Vater so fanatisch, dass er ihn ‚Stan' nennen wollte. „Wieso Stan?" „Libuda, Schalkes schnellen, dribbelstarken Rechtsaußen, verglich man mit dem trickreichen Engländer Stanley Matthews, daher der Spitzname ‚Stan'. Seinetwegen hat mein Vater, begeisterter Libuda-Fan, damals das Plakat der kirchlichen Großveranstaltung in Gelsenkirchen so spektakulär ‚veredelt'."

„Und wie?"

„Das riesige Transparent mit dem Spruch ‚*An Jesus kommt keiner vorbei*', ergänzte er um den Zusatz ‚*außer Stan Libuda*'; später wurde er zur Legende, Schalke zum Mythos."

Micha war nicht wenig überrascht, sie am vereinbarten Treffpunkt mit schwarzem Kurzhaar und hellrotem Trainingsanzug vorzufinden. Bester Laune küsste sie ihn zur Begrüßung, nahm den fragenden Gesichtsausdruck leicht spöttisch entgegen mit einer Bestimmtheit, die keinen Widerspruch zu dulden schien: „Wir sehen uns das Handballspiel der „Rheinkatzen" gegen TuS Ellerdingen an, heute geht's um den Klassenerhalt und garantiert heiß her." Dabei zog sie hörbar Luft zwischen die Zähne, als ob sie Heißes auf der Zunge kühlen müsste.

„Und du schaust aus lauter Solidarität im Jogginganzug zu?", meinte er süffisant und lächelte reichlich löchrig. Sie blickte verschmitzt: „Ich spiele mit und hoffe, dass du mich gewaltig anfeuerst. Hier, deine Karte, ich muss rein, aufwärmen, mach dich auf was gefasst!"

Sie warf ihm einen Handkuss zu. Rührend ratlos stand er da, verblüfft, wusste nicht recht, wie ihm geschah, ob er sich erheitert oder auf den Arm genommen fühlen sollte? Was hatte sie mit ihm vor, sich lustig machen? Für Augenblicke stieg gelinder Ärger auf und er überlegte, nach Hause zu fahren, wo ein Berg Hefte auf Korrekturen wartete, schließlich hatte er sich das Treffen anders vorgestellt. Aber dann entschloss er sich doch zu bleiben, etwas Anziehendes, Umwerfendes ging von dieser Bestimmtheit aus, der er wenig entgegenzusetzen hatte. Da noch Zeit bis zum Beginn verblieb, spazierte er durch das satte Grün der gepflegten Parkanlagen und dachte darüber nach, warum er sich scheinbar von ihr dirigieren ließ; dirigieren erschien ihm zu krass, sie schubst mich mit Spontaneität, Charme und Raffinesse auf den Weg, den sie einschlagen will, dachte er, was ehrlich gesagt, gar nicht unangenehm ist. Ich weiß um mein phlegmatisches Naturell, dass ich in den letzten Jahren bequem geworden bin und Anschub durchaus gebrauchen kann. Vielleicht verletzt die unkonventionelle Art unbewusst mein Ego oder die unangebrachterweise für selbstverständlich gehaltene männliche Dominanz?

Die Halle war voll besetzt, die Geräuschkulisse ohrenbetäubend, das Spielfeld reichte unmittelbar an die Zuschauer heran. Er quetschte sich durch die Reihen auf seinen Platz, den er im Gewirr Fähnchen schwenkender Fans nur schwer ausfindig machen konnte. Dann liefen die Mannschaften ein. Nie hatte er ein Damenhandballspiel live gesehen, wie er zu seiner Schande gestehen musste, aber schon nach wenigen Minuten riss ihn die spannende Partie mit, und er stimmte wie von selbst in die Schlacht- und Anfeuerungsrufe ein. Alles wirkte dynamischer, als er es vom Bildschirm her kannte. Seine Augen suchten Lilith, die in ihrem Trikot so anders wirkte, als in der karnevalistischen Maskerade. Seltsam, dass ich sie noch nie in ziviler Kleidung gesehen habe, schoss ihm durch den Kopf. Die knappe Hose enthüllte anmutig schlanke Beine, das Trikot spannte über einer im Vergleich zu den Mitspielerinnen kräftigen Brust, ihre Bewegungen, geschmeidig, fast katzenartig, erregten ihn im Laufe des Spiels. Bald hatte er nur noch Augen für sie, fing sie ein wie eine Kamera, verfolgte ihre Abwehraktionen und Tempovorstöße, sprang auf, wenn Würfe im Netz landeten oder es knapp verfehlten. Zum ersten Mal ertappte er seine Fantasie, sich ihren Körper beim Liebesakt vorzustellen. Das war lange nicht mehr beim Anblick einer Frau passiert.

Unwillkürlich kam ihm Linde Verfürth in den Sinn, eine Lehrerkollegin, die offenkundig für ihn schwärmte, er war sicher, dass sie in seiner Gegenwart bewusst die Brust herausstreckte, der besseren Figur wegen, das Rot der Lippen hastig nachzog, lächelte, um ihn ihrer Sympathie zu versichern und meist seine Meinung teilte, selbst wenn sie diese als Einzige im Kollegium vertraten. Sie war nett, klug, sympathisch, aber auf geschlechtsneutrale Weise, unterstrichen durch schlammtonfarbige Kleidung, die ihre Blässe unvorteilhaft betonte. Mund und Lippen waren so schmal, als hätte man ihre Polsterung entfernt. Nie würde sie ihn als Frau interessieren, nur als patente Berufskollegin, nie könnte er sich vorstellen, sie hüllenlos in sein Kopfkino zu projizieren, was sie sich insgeheim vielleicht wünschte. Ein amüsiertes Lächeln spazierte über sein Gesicht, als ihm die Gedanken kamen, allein schon ihr Name, in dem sich passive Wünsche manifestierten, war Ironie.

Wieder konzentrierte er sich auf das nervenaufreibende Spiel, Liliths anmutige Bewegungen und die einzigartig mitreißende Atmosphäre. Längst von den Sitzen aufgesprungen, peitschte man die Spielerinnen nach vorne. Hauchdünn führten die Rheinkatzen. Im Tumult der letzten Sekunden hatte er nicht mitbekommen, dass Wildfremde ihm begeistert auf die Schultern klopften, das Match zu Ende war, bis die Akteure erlöst die Arme hoch warfen. Sie löste sich aus dem Pulk, eilte mit erhobener Faust zum Spielfeldrand, um ihm Küsse zuzuwerfen, etwas zu rufen, was er im ohrenbetäubenden Jubel nicht verstehen, aber als Dank für seine Unterstützung deuten konnte. Mit einem Zähler mehr trug ihre Mannschaft den Sieg davon.

Er musste lange warten, bis sie draußen erschien, geduscht, das nachtschwarze Haar noch feucht, in engen verwaschenen Jeans, die ihre Figur betonten, rosafarbener Bluse, einen Pullover leger über den Schultern. Das Gesicht war von der Anstrengung gerötet, sie sah hinreißend aus. Den Abend verbrachten sie im Vereinslokal mit den Spielerinnen; bei der aufgekratzt lockeren Stimmung hätte er sich keinen besseren Anlass für das erste Treffen wünschen können.

„Hat's dir gefallen?", sie fragte mit erhitzten Wangen und verführerischem Flackern in den tiefbraunen Augen, „oder hast du die ganze Zeit nur auf meine Beine gestarrt?"

Er wurde tatsächlich verlegen, fühlte sich ertappt, dabei konnte es ihr während des Spiels unmöglich aufgefallen sein. Sie lachte herzerfrischend, als sie sein schuldbewusstes Gesicht sah, küsste ihn auf die Wange: „Erwischt, richtig getippt, typisch Mann." Er schwärmte vom schnellen, körperbetonten Spiel, der guten Taktik, was sie ins Fachsimpeln geraten ließ, bis sie zu den Letzten gehörten, die im Lokal verblieben waren. Um sie war nur noch heitere Stille. Als er sie nach Hause brachte und sich für das unerwartete Erlebnis bedankte, bot sie ihm noch einen Kaffee an; er lehnte ab, wenn er ein anderes Mal darauf zurückkommen dürfe und fuhr nach Hause. Jung fühlte er sich, beschwingt wie lange nicht mehr und merkte erst bei der Ankunft, dass er die Fahrt über das Vereinslied gesummt hatte.

Ein paar Mal sahen sie sich danach, selbst die als ‚heilig' geltenden Schachklubabende ließ er ihretwegen sausen, fieberte den Treffen entgegen, dann nahm er die ‚Kaffee-Einladung' an und verbrachte die Nacht mit ihr. Es war pure Leidenschaft, nie hatte er eine Frau kennengelernt, die so frei und ungezwungen mit ihm umging, ihn Wünsche wissen ließ und auf subtile Weise Regie führte. Als er morgens erwachte, bei weit geöffneten Fenstern, die allzu gastfreundlich eisige Luft herein baten, die sein Gesicht empfindlich streifte, zog er die Decke bis zum Kinn. Liliths Wärme spürte er nah am Körper; ihr schien die Kühle nichts auszumachen, sie beugte sich über ihn, strich mit dem Finger zart über seine Nase. „Sie ist krumm", stellte sie in der nüchternen Sachlichkeit einer HNO-Diagnose fest, „hast du auch Handball gespielt oder etwa geboxt?"

„So trivial begrüßt du mich nach der traumhaften Nacht?", murrte er verschlafen, gab sich schmollend. „Vor Urzeiten, während einer Schwimmstaffel hab ich sie gebrochen; bei der Wende war die Wand schneller als ich, vor allem stärker."

Sie schmunzelte und gab ihm einen Kuss auf den Nasenrücken. „Es kommt nicht gerade selten vor, dass Männer mit dem Kopf durch die Wand wollen."

Er überging die Bemerkung. „Geboxt habe ich tatsächlich für kurze Zeit, unser Sportlehrer war früher Boxer." Sie verzog das Gesicht zu einer abfälligen Grimasse. Gähnend rieb er sich den Schlaf aus den Augen. „Nicht so missbilligend bitte, schließlich ist es die edelste Sportart, die es gibt ... in keiner anderen fasst man sich mit Handschuhen an."

Von diesem Tag an blieben sie zusammen, er, Micha Rhein, pedantisch, konservativ, mit beherrschten Gefühlen und sie, die unkonventionelle, impulsive, toughe Lilith Jordan, neun Jahre jünger, die die Lebensfreude erfunden zu haben und kein Kälteempfinden zu besitzen schien.

„Ich bin mit Lilith zusammen", vertraute er Jan an, der ihm anerkennend auf die Schulter klopfte.

„Wurde auch Zeit, dass dein Eremitendasein endet, freut mich für dich. Ich wette", grinste er breit, „dass sie beim Sex nicht unten liegen will?"

Micha schaute verblüfft, war von Jan einiges an Bemerkungen gewöhnt, die sich meist nicht durch hohe Sensibilität auszeichneten, aber das ging dann doch zu weit ... obwohl er ihm heimlich recht geben musste.

„Schau nicht so entgeistert, brauchst nicht zuzustimmen, ein intelligentes Köpfchen wie ich, weiß, dass Lilith nach den talmudischen Quellen Adams erste Frau war, bevor man ihm seine Eva bastelte. Sie trennte sich, weil sie beim Sex nicht unten liegen und seine Dominanz nicht akzeptieren wollte. Ganz schön emanzipiert was, die Schwarzer hätte Freude an ihr gehabt?"

Er quittierte Michas Erstaunen mit triumphierendem Lächeln.

„Und woher weißt du das?"

„Bildung mein Freund, sei vorsichtig! In Goethes Faust erscheint Lilith als verführerische Buhle in der Walpurgisnacht, Mephisto stellt sie Faust als Adams erste Frau vor: *‚Betrachte sie genau ... Nimm dich in Acht vor ihren schönen Haaren, vor diesem Schmuck, mit dem sie einzig prangt. Wenn sie damit den jungen Mann erlangt,* *so lässt sie ihn so bald nicht wieder fahren'*. Habt eine schöne Zeit miteinander, aber hüte dich, sie zu ehelichen!"

Ein Jahr später heirateten sie entgegen Jans Warnung in der St. Josefs Basilika von Düsseldorf-Rath, wo Lilith auch getauft wurde. Sie mochte keinen Pomp, weder weißes Kleid, Brautjungfern, noch Kutsche, und es kostete ihn einige Anstrengung, wenigstens die Zustimmung für eine Feier mit engsten Freunden zu erhalten. Am liebsten wäre sie direkt in die Flitterwochen gestartet. Die trutzigen Doppeltürme der neoromanischen Kirche ragten wie unerschütterliche Garanten unzerstörbarer Partnerschaft in den wolkenverhangenen Himmel. Ihr schwebte eine trampende Weltreise vor – gerade hatte sie ihre Stelle bei einem Verlag aufgegeben und unbegrenzt Zeit – während er nach den Ferien wieder in der Schule sein musste. Kurzerhand entschied sie für beide: Trip durch Norwegen. Das erinnerte ihn an einen wunden Punkt, an Viola, aber er wehrte sich erfolglos. Nach der Reise bewarb sie sich bei einer Werbeagentur, leitete schon bald die Kreativ-Abteilung, was hohen Einsatz und manche Kundenbesuche erforderte. Da sie keinen Kinderwunsch hatte und diesbezüglichen Gesprächen konsequent aus dem Weg ging, sah sie hier die geeignete Herausforderung für ihre Fähigkeiten und interessante Zukunftsperspektiven.

Die ersten Jahre waren sehr intensiv; durch ihre häufige berufliche und sportliche Abwesenheit fielen sie jedesmal wie ausgehungert über einander her. Liliths unersättliche Liebeslust ließ sie osmotisch ineinanderfließen, zu sich austauschenden Körpern werden. Sie liebte Spontaneität, das Schräge, Sex an ungewöhnlichen Orten, was ihrem risikofreudigen Naturell entsprach, sein Nervenkostüm aber arg strapazierte. Im Park, im Kino, auf einem Hochsitz mit eingeklemmtem Rückennerv, an Strand und Meer, während einer sonst wenig, aber gerade dann gut besuchten Kunstausstellung, Minuten, deren Nervenkitzel sie genoss, während ihm bloße Erinnerungen daran nichts als die Nackenhaare aufstellten. Sie stand nicht für das Biedere, Konservative, war ein Wirbelsturm, stets geriet die Zeit zu kurz, um ihre Fantasien auszuleben, zu bereden, was man fühlte, sich ereignet hatte. Früh war ihm der Glaube an alles erfüllende Liebe abhanden gekommen, Lilith schien das Kunststück fertig zu bringen, ihn wieder aufleben zu lassen. „Als ich am ersten Abend deine Augen sah, war mir klar, diesen Mann würde ich heiraten", erzählte sie. Wie gesagt, eine Frau mit spontanen Entschlüssen.

Aber seit ein paar Monaten, kaum länger, hatte er Veränderungen festgestellt. Ihre Gespräche, sonst aufeinander einstürzend wie verbale Wasserfälle, waren einseitiger geworden, von Schweigephasen abgelöst. Es schien, als habe sie der berufliche Erfolg von ihm abgelenkt, neutraler werden lassen, als sei die brodelnde Lebhaftigkeit aus ihr gewichen, hin zu Zerstreutheit und einer Form von Insichgekehrtsein. Nie gab es Streit, auch die schweigende Zeit war auf ihre Weise harmonisch, aber er vermisste das atemlose Bedürfnis nach Abenteuer, den anderen alles wissen zu lassen und auch auf diesem Wege eins zu sein. Wahrscheinlich ist es die natürliche Fortentwicklung stürmischer Anfangsjahre zu ruhender Harmonie, die jedem wieder Freiräume eröffnet, beruhigte er sich.

In der Tat hatte er Schach- und Sportfreunde, die so etwas wie Heimat bedeuteten, vernachlässigt, was wieder in gewohnte Bahnen kommen sollte. Aber dann ließ auch ihr Begehren nach; Spontaneinfälle, zärtliche Stunden wurden Mangelware. Jetzt lasen sie abends in Romanen, statt Wünsche in ihren Augen. Wo war der einstige Liebeszauber?

Noch immer hielt er das Sportmagazin in der Hand, ohne darin gelesen zu haben, ihn fröstelte, seine Gedanken führten zurück zu einer Entdeckung, die erste Fragen aufgeworfen hatte. Fuhr sie sonst in ruhiger Gelassenheit, wie es ihre Natur war, zu auswärtigen Kunden, wirkte sie plötzlich fahrig und nervös. Er erinnerte sich, sie aufgezogen zu haben, weil es so ungewöhnlich war, um ihr die Anspannung zu nehmen. Ungeplant blieb sie länger fort, obwohl für den Abend eine Verabredung mit Jan und seiner Phasenpartnerin Valentina vereinbart war. Als sie zurückkam, verwunderte ihn der flüchtige Begrüßungskuss, die anstrengende Fahrt habe sie geschafft, sie müsse erst duschen, um wieder Mensch zu werden. Kaum begreiflich, hatte sie sich das Rauchen angewöhnt und das als Sportlerin. Wurde sie ihm fremd?

„Micha, ich vermisse mein Feuerzeug, bringst du mir bitte Streichhölzer?" Wie präzise war ihm der Satz im Ohr geblieben, der ihn aufstehen und in den Manteltaschen nachsehen ließ, wo sie es meist aufbewahrte. Er fand es nicht, stattdessen eine flache Schachtel, die er gleich zurückschieben wollte. ‚*Spermizide Kondome?*', angebrochen. Verstört griff er nach Streichhölzern in der Küche und brachte sie ins Bad, wo sie kaltrauchend im Wannenschaum lag. Wortlos gab er Feuer, sie vermied, ihm in die Augen zu sehen, er verließ es, ohne dass sie ihn, wie sonst, gebeten hätte, zu bleiben, um von den Tagen zu erzählen oder sich einseifen zu lassen. Lieber schien sie im zitronengelb gekachelten Bad unter grüner Blätterbordüre allein mit ihren Gedanken verweilen zu wollen. Er fühlte sich getroffen, verspürte Herzstolpern, ihm schwindelte auf einmal.

Unmöglich, dass sie mit einem anderen? ... Sicher sah er Gespenster, es würde eine harmlose Erklärung geben, nur welche? Wie sollten die Dinger in die Taschen einer Frau geraten, wenn sie nicht Kontakt mit einem Mann haben und die verhütende Kontrolle behalten wollte? Oder waren sie für ihr beider Liebesleben? Wegen einer Infektion oder wer weiß was, aber es fehlten bereits welche. Bisher bedienten sie sich dieser Methode nicht. Den Abend verbrachte jeder für sich zurückgezogen.

In der Nacht, die ihm keine Ruhe gönnte, spürte er, dass sie sich an ihn kuschelte, seine Nähe brauchte. Mit dem Rücken zu ihr, die Augen ins stumpfe Dunkel gerichtet, ließ er sie glauben, er schlafe. Sie würde seine Hand suchen, in der ihre Finger in der Nacht beschützt lagen, aber sie wäre jetzt leblos, zum Geben nicht bereit, zur Faust geschlossen, nicht zu öffnen. Sein unaufhörlich grübelndes Hirn wollte ihm keinen Schlaf gönnen. Als er nach kurzem Eindösen erwachte, umwehte ihn eisige Luft, erfüllte hartes Licht den Raum und vertrieb die sanften Konturen, die er sonst aufwies. Die Kissen waren seltsam klamm, trübes Grau über den Dächern rieselte unablässig in Flocken auf die Häuser hinunter. Schornsteinrauch mischte sich darunter, als hätte er seine Orientierung verloren, Dächer und Bäume trugen flauschig weiße Perücken, Schnee, zu Wehen aufgetürmt, lag schutzsuchend an die Hauswand geschoben. Die gewohnten Geräusche klangen seltsam gedämpft, Stimmen wie erstickt, beängstigende Stille war in seinem Inneren, gleichgültige Kälte im Zimmer, mit der die winterlichen Temperaturen nicht konkurrieren konnten.

Immer wieder besuchte sie einen wichtigen Kunden in Hamburg; Isabelle wollte sie sprechen. „Sie ist in Hamburg bei einem Kunden."

„Nee, Lilith hat doch zwei Tage Urlaub genommen", sie stockte, war erstaunt, dass Micha es nicht wusste.

„Hab sicher was verwechselt Isabelle, danke." „Grüß schön ... Männer ...?", hörte er noch, bevor er den Hörer auflegte. Der Schmerz nahm ihm regelrecht den Atem. Zum ersten Mal hatte er sie bei einer Lüge ertappt, die Erkenntnis, wie nonchalant sie vom Kundenbesuch gesprochen hatte, tat weh wie Messerstiche. Hatte sie ihre Liebe, den Respekt vor ihrer Partnerschaft und die Ehrlichkeit verloren? Er rief Jan an, wollte sich ablenken, vor den quälenden Gedanken fliehen, aber sein Handy blieb stumm.

Lilith wälzte sich ohne Schlaf im Bett und hörte Michas regelmäßige Atemzüge. Sie fühlte sich schlecht. Zu einem Kunden sei sie unterwegs, hatte sie wieder gesagt und stattdessen die Zeit in den Armen ihres Liebhabers verbracht. Vor einem Dreivierteljahr hatte sie ihn an der Bar des Excelsior getroffen und sich sofort wohl in seiner Gesellschaft gefühlt. Der Tag war denkbar schlecht gelaufen, ein Kunde abgesprungen, weil das Konzept nicht überzeugte, ihr Chef mit zynischem Kommentar über sie hergefallen. Das nagte empfindlich am Selbstbewusstsein. Der großgewachsene Mann mit ausdrucksvollen, hypnotisierend dunklen Augen unter markant dichten Brauen, Don Giovanni Bart und fesselnd sonorer Stimme, von der sie sich umarmt fühlte, übte eine Anziehung aus, der sie schwer widerstehen konnte. Es war nur eine Begegnung von zwei

Stunden, aber sie wollte ihr nicht mehr aus dem Kopf gehen. Er hatte exakt den Ton, die Worte getroffen, die sie in ihrem Zustand brauchte, mit ihr getanzt, einige Male, es ergab sich bei leiser Barmusik, er tanzte ausgezeichnet, sie fühlte Rhythmus in seinem Blut und die wohltuende Ruhe, die nur souveräne Männer ausstrahlen. Als er sich an sie schmiegte, spürte sie deutlich Wellen in ihr aufsteigen, eine angenehme Unruhe. Tage später hatte er angerufen. Es tat gut, seine Begeisterung zu hören, ungewohnt, denn Micha war niemand, der mit Lob und Komplimenten um sich warf, obwohl er sie liebte. Sie hatte es so eingerichtet, dass sie den nächsten Termin zu einem Treffen mit ihm verbinden konnte.

Es reizte sie, ihn wiederzusehen. Schon Tage vorher befiel sie Ruhelosigkeit und Vorfreude. Was ist dabei, sich nett zu unterhalten, ein wenig mit dem beeindruckenden Mann zu flirten, bestätigt zu finden, attraktiv und begehrenswert zu sein? Mehr würde nicht passieren, sie hatte keinerlei Grund, aus ihrer Ehe auszubrechen, obwohl die frühere Spannung naturgemäß nachgelassen und sich manches totgelaufen hatte, aber für amouröse Auswärtsspiele war sie nicht der Typ. Also traf sie sich ohne schlechtes Gewissen. In dieser Nacht liebten sie sich zum ersten Mal, geschützt, sie kannte ihn ja kaum. Wie es dazu kommen konnte, wusste sie hinterher nicht mehr zu sagen, dem hypnotischen Zwang konnte sie nur jäh erwachtes Begehren entgegensetzen. Übereinstimmung, gleichberechtigte Leidenschaft gab es in den Armen des phantasievollen Mannes. Bei Micha war sie die Bestimmende, die Dirigentin, die Ideen und Tempi vorgab, gegen schwerfällige Bequemlichkeit ankämpfte, in gewisser Weise sogar Ersatzmutter, der er ergeben folgte. Gerne wäre sie einmal auf Widerspruch gestoßen, hätte sich an ihm reiben, seinem unbedingten Willen unterordnen, Kämpfe austragen oder vor der berstenden Kraft lustvoller Leidenschaft kapitulieren wollen. Öfter hatte sie versucht, es anzusprechen, aber er blieb taub für das Angedeutete, und sie wusste ihn nicht aufzurütteln. Hier herrschte Gemeinsamkeit auf Augenhöhe. Die Stunden mit ihm, den sauberen Duft seiner Haut in der Nase, den Kopf an der wildgekräuselten Brust, die Finger spielend in den Locken seines

Haars, ließen sie alles vergessen. Die Unbeherrschtheit beim Lieben zu spüren, sich selbst in seiner Begierde zu finden und zu verlieren, all das war anders, wunderschön, wie ein neues zweites Leben. Bei ihm traf sie auf Spontaneität, fühlte sich, sie musste lächeln, als gleichwertiger Partner, auserwählt und irgendwie erhaben.

Aber wenn sie fortfuhr, und der Abschiedsschmerz sich mit schlechtem Gewissen zur unerträglichen Melange mischte, beschloss sie, das unehrliche Spiel keine Sekunde länger fortzuführen. Und so beendete sie das Verhältnis, er verstand die inneren Nöte, hielt sie nicht zurück, als ob er damals schon gewusst hätte, dass sie wiederkommen würde, zurückkehren musste. Drei Monate sahen sie sich nicht, versuchte sie, den brennenden Wunsch, die Sehnsucht nach seinem Körper zu unterdrücken, entfaltete allerlei sinnlose Aktivitäten, um sich abzulenken, weinte tränenlos in Michas Armen, in denen sie sich wohl fühlte, aber nie von dieser starken Strömung mitgerissen. Ein einziges Mal noch, dachte sie, will ich das Verbotene im vollen Bewusstsein genießen, dass es das endgültig letzte sein würde. Dann wäre es leichter, für immer Abschied zu nehmen und der Liebe zu entsagen.

Es war ein Rausch. Er schien ihre Seele, den sich aufbäumenden schwachen Körper nach Belieben zu beherrschen, sie schweben, hinterher verlogen fühlen zu lassen, und doch hatten sie sich immer wieder getroffen, obwohl es das endgültig letzte Mal sein sollte. Der Magnet zog sie an, ließ sie schwindlig vor Begehren werden, nahm ihr Kraft und dem inneren Kompass Orientierung. Hatte Micha etwas gemerkt? Ihre Unruhe registriert, mit der sie abends dem Läuten des Telefons lauschte, nach der ersehnten SMS-Botschaft schielte? Sie verachtete sich für die Lügen, die ihrer offenen Art widersprachen, für die erschreckende Kaltschnäuzigkeit, mit der sie Ausreden auftischte und seinem vertrauensseligen Blick begegnete, wenn sie angeblich Gespräche mit Isabelle oder erfundenen Kollegen im Nebenzimmer führte. Als sie heute nach Hause kam, hatte er sie angestarrt, als stünde ihr Haar in Flammen, aber kein vorwurfsvolles Wort erhoben. Lange könnte sie es nicht mehr verheimlichen, müsste bald, sehr bald eine Entscheidung treffen.

Ihr war nicht kalt, sie fröstelte innerlich, kuschelte sich an seinen Rücken, spürte Wärme, die sie nicht mehr erregen konnte, weinte Tränen seines Kummers und vermisste die Hand, in der sich ihre Finger in der Nacht so beschützt gefühlt hatten. Sie und er waren zu Eisschollen geworden, auseinandergebrochen, langsam von einander wegdriftend.

„Wo ist Lilith?", Jan fragte ganz unbefangen, überraschend schneite er herein, aber Micha kam es so vor, als wüsste er etwas. „Seminar in Münster", brummte er. „Super, dann gönnen wir uns einen zünftigen Herrenabend", fröhlich schlug er sich auf die Schenkel.
„Hab nicht den Geist von Kant, aber die Leber von Bukowski, was gibt's Gutes zu trinken?" Micha stellte Bier auf den Tisch.
„Bukowski? Charles Bukowski? Ist das nicht der Autor, der bei seiner Hamburger Lesung einen Kühlschrank mit Nachschub auf der Bühne stehen hatte?"
„Genau der", lachte Jan, „hatte immer Bedarf, wie ich." Mit hellem Knacken sprengte er den Kronkorken von der Flasche, deutete ein Anstoßen an und nahm einen kräftigen Schluck, dem unmittelbar ein Rülpser folgte. Sie sprachen über die Chancen Schalkes, Deutscher Meister zu werden.
„Macht sich rar in letzter Zeit, deine Lilith", bemerkte er ohne Betonung und wischte sich den Schaum von den Lippen.
„Weißt du vielleicht mehr als ich?", giftete Micha zurück.
„Nun krieg dich wieder ein, woher soll ich das wissen? Du läufst seit Wochen wie ein geprügelter Hund herum, reagierst aggressiv und strahlst vor Liebesglück. Raus mit der Sprache, was ist mit euch los? Hast du noch was von der ‚Gerstenbrause'?" Er wedelte mit der leeren Flasche, Micha brachte Nachschub.
„Ich glaube, Lilith hat ein Verhältnis", es zischte förmlich zwischen den Zähnen hervor, dabei fixierte er Jan lauernd. Er schien nicht überrascht.
„Mephisto hat also recht."
„Lass den Quatsch, die Sache ist zu bitter, um Scherze zu machen." Jan biss sich auf die Lippe. „Wie lange?"

„Was weiß ich? Ein paar Monate? Vieles hat sich verändert, hast du was damit zu tun?"

„Bist du jetzt völlig verrückt? Bin zwar ein Hallodri, aber dein Freund, falls du das vergessen haben solltest. Das nehme ich ernst. Hast du mit ihr gesprochen?"

„Nein, sie glaubt, dass ich nichts bemerkt habe."

„Großartig, reizt ihre Freiheiten aus und du gehst derweil vor die Hunde. Bist du denn irre? Warum hast du sie nicht längst vor die Wahl gestellt, du oder er? Wer ist der Kerl eigentlich?"

„Weiß nicht, ein Konstantin Soundso, irgendwann hat sie mal seinen Namen erwähnt, ich dachte mir nichts dabei."

„So sind sie die Weiber. Erst keine Ruhe, bis der Solide an der Angel ist, dann fehlt was, Abenteuer, der Reiz, umworben und verführt zu werden. Welcher Mann kann schon braver Familienvater und aufregender Liebhaber sein? Also kommt, was kommen muss."

Wie zur Bekräftigung hieb er die rechte Faust in die linke Handfläche.

„Musst es schließlich wissen, bist ja Experte."

„Eben."

„Polemik Jan, niveauloses Stammtischgeschwätz."

Er überhörte den spöttischen Kommentar. „Und wieso lässt du es schleifen?"

„Das ist eine alte Geschichte", er zögerte ... „vor Jahren habe ich einen großen Fehler gemacht, den ich nicht wiederholen will."

„Ich bemühe mich, zu verstehen, erzähl die Geschichte."

Micha lehnte sich zurück, sein Blick, auf einen undefinierbaren Punkt an der weißgetünchten Wand geheftet, wirkte plötzlich entrückt, als weile er bereits im steinernen Museum seiner Erinnerungen.

Viola

Nur noch wenige Tage verblieben bis zur Aufführung des Theaterstücks, und die Proben wurden anstrengender. Micha spielte die männliche Hauptrolle, Viola die weibliche. Eigentlich hatte er mit der Theater-AG wenig am Hut, aber die Aussicht, einige Stunden lang mit der angebeteten Klassenkameradin zusammen sein zu können, hatte ihn so gereizt, dass er sich meldete und die Qual auf sich nahm, seitenweise Text zu lernen. Er war die Zweitbesetzung, was den Vorteil hatte, ihr bei den Proben nah, aber weniger Aufregung ausgesetzt zu sein, da die Wahrscheinlichkeit, auftreten zu müssen, gering war. So sah man ihm auch gelegentliche Texthänger eher nach, als dem überheblichen Fabian Quadflick, der akustisch den Namen eines großen Mimen trug, aber nicht ansatzweise über Talent verfügte. Fabian war bereits siebzehn, schlaksig, blond, mit großporiger Haut und fliehendem Kinn, das zarter Flaum umgab. Nach einer „Ehrenrunde" war er in ihre Klasse abgestiegen. Micha ahnte, dass Viola auch bei ihm Anreiz war, die Rolle zu übernehmen. Wäre Clementine Feuersack, die weibliche Zweitbesetzung, eine korpulente Rotgesichtige, mit wässrigen Augen und singendem rheinischen Tonfall, erste Wahl gewesen, hätte seine Entscheidung sicher anders ausgesehen. Viola verkörperte die sanfte Erscheinung eines scheuen Rehs, hüftschmal, mit langen glänzenden Haaren in der Farbe von Honig, leuchtend grünblauen Augen, die stets einen feuchten Schimmer trugen, der reizte, sie beschützend in den Arm zu nehmen. Ihr Blick hatte etwas Entrücktes.

Der kleine Mund mit ausdrucksvollen, fein geformten Lippen, war anbetungswürdig, da schmerzte es geradezu, ausgerechnet Fabian mit seinen Starallüren die Kuss-Szene im zweiten Akt zu überlassen. Bei der wenig appetitlichen Zweitbesetzung beschränkte sich Micha auf eine bloße Andeutung, da der Ernstfall in weiter Ferne lag, was ihr offenkundig nicht behagte. Viola war diejenige in der AG, die mit ganzem Herzen bei der Sache war und Theaterblut in den Adern hatte. Scheinbar mühelos beherrschte sie den Text, der nicht aufgesagt, wie bei anderen, sondern aus ihr selbst gesprochen wirkte, perfekt artikuliert. Hier konnte das sonst so scheue Mädchen aus sich herausgehen, eine ganz andere werden. Micha vergötterte sie. Schon am ersten Tag, als sie in die neunte Klasse kam, verliebte er sich, jedenfalls glaubte er, die stürmisch schmerzlichen Gefühle, die aufregende Unruhe, die Röte, die in ihm aufstieg, wenn er in ihrer Nähe war, so bezeichnen zu können. Verlegen stand sie damals da, machte eine kleine Verbeugung, als man sie vorstellte, woraufhin alle lachten. Die Augen zogen ihn in ihren Bann, die bescheidene Art, ihr fröhlich ansteckendes Lachen, das die Luft glitzern ließ und noch Stunden in seinen Ohren blieb, sie leuchtete von innen.

Am Tag vor der Generalprobe ereilte Fabian ein Missgeschick, das man nur als schicksalhaft bezeichnen kann; beim Versuch, zwei Mädchen, lässig weiterschreitend nachzupfeifen, kollidierte er mit einer Straßenlaterne, der sein Nasenbein wenig entgegenzusetzen hatte. Die monströse Gesichtsschwellung verschloss das linke Auge, so dass kein Maskenbildner einen Auftritt hätte zustande bringen können. Darüber hinaus wäre die nasale Aussprache der Rolle nicht gerecht geworden, schließlich war es ein Drama, kein Lustspiel.

„Alle Hoffnungen ruhen auf dir, du musst die Aufführung retten." Violas Worte klangen wie Schalmeientöne in Michas Ohren und ließen ihn vorübergehend schweben, bis ihn das Lampenfieber auf die harten Bretter der Bühnenwirklichkeit aufschlagen ließ. Das Stück wurde ein Erfolg, die Darsteller vermittelten den authentischen Eindruck eines Liebespaars, als das sie sich auch fühlten. Violas Kuss empfand er wie ein Brandzeichen auf seinen

Lippen, aber noch wussten sie sich einander nicht zu öffnen, obwohl sie die innere Sensation und Anziehung spürten.

Kaum waren Fabians Blessuren halbwegs verheilt, die Farbenspiele am Auge verblasst, rückte er Viola zu Leibe, um verlorengeglaubtes Terrain zurück zu gewinnen und bestürmte sie mit großen Gefühlen, die er in erster Linie für sich selbst hegte. Micha hörte seine Schmeicheleien, die sie umflatterten wie hungrige Vögel, verfolgte das Bemühen mit Sorge. Aber sie durchschaute die wahre Motivation, ließ Fabian abblitzen, auf eine Weise, die nicht brüskierte. Micha war nicht der Typ, sich forsch nach vorne zu wagen und so verging ein halbes Jahr, bis Viola den ersten Schritt tat, ihn von den nicht mehr zu verbergenden Sehnsuchtsblicken zu erlösen. Der Ruhige und die sanfte Scheue schrieben eine Romanze mit Gefühlen, die stark und rein waren, für ein Leben geschaffen schienen, schworen Ehrlichkeit und Treue.

„Du wirst es wahrscheinlich lächerlich finden", sagte er zu Jan und goss sein Glas nach, „aber sie wurde für uns, jedenfalls für mich, die große Liebe, eine ehrliche, nicht selbstsüchtige, die uns jeden Tag aufs Neue erstaunen und spüren ließ, was Harmonie bedeutet. Gelitten haben wir schon, wenn wir nur für Stunden getrennt waren."

„Hast du sie mehr geliebt als Lilith?"

„Sie war zärtlich, unschuldig, erregend, anlehnungsbedürftig, was mich damals stark und zu ihrem Beschützer machte. Alles war gemeinsam entschieden, anders als bei Lilith, die immer das Gefühl vermittelt, keinen starken Arm zu brauchen, im Gegenteil, eher mich zu beschützen, für mich entscheiden zu wollen."

Jan lächelte in sich hinein. „Ja, die starken Frauen, die uns umerziehen wollen."

Micha ließ eine längere Pause eintreten; es wirkte so, als hätte er vergessen, in Gesellschaft eines anderen zu sein. „Die Verbindung mit Lilith ist sehr erotisch, aber ehrlich betrachtet, tiefer geliebt habe ich Viola. Nach ihr war es nie mehr so perfekt."

„Hattest du keine andere?"

„Viola war die erste in meinem Leben und lange die Einzige bis auf einmal beim Ausflug unseres Schachklubs. Teneka hieß sie, hübsch, stolz, unnahbar, hielt sich für was Besseres. Auf der Rückfahrt saß ich neben ihr im Bus, plötzlich lag ihre Hand auf meinem Schenkel, ich wusste nicht wie ich reagieren sollte. Sie ließ nicht locker, im Gartenhaus ihrer Eltern waren wir zusammen, ein Mal, unbedeutend. Es reizte mich, die so Selbstsichere und Arrogante einmal schwach zu sehen und einen Vergleich zu haben."

„Vergleich?"

„Ja, zu Viola, sie war blond, aufregend, konnte aber nicht an sie heranreichen."

„Hat sie davon erfahren?" „Wo denkst du hin, nein."

„Erzähl weiter!"

Nach dem Abitur nahm er ein Lehramtsstudium in Mathematik und Chemie auf, Viola zog mit nach Köln, studierte Biologie und kellnerte abends, um für den gemeinsamen Unterhalt zu sorgen. Ihre hübsche Erscheinung, die sanfte Art, kombiniert mit wieselflinkem Service, war die Mischung, die zu Trinkgeldern animierte. Er wurde das Gefühl nie los, dass auch die perfekte Bedienung eine Schauspielrolle für sie war, die sie mit gleicher Hingabe wie auf der Bühne spielte. Später brach sie das Studium für eine kaufmännische Ausbildung ab, ihre sensible Struktur war dem Prüfungsstress nicht gewachsen, spielte nebenher Theater in einer Laiengruppe. Unvergessliche Momente, auf der Bühne zu erleben, wie es ihr gelang, in andere Charaktere zu schlüpfen, das Scheue abzulegen und das Publikum in ihren Bann zu ziehen. Er bewunderte ihre Wandlungsfähigkeit, redete sie stark. Glückliche Jahre, in denen sie überzeugt waren, die seltene Blume der Liebe gefunden zu haben, die die meisten vergeblich suchen oder mit solchen, die ihr nur ähneln, ohne ihr Leuchten zu besitzen, verwechseln. Viola war zweiundzwanzig, als sie ihre erste Anstellung in Düsseldorf bekam. Freunde gewannen sie, fühlten sich in ihrer Gesellschaft geborgen, schmiedeten Pläne. Vielleicht könnte sie später tatsächlich Schauspielerin werden, auf der soliden Grundlage ihres Berufs.

Mit Micha an der Seite, der sie verstand wie kein anderer, konnte sie es sich vorstellen.

Bald legte sie sich ‚Anton' zu, einen stark mitgenommenen ‚VW-Käfer', bemalte seine ‚Altersflecken' mit bunten Blumenmustern, entlockte dem matten Lack ein Fünkchen letzten Glanzes. Bei Ausflügen ins Moseltal oder an die Küste war ständig Kühlwasser nachzufüllen, denn Anton litt unheilbar an Inkontinenz. Aus vollen Kehlen drang ‚*Bridge over troubled water*' von Simon & Garfunkel, oder Violas Lieblingssong ‚*I only want to be with you*' von Dusty Springfield aus weit geöffneten Fenstern, wobei Michael in übermütiger Sangeslaune das Steuer übernahm, bar jeden Fahrvermögens und prompt an der schönsten Platane der Chaussee landete.

„Der Baum hätte da nicht stehen dürfen", war sein mitfühlender Kommentar. Alles ließ sich ohne Polizei regeln, der Totalschaden ertragen, da Anton für nur sechshundert D-Mark erstanden worden war.

Die Kölner Wohnung gaben sie auf, fanden in Düsseldorf eine gemütliche neue in der Camphausenstraße, mit hohen Decken, die Luft zum Atmen ließen, wenn man von der Schräge absah, unter der sie die Betten aufstellten. Abends beobachteten sie den Sternenhimmel durch das Dachfenster, wenn er denn da war, eng aneinandergeschmiegt.

„Werden wir uns immer mögen, auch wenn wir steinalt sind?" Sie zupfte ihn sanft an den Brusthaaren.

Aus ihm lachte grenzenloser Optimismus der Jugend, dessen unbekümmerte Überzeugung reales Leben stets zu verhöhnen scheint. „Selbstverständlich, ich könnte mir nie vorstellen, ohne dich zu sein."

„Versprich es!" „Versprochen", er küsste sie amüsiert auf die Nasenspitze.

„Warum gibt es keine Garantie?", seufzte sie, der Gedanke, ihn irgendwann zu verlieren war unerträglich, sie fühlte sich so anlehnungsbedürftig, nicht zum Alleinsein geschaffen und sicher in seinen Armen.

„Liebe kennt weder Gerechtigkeit noch Gewährleistung. Aber hätten wir die wirklich nötig?"
Sie antwortete nicht, schloss die Augen. „Ich träume von einer Reise mit dir."
„Einer Reise? Und wohin?"
„Norwegen wäre ein Traum, die rot gestrichenen Häuser der Lofoten, das magische Nordlicht", leise summte sie Solveigs Lied, kuschelte sich an ihn und ließ Bilder der Fjordlandschaft in ihrer Fantasie entstehen. „Norwegen mit dir ..." Darüber war sie eingeschlafen, mit dem Rücken zu ihm, sein Gesicht in den langen, honigfarbenen Haaren vergraben, den aufregenden Duft, der ihnen entströmte, in der Nase. Die Hände hielten sich umschlossen, um den Stromkreis ihrer Verbundenheit nicht zu unterbrechen. Behutsam zog er die Decke über sie, damit die Schultern in der Nacht bedeckt sein sollten. Viola war ein Geschenk, die quirlige Natürlichkeit, unerschütterlich gute Laune, Großzügigkeit, Wahrhaftigkeit, das Beschützenswerte an ihr und auch die Fähigkeit, innerhalb kürzester Zeit größte Unordnung zu schaffen. Alles liebte er.

Violas Firma feierte Jubiläum, das Fünfzigste war ein markantes Ereignis in der Unternehmensgeschichte, und so ließ man sich bei der Programmgestaltung nicht lumpen. Es gab ein Fest mit Tanz und Comedy-Gruppe, die mäßigen Humor versprühte und zu deren Ensemble erstaunlicherweise Fabian Quadflick gehörte. Seit Jahren hatte sie nichts mehr von ihm gehört und war nicht wenig überrascht, ihn hier wiederzusehen. Wollte er nicht eine renommierte Schauspielschule besuchen und große Bühnen erobern? Der heitere Abend näherte sich dem Ende, alle hatten dem Sekt reichlich zugesprochen, als die Gruppe mit der Nummer ‚Bunte Kuh auf Stöckelschuh' ein zweites Mal auftrat. Alkoholgnädig erfuhren die Gags keine kritische Würdigung, man lachte über einfältigste Zoten.

„Hallo Fabian", er reagierte verlegen, aber schon bald kehrte seine selbstsichere Überheblichkeit zurück. „Viola, du in dem Rudel hier? Nicht zu fassen? Was sagst du? War der alte Fabian nicht umwerfend?"

Sie hüstelte, ließ ihr Urteil auf sektleichten Schwingen geschönter flattern, als es unter anderen Umständen der Fall gewesen wäre, fasste seinen Arm und zog ihn zum Tisch mit ihren Kolleginnen.

„Das mit der Truppe mache ich nebenher", bemühte er sich, die Bedeutung des Engagements herunterzuspielen, „als Erholung von den tragenden Bühnenrollen." Er ließ ein gönnerhaftes Lachen hören, das nicht überzeugend wirkte. Schnell erinnerten sie sich gemeinsamer Schulerlebnisse, sie war in ausgelassener Stimmung, froh, den früheren Kameraden so unerwartet getroffen zu haben und ohne Argwohn, ihm auf ein Abschiedsgläschen in das Hotel zu folgen, wo die Truppe logierte. Untergehakt flanierten sie durch die Straßen, lachten und scherzten miteinander, erreichten schwankend ihr Ziel. Aber die Bar war geschlossen. „Macht nix", säuselte er mit alkoholschwerer Zunge, „die überlisten wir mit unserer eigenen." Schon beorderte er den Aufzug nach unten, schloss das schäbige Zimmer auf und machte sich an der Minibar zu schaffen.

Viola überkam ein mulmiges Gefühl, mit keinem anderen hätte sie es betreten, aber mit Fabian, den sie so lange kannte? Nur ein einziges Glas, dann ginge sie endgültig. Auf eine Stunde käme es nicht an, da Micha zu seinen Eltern gefahren war und erst am nächsten Tag zurückkommen würde. Sie saßen auf dem Bett mit quietschend nachgiebiger Matratze, alberten kichernd im Flüsterton, hatten den kleinen Vorrat geleert, als er sie umarmte und plötzlich zu küssen versuchte. „Lass den Unsinn Fabian, ich muss jetzt wirklich gehen."

„Hat sie tatsächlich ... ?", räusperte sich Jan. Micha nickte: „Als ich am nächsten Tag mit dem Zug ankam, winkte mir auf dem Bahnsteig schon von weitem das Plakat ‚*Bunte Kuh auf Stöckelschuh*' entgegen. Fabian sah mich seltsam triumphierend an, verschwand aber gleich, Flippo, der Kleine mit der Baskenmütze, der neulich in der Künstlerkneipe Gitarre spielte, hatte beide im Bett erwischt;

hingebungsvoll soll sie es genossen haben, erzählte er, ohne mir Einzelheiten zu ersparen. In diesem Augenblick brach alle Freude, mein Glaube an Liebe und Ehrlichkeit zusammen. ‚Nimm's nicht tragisch, der kriegt sie alle rum', rief er mir nach, als ob es mich hätte trösten können. In der nächsten Kneipe ließ ich mich auf einen Stuhl fallen, ein harter Schluck musste her und ich versuchte nachzudenken, mein Kopf war ausgehöhlt, zu keinem klaren Gedanken fähig. Eine Weile stand ich unter Schock, ungläubig, das Gehörte zu begreifen, dann wechselte die Stimmung zu ohnmächtiger Wut. Ich warf Viola auf der Stelle aus der Wohnung, wollte keine Erklärungen hören und verweigerte später jedes Gespräch."

Jan pfiff durch die Zähne. „Krass, hätte eher zu mir gepasst."

„Ein paar Mal versuchte sie es noch, ich legte auf oder öffnete die Tür nicht."

„Aber später hast du sie wieder gesehen?"

„Nein, sie zog weg, hab nie mehr von ihr gehört. Als Zorn und Enttäuschung sich gelegt hatten und ich spürte, wie sehr sie mir fehlte, machte ich mir natürlich Vorwürfe. Ich wusste, dass sie mich liebte, sie war keine leichtfertige ...", er suchte nach dem passenden Wort, machte eine kreisende Handbewegung, als es ihm nicht einfiel. Jan öffnete die nächste Flasche mit zischendem Laut.

„Und du bist bei Flippo nicht misstrauisch geworden, gerade weil sie keine ...?"

„Nein, am Anfang war nur blinde Wut, die mich nicht weiter nachdenken ließ, später wollte ich es mir nicht eingestehen. Jetzt bei Lilith sollte sich der Fehler nicht wiederholen, ich war so selbstgerecht damals – deshalb habe ich sie bisher nicht angesprochen."

Jan schaute nachdenklich, legte die Stirn in Falten, ein Zustand, den man selten bei ihm beobachten konnte.

„Okay, kann's jetzt eher verstehen, aber wie lange soll's noch gehen? Sprich sie an, hör ihr zu, der ‚blöden Kuh auf Stöckelschuh' und entscheide dich!" Er kratzte sich intensiv am Kinn, wirkte auf einmal wie erleuchtet.

„Fahr einfach hin, überrasch sie, bleib nach dem Seminar dort, sprecht euch aus, in neutraler Atmosphäre." Ein solch unsinniger

Vorschlag konnte nur von Jan kommen. Aber je länger Micha darüber nachdachte, umso mehr überzeugte ihn die Idee. Warum bin ich nicht selbst darauf gekommen? Lilith würde sich über den unverhofften Entschluss freuen, sie hätten zwei Tage Zeit füreinander, könnten entspannt reden. Plötzlich war er wie besessen, verspürte unbändige Lust aus der Wohnung herauszukommen und sich im gemütlichen Landhotel verwöhnen zu lassen. Als Jan gegangen war, suchte er auf Lilith's Schreibtisch nach der Adresse.

Drei unvergessliche Tage hatte sie mit Konstantin Strelow verbracht, im idyllisch gelegenen Landhotel Eggert, in Münster-Handorf. Das umgebaute Hofgut strahlte mit dem Ensemble des repräsentativen Gutshauses und – wie sie fand – architektonisch ansprechenden Nebengebäuden in solider Ziegeloptik anheimelnde Gemütlichkeit aus. Sie hatte das Gefühl, von den warmen, Geborgenheit versprechenden Fassaden willkommen geheißen, förmlich umarmt zu werden, denn sie schienen sich ihr entgegen zu wölben, wie die hauseigenen Kuchen, wenn sie appetitlich in den Formen aufgehen. Die außergewöhnliche Ruhe, abseits jeglichen Verkehrs, der beschauliche Blick durch den Park mit alten Bäumen, hinaus ins satte Grün nicht enden wollender Felder, schenkte Lilith meditative Entspannung, Besinnung auf sich und ihre Ehe.

Die Zeiger der Uhr schienen stehengeblieben, bei Radtouren vorbei an der gemächlich fließenden Werse, nebelumwobenen Kanälen, symmetrisch langen Spargelwällen, alten Mühlen mit dem Klang ungesungener Lieder und gemütlichen Gasthöfen, aus Bauernhäusern geboren. In voller Fahrt ließ sie den Lenker los, radelte aus purem Übermut ein Stück freihändig, dann hielten sie sich an den Händen, fuhren nebeneinander. Sie fühlte sich frei, jung, begehrenswert, radelte ihm keck davon, versteckte sich hinter Büschen, um ihn mit glücklichem Lachen zu überfallen. Ein Tag gehörte Münster, der Stadt, in der Konstantin studiert hatte. Er wusste sie für die repräsentativen Giebelhäuser am Prinzipalmarkt oder den prächtigen Friedenssaal, in dem der dreißigjährige Krieg endete, zu begeistern und mit dem ewigen Hauch der Geschichte zu berühren. In diesen Tagen heimlichen Glücks, die einer Sinnestäuschung ähnlich, ungewohnt langsam vergingen, während die rasende Zeit sonst dazu geschaffen scheint, Liebende zu quälen, hatten sie Gelegenheit zu ausführlichen Gesprächen. „Nutzen wir die Gunst des Tages", sagte Konstantin feierlich, „werde meine Frau, komm mit mir nach Hamburg!" Sie brauchte keine Bedenkfrist, hatte sich unbewusst schon mit der Konsequenz auseinandergesetzt. Micha tat ihr leid, das schlechte Gewissen pochte, denn es gab nichts, was sie ihm zum Vorwurf hätte machen können, außer seiner konträren Art, die sie von Beginn an kannte, zunächst nicht störte, aber dann ihr Gefühl schleichend mehr und mehr neutralisierte.

Noch am gleichen Abend hatte er angerufen und ein Doppelzimmer unter fremdem Namen gebucht, schließlich sollte sie es nicht erfahren, schnell ein paar Sachen eingepackt. Direkt nach der Schule würde er losfahren und wäre am späten Nachmittag dort. Auf Liliths überraschte Miene freute er sich spitzbübisch; wie ein Indianer würde er sich heranschleichen, mit ihr zu Abend essen, den nächsten Tag verbringen, nagende Zweifel beseitigen können. Als er ankam, brach gerade eine Gruppe auf, offenbar Teilnehmer des Seminars. Erleichtert stellte er fest, dass Liliths Wagen auf dem Parkplatz stand; sie war noch nicht abgereist, sondern mit dem Rad unterwegs, wie man ihm sagte. Er bezog das gebuchte Zimmer, verspürte konspirative Aufregung wie als Kind bei Abenteuerspielen, behielt den Parkplatz durchs Fenster im Auge. Langsam wurde es Zeit, sich zum Abendessen fertig zu machen, er legte eine Krawatte an, sonst höchst selten der Fall, pfiff gutgelaunt die Melodie, die er unterwegs im Radio gehört hatte, von einer gewissen Adele gesungen, die er nicht kannte, aber sie gefiel und ging ihm nicht aus dem Sinn.

Im Speisesaal wollte er nicht warten, zunächst draußen, mit Blick durch das Fenster, sich dann an ihren Tisch pirschen und mit verstellter Stimme fragen: „Entschuldigen Sie gnädige Frau, ist der Platz neben Ihnen frei?" Vor Vergnügen rieb er sich die Hände, sie würde aus allen Wolken und ihm um den Hals fallen, das war es doch, was sie vermisste Spontaneität, Unerwartetes, Aufregendes. Wie ein Voyeur trieb er sich an den Fenstern vorbei, sah sie endlich hereinkommen, es jubelte in seinem bangen Herzen. Gleich würde die Bombe platzen, die großen, verwunderten Augen und die dankbare Wärme darin sah er förmlich vor sich. Sie steuerte auf einen Tisch zu, jemand schob ihr im Vorbeigehen galant den Stuhl bei und ... was war das? Er setzte sich, als würde er dazu gehören. Vielleicht ein Kollege, dachte er, der ihm den Überraschungscoup vereitelte, wie ärgerlich, jetzt müsste er improvisieren. Näher schob er sich ans Fenster, der Fremde griff nach ihrer Hand, zog sie zu sich, führte sie an seine Lippen, er sah ihr Gesicht, den Blick, den sie ihm schenkte, da wusste er, dass es kein Seminar gegeben hatte. Sein Magen krampfte sich zu einem Knäuel zusammen, er fürchtete, erbrechen zu müssen; auch wenn er es ahnte, traf ihn die Wirklichkeit mit einer Wucht, die er nicht erwartet hätte. Lilith strahlte vor aufreizender Schönheit, ihre Züge wirkten weich im Schein des warmen Kerzenlichts und von schlechtem Gewissen so weit entfernt, wie von der Galaxie, als sie zärtlich über seinen Arm streichelte. Michas Beine zitterten, so dass er sich umdrehen und an die Wand lehnen musste. Er versuchte, tief durchzuatmen. An die Mauer gestützt, wagte er einen letzten Blick hinein, sah ein Etui in der Hand des Fremden, in dem zwei Ringe aufblitzten. Ihr garstig provozierendes Funkeln blendete, ließ ihn verstört zurücktaumeln. Schmerz und Wut hatten sein Herz in Brand gesetzt.

„Fühlen Sie sich nicht wohl, kann ich Ihnen helfen?", erkundigte sich die Dame an der Rezeption bei seinem entgeisterten Anblick.

„Danke", stotterte er, „es gab ... einen Zwischenfall, der mich sofort zur Abreise zwingt." Er bezahlte das Zimmer, ohne das Bett berührt zu haben, saß niedergeschlagen im Wagen, nein, er hätte dort keine Nacht verbringen können, unter dem gleichen Dach wie sie mit ihrem Geliebten. Jan hätte den Kerl wahrscheinlich am Kragen gepackt und aus dem Saal geschleift, aber hätte ihm das die Liebe zurückgebracht? Es war nicht seine Art, auf solche Weise mit

Enttäuschungen umzugehen, oder war er zu schwach, zu bequem zu kämpfen, von vorneherein chancenlos?

Sie hatte bemerkt, wie schlecht er aussah und begonnen, sich schonende Sätze für das finale Gespräch zurechtzulegen, am Abend, nachdem sie vom vorgeschobenen Seminar zurückkam. Ihr gab er Gelegenheit, über ihre Gefühle zu sprechen, die Scham, ihn belogen zu haben. „Ich weiß, dass ich es nicht entschuldigen kann Micha, ich war lange unsicher, welchen Weg ich gehen muss, wir passen nicht mehr zusammen."

Sie sahen sich an wie Fremde. „Was haben wir falsch gemacht?", fragte er und wusste gleichzeitig, dass es keine Antwort geben würde. „Alle Zeit hätte ich dir gelassen, wenn du es mir gesagt hättest, dein Schweigen, deine Lügen haben mich sehr verletzt. Ohnehin habe ich es lange gespürt. Wer kann gegen Liebe schon etwas ausrichten? Sie kennt keine Gerechtigkeit." Er brachte sogar die Kraft auf, zu lächeln.

Dass er am Tag zuvor voller Optimismus zu ihr gefahren war, um sie zu überraschen, sie mit ihrem Liebhaber gesehen, fluchtartig das Hotel verlassen und die Nacht frierend auf einem tristen Parkplatz verbracht hatte, erfuhr sie nicht. Sechs Wochen später trennte sich Lilith von ihm und verließ die Wohnung.

Resigniert in seinem Lieblingssessel, den Kopf in die Hände gestützt, fühlte er sich verloren in dem großen Raum, den er nur noch mit Erinnerungen und verbliebenen Möbeln teilte. Wie konnte es sein, so lange nicht zu merken, dass sie sich in einen anderen verliebt hatte, an dessen Körper sie sich wärmte, während ihre kleine Hand nachts noch in seine flüchtete? Durch das Fenster sah er die Abendsonne als blassgelbe Scheibe, erfreute sich für Minuten ihres wärmenden Anblicks, bevor sie vom bleiernen Grau der Dämmerung herzlos verschlungen wurde.

Er kannte diese Stimmung, das Gefühl, keinen festen Boden mehr unter den Füßen, das Glück verloren zu haben, in leere, stimmlose Räume zurückzukehren, ohne Antrieb, die Zeit mit

Sinnlosem vergeudend, um sich selbst zu entkommen – die Stille endlos langer Abende. Damals, bei Viola, als der erste Zorn verraucht war, hatte er lange unter der abrupten Trennung und Einsamkeit gelitten, dem Schmerz tiefer Verletzung und der nie endenden Frage, warum? Dennoch hatte er seinen Stolz nicht überwinden können. Erschöpft hatte er sich gefühlt, an seelischer Grippe leidend, nicht fähig, sich zu einer Aktivität aufzuraffen. Ganz Ähnliches empfand er jetzt; wenn er sich zum Aufstehen zwingen wollte, ergriffen seine Füße nur Luft. Damals hatte er das Semester geschmissen, nicht einmal Mozart konnte seine Stimmung verbessern, so ausgiebig badete er im Mitleid seiner selbst. Erst als Jan die larmoyante Behäbigkeit mit sorglos fröhlichem Elan aufbrach und ihn förmlich mitschleifte, besserte sich der Gemütszustand. Bald büffelten sie gemeinsam, machten Sport, diskutierten über alles, nur nicht den Grund für seinen Absturz. Nach der ungeplanten Unterbrechung hatte er das Studium zügig fortgesetzt, mit gutem Examen abgeschlossen, was ihm den Weg an eine Düsseldorfer Realschule ermöglichte.

Ohne sich zu loben, konnte er sagen, in den Jahren gut angekommen, ja beliebt zu sein, bei Schülern oder Kollegen, bis auf Uwe Zänker, einen jüngeren, Schweiß umflorten Junggesellen, mit dem kahlen Kopf eines Stopfeis und dem listigen Gesicht eines Frettchens, der ihm vom ersten Tag an aggressiv begegnete und nur darauf wartete, ihm am Zeug zu flicken. Die Kopfhaare schienen umgezogen zu sein, eine Etage tiefer, mutiert zu einem voluminösen Oberlippenbart mit gezwirbelten Enden, die die seismographische Eigenschaft besaßen, selbst kleinste innere Erschütterungen bebend anzuzeigen. Zänker rauchte stark. Egal was er trug, die Kleidung stank nach Nikotin und dürfte selten, wenn überhaupt, in den Genuss einer Reinigung gekommen sein. Zynische Kommentare brachten jeden auf die Palme, schlechte Laune trug er vor sich her wie einen übelriechenden Nachttopf. Zwillingsbruder Horst, Kripobeamter bei der Sitte, erfreute sich dort ähnlicher Beliebtheit, ein Familienerbe, das man hingebungsvoll pflegte. Als

Jugendliche waren sie zu Halbwaisen geworden, ihre Mutter starb bei einem Verkehrsunfall, dessen Verursacher nie gefunden wurde. Zweifellos ein prägendes Erlebnis, das sie nie verwinden konnten. Vielleicht rührte die besondere Vorliebe für ihn daher, dass er insgeheim Kollegin Verfürth liebte, die ihn aber demonstrativ links liegen ließ und stattdessen Micha verehrte, was sie kaum zu verheimlichen suchte.

Micha brachte neue Ideen in den Schulbetrieb ein, die er nicht großspurig hinausposaunte, wie es Zänker getan hätte, sondern Baltus vorschlug, der sie dankbar entgegennahm und als eigenen kreativen Output ausgab. Ihn störte das nicht, wichtig war allein, dass sich etwas zum Besseren veränderte, und dieser Weg war der direkteste zum Erfolg. Direktor Hardy Baltus wusste die Loyalität zu schätzen, und so hatte sich mit den Jahren eine Freundschaft zwischen ihnen entwickelt, die sie privat duzen ließ, nur nicht vor dem Kollegium, worauf er peinlich genau achtete. In der Freizeit traf man sich hin und wieder, seine Frau Caroline war eine ausgezeichnete Köchin, die ihn ehrlich mochte und das Hin und Her bei der Anrede reichlich lächerlich fand. Einladungen waren Gelegenheiten, bei denen sie aufblühte, ihren Mann inmitten der Gäste aufgekratzt erlebte, während er sonst wortkarg war und sich meist im abgeschlossenen Arbeitszimmer verschanzte, wo man ihn nicht stören durfte.

Baltus war eine schwache Persönlichkeit, litt unter permanenter Unsicherheit und der Befürchtung, seine Autorität könnte untergraben werden, was zu solch skurrilen Allüren führte, sich Mitfahrer im Aufzug zu verbitten. Mit der Leitung war er überfordert, ohne Führungskompetenz und nur durch plötzliches Ableben seines Vorgängers zu dieser Position gekommen. Sein *‚poröses Rückgrat'* musste gestützt werden. Ängste vor Schulrat und Aufsicht trugen pathologische Züge und ließen ihn peinlich kriechen, aber das vertrauensvolle Verhältnis erlaubte es, Micha um Rat zu fragen, ohne Gesichtsverluste zu befürchten. Er konnte ihn für die Gründung einer Initiative gegen Gewalt an Kindern *‚Detektive für Emil'* begeistern, die ihm das Amt des Vereinsvorsitzenden einbrachte, obwohl allein Micha die Fäden in der Hand hielt. Es war eine Arbeit, die ihn sehr befriedigte und Hardy die gesellschaftliche Anerkennung brachte, nach der er gierte.

Alles lief wie ein Film vor seinen Augen ab, jetzt wo er an einer ähnlich trostlosen Station seines Lebens angelangt war, wie damals, mit dem Unterschied, dass er inzwischen damit umzugehen wusste. Wieder hatte ihn eine Frau betrogen, sollte es sein vorbestimmtes Schicksal sein? War er wirklich der konservative, pedantisch Gestrige, wie Lilith es ihm vorgeworfen hatte? Zugegeben, er war phlegmatisch, was er gar nicht unsympathisch, irgendwie sogar gemütlich an sich fand, sie aber auf ‚Hundertachtzig' bringen konnte. Kleinigkeiten störten, wenn er Krümel auf dem Teller zusammenschob, um sie mit dem Zeigefinger aufzupicken, sein vermaledeiter Hang zur Ordnung. Er hasste Veränderungen, ging immer dieselben Wege, aß mit einer bestimmten Gabel und hätte seinen Wagen am liebsten fünfzig Jahre gefahren, um sich ja nicht an einen neuen gewöhnen zu müssen. Seltsamerweise hatte er erst in den letzten Monaten darüber nachgedacht, wie unterschiedlich sie eigentlich waren, wie wenig Interessen und Vorlieben sie teilten, dass sie grundsätzlich an anderen Stellen eines Films lachten und ihre konträren Temperamente nur schwer zu koordinieren wussten. Lilith war alles, was er nicht war. Er seufzte laut und vermisste ihre eiligen Schritte im Haus.

Viola hatte einmal gesagt: ‚*Wenn du traurig bist, geh dahin, wo das Lachen wohnt*'; daran erinnert, raffte er sich auf und spazierte zu einem versteckt liegenden Park, den er wegen seiner besonderen Schönheit öfter aufsuchte. Der sonnige Platz, von dichtem Grün exotischer Bäume umgeben, öffnete sich wie ein freundliches Lächeln der Natur, verkörperte eigene Beschaulichkeit, nicht Stille, denn er lebte auch von dem Lachen spielender Kinder, für die Schaukel und Rutsche aufgestellt waren. Ihre unbändige Lebensfreude und Ausgelassenheit ließen ihn triste Stimmung schnell vergessen, sich an der Energie, der ungetrübten Phantasie erbauen und an eine Zukunft glauben. Irgendwann möchte ich auch Kinder haben, drängte sich dann der Wunsch auf, dem Lilith so wenig hatte abgewinnen können. Mit Viola hätte er es sich gut vorstellen können, wenn sie ihn nicht so übel hintergangen hätte. Ob sie Kinder hat? „Warum willst du Lehrer werden?", fragte sie ihn einmal. Die Antwort war ihm nach so vielen Jahren noch im Ohr. „Weil mich Kinder faszinieren, deren Spontaneität, Kreativität, vor allem die noch nicht enttäuschten Ideale und ihre unverfälschte Offenheit. Es reizt mich, Anlagen zu erkennen und für eine gute Entwicklung zu nutzen." Sie hatte ihm einen verständnisvollen Blick aus tiefgründigen, feuchtschimmernden Augen geschenkt.

Was er an diesem Platz, wo das Lachen sein Zuhause hatte, liebte, war das unvergleichliche Licht. Während die Sonne den Platz beschien, lagen die Bänke wie ein Rückzugsort der Entspannung im Schatten unterschiedlichster Bäume, deren bestrahlte Blätter eine eigene Transparenz erhielten und das Licht mit weichen Konturen weitergaben. Auch andere schienen der kontemplativen Faszination zu erliegen, nur Lilith nicht. Als er ihr seinen Lieblingsplatz zeigte, wurde sie nicht von dem besonderen Flair ergriffen, fühlte sich durch das mystische Licht eingeengt und vom Kinderjubel gestört. Manchmal kam es vor, dass er gestürzten Kindern tröstend auf die Beine half oder solche, die am Scheitelpunkt der Rutsche plötzlich der Mut verließ, in die Tiefe zu gleiten, aus akuter Seelennot befreite. Er reckte sich, bog den Rücken durch, der Spaziergang hatte ihn auf andere Gedanken gebracht; raschen Schritts schlug er den Weg nachhause ein.

Die Trennung von Lilith blieb im Kollegenkreis nicht lange verborgen. Einige drückten ihr Bedauern aus, andere wussten nicht damit umzugehen und versuchten, den Kontakt zu vermeiden. Allein Linde sah ihre Chance gekommen und drängte ihm ihre Hilfe geradezu auf. Gerne sähe sie nach dem Rechten, wasche und bügle rasch Wäsche oder koche an einem Wochenende. Er hatte den Fehler begangen, sie wegen einiger Dinge um Rat zu fragen, was offenbar motivierend wirkte. Natürlich wollte er sie nicht verprellen, und so wurde sein Verhalten zu einem Seiltanz, gutes Miteinander nicht zu gefährden, aber unmissverständlich zu vermitteln, an intimen Gemeinsamkeiten nicht interessiert zu sein. Aus dankbarer

Verpflichtung lud er sie zum Essen ein; den ganzen Abend über strengte sie sich an, ihm zu gefallen, erotisch zu wirken, und es entging ihm nicht ihre Enttäuschung, als er sie an der Haustür verabschiedete, ohne sie hineinzubegleiten. Im Lehrerzimmer hörte Zänker ihren Gespräche in wachsender Schieflage zu, verfolgte jede Geste mit Argusaugen, um Nahrung für seinen schmierigen Klatsch zu erhalten.

Zwei Jahre gingen vorüber.

Jan kreuzte überraschend auf. „Sag nur nicht, du hättest keine Zeit. Draußen wartet ein Geschoss auf unsere Spritztour, du Dauergrübler brauchst dringend Abwechslung, auf, auf!" Eigentlich hatte er etwas anderes vor, aber als er Jans Energie spürte und das Leuchten in den Augen sah, warf er seine Pläne über Bord. „Zieh schnell noch was über", er eilte zum Schrank, in dem er die Pullover aufbewahrte. Keiner war ihm ordentlich genug gefaltet, so wie er es von Viola oder Lilith gewohnt war. Mit resigniertem Blick hob er die Schultern, griff einen blauen und zog ihn vorsichtig über den Kopf.

Das ‚Geschoss', direkt vor der Haustür, war ein schnittiges Gefährt mit der sportlichen Note eines Rennwagens, er kannte sich bei Fahrzeugmarken nicht aus, das Fabrikat ‚*Aston Martin*' war ihm noch nie zu Gesicht gekommen oder hatte etwa James Bond ... ? Jan drängte ungeduldig einzusteigen, legte einen rasanten Start hin, fuhr röhrend am Rheinufer entlang und konzentrierte sich so auf die ungewohnten Bedienungselemente, dass er die Frage nach dem Ziel überhörte. Er schlug einen Serpentinenweg ein, kommentierte anerkennend die Motorleistung in den Steigungen, die einem folgenden Auto so deutlich das Nachsehen gab, dass man Mitleid hätte empfinden können und hielt an einem Ausflugslokal an. Im letzten Jahr hatten sie es schon aufgesucht, gemeinsam mit Lilith und Valentina, an einem sonnig warmen Tag, in bester Stimmung draußen auf der Terrasse gesessen, froh, das gastronomische Kleinod zufällig entdeckt zu haben. In purer Harmonie, nie hätte er für möglich gehalten, dass ein Jahr später alles vorbei sein würde. Heute glänzte sie feucht vom letzten Schauer, war gähnend leer und ein Kellner damit beschäftigt, nasse Stühle und Tische abzuwischen, ein trostloses Unterfangen, denn trauerschwarze Wolken über ihnen kündigten neuen Regen an.

Mit Beklommenheit erinnerte er sich daran. Jan, der das Zögern bemerkte, schob ihn hinein. „Lass dich nicht hängen Copilot." Micha lächelte dünn und ließ sich an einem der stabilen Eichentische nieder. Jan zählte die Vorzüge des Gefährts auf, fragte, was er vom Sitzkomfort halte, vom Fahrverhalten und technischen Details. „Es ist eine Ringeltaube, so ein Wägelchen gebraucht zu bekommen; gekauft hab ich es noch nicht, wollte erst mal deine Meinung hören." Micha war – ehrlich gesagt – schnuppe, mit welchem Wagen Jan durch die Stadt brauste, fühlte sich nicht sachkundig, beeilte sich aber, ihm gute Wahl und ein geschicktes Händchen zu attestieren. Nach einigen ‚Alt' ergaben sich intensive Gespräche wie immer, wenn sie zusammensaßen. Seit sie sich kannten, waren Themen nie ausgegangen und das, obwohl sie in ihrer Art nicht unterschiedlicher hätten sein können.

Sie brachen auf, die Temperatur war gesunken, schweren Herzens musste Jan das Verdeck schließen, weil es zu nieseln begann. Wieder war, bis in den Magen hinein, das satte Röhren zu spüren, mit dem sich der Bolide in die dunklen Kurven begab. Er fuhr schnell hinunter, zu schnell für Michas Begriffe, aber er wollte nicht protestieren, so wie er ihn kannte, hätte er das Tempo noch gesteigert. Auf halber Strecke, inmitten einer Serpentine, wurden sie geblendet, grell wie von einem Blitz, es war kein entgegenkommendes Fahrzeug, eher etwas Stehendes, das sein gleißendes Licht unbarmherzig auf sie gerichtet hielt. Jan musste unwillkürlich die Augen schließen, so brutal war die Strahlung, und er verlor die Orientierung. Der Wagen kam von der Straße ab, durchbrach mit krachendem Geräusch die Begrenzungssteine, stürzte den Hang hinunter, wo er sich glücklicherweise im dichten Gehölz verfing. Splittern und wütendes Zischen des sterbenden Motors in den Ohren, glaubte Micha, seine Lunge explodiere, dehne sich aus wie ein Ballon, der ihn nicht mehr atmen lasse. Schreckliche Angst befiel ihn. „Was war mit Jan?" Er lauschte, hörte ihn stöhnen, ‚verdammter Mist' rufen. Er lebte. In der Klinik diagnostizierte man eine schockbedingte Lungenblähung, Gehirnerschütterung und Prellungen, Jan kam mit Platzwunden und einer Knieverletzung davon, angesichts des spektakulären Unfalls ein glimpflicher Ausgang. Der stolze Wagen war zu Schrott geworden, ‚sic transit gloria mundi' deklamierte Jan fatalistisch. Nachforschungen wegen der Unfallursache liefen ins Leere.

Schmerzen, Schwindel und Übelkeit setzten Micha zu, das Einatmen gelang nur in winzigen Dosen wie einem nach Luft schnappenden Goldfisch im Aquarium. Schmerzmittel schien man hier nicht zu kennen, und wenn doch, waren sie vielleicht seit Jahren abgelaufen, ihrer Wirkung beraubt oder die Lagerbestände durch Feuersbrunst verloren gegangen? Er war ungeduldig, wütend über die Situation, und wenn er wütend war, wurde er ungerecht. Sicher bemühen sie sich nach Kräften, versuchte er sich zu beruhigen und flehte die Krankenschwester, der die Erwartung des nahen Feierabends bereits seligen Glanz in die Augen getrieben hatte, um eine stärkere Dosis an. Am nächsten Tag waren die Schmerzen in der Brust erträglicher. Linde, schlammfarben gewandet, war die Erste, die ihn im Krankenhaus besuchte und Nützliches mitbrachte. Mit bangem Gefühl hatte sie sich zu ihm aufgemacht und war so erleichtert, ihn relativ unversehrt anzutreffen, dass sie ihn zur eigenen Überraschung küsste. „Was machst du nur?", sagte sie im Kinder-Tonfall, den Kopf hin und her wiegend, „Dummheiten wie Halbstarke beim Autorennen." Er grinste gequält, wehrte sich nicht, als sie seine Hand hielt, die angenehm kühl war, sich hinunter beugte, um ihm möglichst nah zu sein. Sein schwindelgetrübter Blick fiel in das weitgeöffnete Dekolleté ihrer Bluse, das weiße, bläulich schimmernde Haut über hervortretenden Knochen offenbarte und Gedanken an Intimität im Keim erstickte. „Wie behandeln sie dich?", es klang besorgt.

„Für morgen ist eine ‚Reise durch mein Gehirn' angekündigt, hab gehörig was auf den Kopf bekommen, ansonsten ‚*Katzenschnurren-Therapie*'." Wegen der Luftknappheit hatte er Mühe zu sprechen.

Linde wusste nicht, ob er es ernst oder spaßig meinte, vergaß den offenen Mund zu schließen.

„Hab genauso verblüfft geschaut, neue Methode zur Entspannung und Immunstärkung, die man Katzen abgeschaut hat", japste er, „ihr Schnurren hat heilende Wirkung."

Lindes Blick verriet, dass sie weit von einer Überzeugung entfernt war. Sie wechselte das Thema und berichtete die jüngsten Vorkommnisse in der Schule.

„Wenn du nach Hause kommst und dich nicht wohlfühlst, helfe ich gerne, mach dir nur keine Sorgen", schnurrte sie, als setze sie die Therapie bereits ein und bedachte ihn mit einem huldvollen Krankenschwesternlächeln. Sorgen mache ich mir andere, dachte er, bedankte sich aber artig und versicherte, sich bald wieder fit zu fühlen. Am nächsten Tag schilderte sie den Kollegen seinen Zustand.

„Was macht man mit ihm", wollte Baltus wissen. „Eine neue komplizierte Therapie wegen der Lunge und heute eine ‚Reise durch sein Gehirn', wie er es nannte."

Zänker lachte verächtlich: „Da werden sie jedenfalls nicht lange unterwegs sein."

„Ich muss doch sehr bitten angesichts der widrigen Umstände." Baltus war sichtlich verärgert.

Lindes Hausbesuch nach Rückkehr aus dem Krankenhaus war nicht zu verhindern. Da er sich noch immer schwindlig fühlte, half sie beim Duschen, gab ihm einen freundschaftlichen Klaps auf den Po, dessen Anblick sie stärker als vermutet entzückte und hüllte ihn in Frottee ein wie ein frisch gebadetes Baby. Mit seinem blauen Kamm aus Studentenzeiten fuhr sie durch die Haare, setzte Tee auf, zwang ihn, im Bett zu bleiben, wie vom Arzt empfohlen. Während die Waschmaschine lief, sahen sie einen Film, zu dem er es sich auf der Couch bequem machen durfte. Rührend stopfte sie ihm Kissen unter den Kopf. „Der Arzt, der Arzt", äffte er sie nach, „dient doch nur der Unterhaltung des Patienten, die Gesundung übernimmt ohnehin die Natur."

„Seltsame Erkenntnisse."

„Waren schon die von Voltaire."

Nur zögernd verabschiedete sie sich, hoffte darauf, dass er sie zum Bleiben bewegen würde, aber er sandte keine Signale.

„Bis morgen kranker Rennfahrer, mach keine Dummheiten!" Sacht zog sie die Wohnungstür zu, als könnte schon das kleinste Geräusch die abklingende Gehirnerschütterung verstärken. Er hätte lügen müssen, wenn ihm die umsorgte Betreuung nicht gefallen hätte, wann war er zuletzt so verwöhnt worden? Aber es galt aufzupassen, keine Hoffnungen zu nähren, die er später nicht erfüllen konnte. Gerne hätte er wieder mit einer Frau geschlafen, aber ein Schritt zu weit und Linde würde nicht mehr von ihm weichen, davon war er überzeugt. Nach einem neuen Verhältnis war ihm, nach allem, was er erleben musste, wahrlich nicht zumute.

Er erholte sich. Zweimal begleitete sie ihn zum Park, weil er sich noch unsicher fühlte, machte Hausputz, von dem er sie vergeblich abzubringen versuchte, duschte, trat in seinem Bademantel hinter seinen Sessel, schlang die Arme um ihn und küsste den desolaten Kopf. „Ich bin froh, dass es dir besser geht", sagte sie mit einer Wärme in der Stimme, die sein Herz schneller schlagen, ihn zurücklehnen ließ an die weiche Wölbung ihres Busens. Er roch frischen Atem, zitrus-würzigen Duft eines Duschgels, der ihn an Bergamotte erinnerte, spürte zart massierende Hände an den Schultern, feuchte Haare kitzelnd an seinem Hals und den starken Wunsch nach Zärtlichkeit, dem er nicht nachgeben durfte. Er griff nach hinten zu ihrer Hand und drückte sie fest.

„Danke für deine Hilfe Linde, ohne dich wäre ich ziemlich verloren gewesen. Da zeigt sich gute Freundschaft."

Sie zuckte zusammen, der Terminus schien nicht ganz ihrer Strategie zu entsprechen, kam um den Sessel herum, wobei der Bademantel mangels Gürtel aufsprang und den Blick auf ihren nackten Körper freigab. Sie war schlank, eher dünn, mit extrem heller Haut, gut geformten Beinen, flachem Bauch und angesichts der schmalen Silhouette kräftigen Brüsten. Für einen Moment glaubte er, sie wolle sich auf seinen Schoß setzen, als sie einen Schritt auf ihn zu machte. Irgendwann, als es ihm lästig wurde, den Gürtel durch die engen Schlaufen des Bademantels zu ziehen, hatte er ihn weggelassen; ohnehin zog er ihn nur kurz über, wenn er aus dem Bad kam, um durch den ungeheizten Flur zu huschen. Jetzt tat er so, als sei ihm die *Sesam-öffne-dich-Technik* nicht aufgefallen. Linde warf in kurzer Drehung den Kopf zurück und raffte die Mantelseiten mit einer Hand zusammen. „Ich ziehe mich schnell an, das Duschen war angenehm, dein Bademantel schmeichelt meiner Haut."

Eine Woche später erschien er wieder zum Unterricht, die Farbenspiele der blauen Flecken zeigten ein vielfältiges Spektrum. Als ersten traf er Zänker, der ihm den Rauch seiner Zigarette direkt ins Gesicht blies.

„Frisch aus dem Urlaub? Sie haben schöne Farbe bekommen." Dabei überzog ein widerliches Grinsen sein Gesicht. „Kann's nur empfehlen, Herr Zänker, bei Ihrer Raucherblässe würde es Sie besonders gut kleiden." Seine Kiefer klappten hörbar zu, die Enden des Schnäuzers zitterten wie nach einem Erdstoß.

Auch Jan arbeitete wieder, mit Schienen, die das lädierte Knie stabilisierten. Die Fäden der Kopfwunden waren gezogen. Er grübelte über die Umstände des Unfalls. „Wenn ich das Schwein erwische, das uns absichtlich geblendet hat."

JESSIE

Zornrot schreiend kam Jessie auf die Welt, sage und schreibe mit drei stolzen Haaren auf dem Kopf direkt oberhalb der Stirn. Ihre Mutter war in Ohnmacht gesunken und sie – kaum abgenabelt – fallen gelassen worden, wie ein heißes Brot, gottlob nicht auf die steinernen Fliesen des Kreißsaals, sondern ein paar Tücher, die scheinbar nutzlos und vergessen auf dem Boden lagen. Im selben Augenblick brach die Stromversorgung zusammen, alles versank im Dunkel, weshalb man ebenso verzweifelt wie vergeblich nach ihr tastete, bis sich das verschlafene Notaggregat schwerfällig bereit erklärte, seinen Dienst aufzunehmen. Die Hebamme hatte sich in finster hektischer Suche die Stirn gestoßen, die nun eine arg blutende Wunde zierte. Der jungen Mutter war der dramatische Sturz entgangen; Minuten später kam sie zu sich, hatte die Geburt vergessen, wähnte sich noch in Wehen und ob des blutverschmierten Gesichts der krampfhaft lächelnden Schwester über ihr, in einem Horrorfilm, statt im künstlichen Halbdunkel des Entbindungsraums. Ihr gellender Angstschrei ließ Jessie augenblicklich verstummen. Welcher Lebensweg mag jemandem bestimmt sein, der mit solchen Vorzeichen beginnt?

Sie wurde ein willensstarkes Kind voller Auflehnung und Widerspruch, spuckte die gesunde Muttermilch in weitem Bogen aus, begnügte sich stattdessen mit einer dünnen aus der Retorte. Mit erstaunlicher Kraft stemmte sie sich gegen jeden Versuch, gewickelt zu werden und fand, wie nicht anders zu erwarten, ihren eigenen Schlafrhythmus, der in keinster Weise mit dem nachtschlafender

Lebewesen in Einklang zu bringen war. Ihre Mutter bekam den ‚Baby-Blues', wie ihn der Arzt verharmlosend bezeichnete, der sich zu einer postnatalen Depression auswuchs. Etwas mit Jessies Hüfte war nicht in Ordnung, ob es am Sturz auf den Boden lag? Man war sich nicht einig, was die Behandlung betraf, wartete, legte sie in Gips, konnte aber den später fehlerhaften Gang nicht verhindern. Sie hinkte leicht, oder zog das rechte Bein nach, was so wirkte, als zögere es, dem forscheren linken, zu folgen, als überlege es erst, bevor es den Entschluss fasst, sich ebenfalls in Bewegung zu setzen. Das ergab eine Choreografie, die einer gewissen Präzision und Anmut nicht entbehrte. Jahre danach taufte sie es daher scherzhaft *‚das intellektuelle Bein'*.

Früh merkte sie, dass sie kein Wunschkind, zumindest nicht zu diesem Zeitpunkt gewollt war. Vielleicht war der Eindruck falsch und das Resultat verzweifelter, erfolgloser Versuche ihrer Mutter, sie zu erziehen oder auf den Weg zu bringen, der nach ihrer Meinung der einzig begehbare war. Aber egal wie verworren das Dickicht, Jessie fand immer alternative Pfade, schon allein, um ihren starken Eigensinn durchzusetzen. Im Kindergarten atmete man auf, wenn sie ein paar Tage krank war, da sie in der Regel eine Erzieherin für sich ‚verschliss'. Nicht anders in der Schule; dank exzellenter Auffassungsgabe lernte sie spielend und vertrieb sich, derweil die anderen gemächlich bemüht waren, den Stoff zu kapieren, ihre Langeweile mit Spielen oder Spontanerzählungen in die Klasse hinein. *‚Schnecke'* oder *‚Hinkebein'* titulierte man sie in brutaler Direktheit, sie vergalt es mit Provokationen. Ihre Streiche, kreativ und originell, waren gefürchtet, die Lehrer gleichermaßen fasziniert wie entsetzt.

Mutters Depression ging in einen Zustand anhaltender Melancholie über, in dem sie nur für Musik aufnahmebereit war. Jessie gefielen die Melodien, sie verspürte aber wachsenden Zorn auf ihre Mutter, die sich, wie sie glaubte, grundlos gehen ließ und durch Freudlosigkeit sogar ihren Vater aus dem Haus vergrault hatte. An ihm hing sie mit ganzem Herzen, in seiner Nähe verschwanden alle Ängste. Aber zum längeren Gewöhnen blieb leider keine

Gelegenheit, da er beim Kirschenpflücken von der Leiter stürzte. Vier ausgewachsene Bäume in Großvaters Garten, die in jenem Jahr mächtig trugen, wollten von ihrer süßen Last befreit werden. Wahrscheinlich hätte es glimpflich enden können, wäre nicht sein Kopf unglücklich auf den Rand des prall gefüllten Eimers aufgeschlagen, was ihm das Genick brach. Ihr blieben Erinnerungen, die Wärmegefühle in ihrer Brust erzeugten, wenn sie an den gefühlvollen Mann, das mitreißende Lachen, die hellen Tage seines letzten Sommers, Märchen, die er vor dem Schlafengehen erzählte, die Sicherheit seiner starken Hand und übermütigen Reitstunden auf seinen Schultern dachte.

Da sie sich in allen Bedürfnissen vernachlässigt und ungeliebt fühlte, verbrachte sie später einige Jahre bei den Großeltern außerhalb der Stadt, und auch dort gab es bald niemanden, der sie nicht kannte oder von ihren Streichen verschont geblieben war. Ob es das ausgeschöpfte Weihwasserbecken von St. Ignatius, die wie von Geisterhand verschwundenen Hostien, buntbemalten Ferkel von Bauer Dahlheim, Spritztouren mit Mopeds waren oder eine Schwarzfahrt nach München, bei der sie Kontrollen frech auf der Zugtoilette aussaß, Jessie kam für alle Fälle als Täterin infrage. Sah man nachts jemanden schwindelerregend auf steilen Dächern balancieren, musste man nicht rätseln, als wollte sie mit allen Mitteln ihre Behinderung kompensieren, Aufmerksamkeit erregen, die ihr sonst zu wenig zuteil wurde. Innerlich hin- und hergerissen, hatte sie keine Vorstellung was, aber genau, was sie nicht wollte.

Mit gelindem Schrecken erinnerte sich Großmutter Josefine an den Einkauf eines Kleids im Modehaus ‚Schöps'. Während sie sich mit der Verkäuferin beriet, eilte Jessie von Kabine zu Kabine, riss mit einem Schwung, den niemand ihr zugetraut hätte, die Vorhänge zur Seite und präsentierte die sich Umziehenden in Unterwäsche oder auch keiner. Kaum gescholten, gellte der Schrei einer gestürzten Kundin durch den Laden, die Ursache war schnell geklärt, als Jessie ächzend eine Fliese anschleppte, die sie gerade aus dem Boden gelöst hatte. Josefine nahm es mit Humor, liebte sie, hatte Verständnis für den widerstreitenden Geist, der in dem energiegeladenen jungen Ding rebellierte. Schon der Start ins Leben war schwer, sie würde es auch schwerer als andere haben, sich zu finden, sich mit ihrer Persönlichkeit auseinanderzusetzen. Ausnehmend hübsch war sie, da schmerzte der Anblick ihrer Gehbehinderung, der gar nicht zu ihr passen wollte. Zum Glück schien es dem Kind nichts auszumachen, einen solchen Gang hat schließlich nicht jeder. Großmutters wunderbarer Humor war von der Sorte, trocken, rheinisch, pragmatisch. Als Nachbarin Zita Schabrowski den sechsten Sohn in Folge bekam, obwohl sie seit vier Geburten inständig auf ein Mädchen hoffte, fand sie ganz eigene Worte des Trostes: „Gräm dich nicht Zita, bist fein raus, hast gleich sechs eigene Sargträger bei deiner Beerdigung."

Großvater erklärte ihr das Schachspiel, zunächst nur in der Absicht, sie zu beschäftigen und von ‚Untaten' abzuhalten, war aber verwundert, wie rasch sie sich zur ernsthaften Gegnerin mauserte, die ihm volle Konzentration abverlangte. Das Spiel lag ihr, kam der schnellen Auffassung, dem analytischen Denken und beunruhigenden Drang entgegen, zu provozieren und anderen ein Schnippchen zu schlagen. „Du bist gut, ein gleichwertiger Partner", lobte er. Da fühlte sie sich groß wie ein Haus.

So widerspenstig und grob sie auch agierte, so weich und verletzbar war sie, wenn sie sich zurückzog, die getragene Maske ablegte und ihren Gefühlen Platz einräumte. Ihr chaotisches Innere, eine wilde Naturlandschaft, in der sich Felsstürze, Lawinen und Überschwemmungen ereigneten, wie aus dem Nichts gewaltige Stürme losbrachen, zeigte die schwache, zerbrechliche Seite, die nur sie kannte, vor anderen abschirmte und Kummertränen weinen ließ. Sie litt darunter, keinen Vater zu haben wie ihre Freundinnen, unter dem Makel ihres Gangs, der Aggressionen freisetzte, der abwesenden Gleichgültigkeit ihrer Mutter, unter Ängsten, die sie überfielen, meist in den frühen Morgenstunden, bevor sich das erste Licht des Tages zeigte, sie hilflos, sich selbst überlassen und ungeliebt fühlen ließen. In solchen Stimmungen hasste sie sich, ihre Aggressivität, den bösen Geist in ihr, dann trieb es sie hinaus auf die Dächer, wo sie allein sein konnte, das gefährlich somnambule Spiel ihr Blut in den Ohren rauschen und sie sich plötzlich überlegen fühlen ließ.

Mit sechzehn zog sie wieder nach Hause, Großmutter Josefine war der Haushalt zu anstrengend geworden. Eine seltsame Krankheit schien sich auszubreiten, denn alles, was sie dachte, sprach sie laut aus. Zunächst fand man es lustig, zumal es nicht permanent erfolgte, dann redete sie öfter, schließlich ohne Unterlass, was Großvater, den ‚beschallten Mann' oft aus dem Haus trieb, weil er das stetige Gebrabbel nicht mehr ertragen konnte und der Knopf fehlte, um es abzustellen. „Von der Lunge auf die Zunge", meinte er, irgendein Syndrom habe sie, konnte sich aber den medizinischen Begriff nicht merken. Ehe man es endgültig herausgefunden hatte, starb sie, lag morgens tot im Bett. Alle standen um sie herum, diskutierten laut die Ursache des plötzlichen Ablebens, allein Großmutter schwieg.

Inzwischen war es Zeit geworden, das Gymnasium zu wechseln, da sich Nervenzusammenbrüche ankündigten, von denen einer tatsächlich erfolgte. Jessie gönnte ihn dem ungeliebten Pauker. Mittlerweile hatte sie herausgefunden, mit welchen Blicken oder Gesten sie zu irritieren waren und experimentierte begeistert mit neuen Techniken, koketten Augenaufschlägen, tiefen Blicken, die sie in die Bluse oder beim Übereinanderschlagen der Beine zwischen die braunen Schenkel gewährte. Eine erstaunliche Erfahrung, wie leicht Männer auf diese Weise in Verlegenheit zu bringen waren, und sie weidete sich an den Erfolgen. Ausgleich für spöttische oder mitleidige Blicke, die sonst ihrem ‚*intellektuellen Bein*' galten.

Mutter arbeitete zu dieser Zeit in einem Fachgeschäft für Paramente, das sich auf die Herstellung von Priesterkleidung, Messgewändern, Talaren spezialisiert und damit einen sehr diskreten Kundenkreis hatte. Jessie gefiel die ruhige, gediegene Atmosphäre des Hauses, weil sie sich so grundlegend von ihrem vulkanischen Temperament unterschied und das reiche Lager mit Ballen feinster Kleiderstoffe in unterschiedlichen Farben, Brokaten, Seide überzogenen Knöpfen, Kreuzen, Hüten, glitzernden Fäden. Es hatte etwas von unwirklicher Märchenwelt, in die sie flüchten konnte, und davon machte sie – wie in Kinderzeiten – gerne Gebrauch.

Gerade fertigte man die Ausstattung für einen Kardinal an, ein Auftrag, der nicht zu den täglichen Standards gehörte und von leichtem Händezittern begleitet war. Die Schneider erklärten, dass zur Robe nach Maß bodenlange rote und schwarze Soutanen gehören, deren Aussehen exakt vorgeschrieben ist. Scharlachrote, während des Gottesdienstes, sollen an das Blut der Märtyrer erinnern und über 33 Knöpfe, für die Lebensjahre Jesu, verfügen. Über ihnen werde eine rote Bauchbinde, das Zingulum, als Kopfbedeckung ein Scheitelkäppchen, das Pileolus, sowie das Birett, vom Papst feierlich überreicht, getragen. Ergänzt durch rote oder schwarze Strümpfe je nach Talarfarbe sowie die Mozetta, einen Schulterumhang und das goldene Brustkreuz an langer Schnur. Bischöfe hingegen trügen Birett und Zingulum in violetter Farbe.

Ihre Hand ließ sie mit geschlossenen Augen über feine Stoffe aus Schurwolle und Moiré-Seide gleiten, empfand ein Gefühl zarter Erregung dabei. Schon am Geruch konnte sie Tuche erkennen, glaubte, dass sich selbst ihre Farben beim Riechen unterschieden. Gerüche hatten schon immer eine besondere Rolle für sie gespielt, sie sammelte unterschiedlichste in ihrem Kopf. Mit Begeisterung fotografierte sie die Stoffballen im fahlen Schein des sich durch kleine Fenster zwängenden Tageslichts, mit langer Belichtung und offener Blende. Mystische Bilder changierender Farben, wie im Dunst verschleiert, entstanden. Das vorhandenes Restlicht wurde vom Film förmlich aufgesogen, die Zeit eingefangen und damit eine Stilistik des Geheimnisvollen kreiert, der sie auch später bei Aufnahmen in abendlichem Dämmerschein treu bleiben sollte. Da durchzuckte sie ein kühner frivoler Gedanke. Die rote Kardinalssoutane war fertig und hing gebügelt über einem der Arbeitstische. Es drängte sie, das Gewand an der Innenseite mit dem unvergänglichen Zeichen ihres Lippenstiftabdrucks zu markieren; gleichzeitig empfand sie tiefe Befriedigung bei dem Gedanken, seine Eminenz mit diesem Stigma jungfräulicher Lippen durch ihr kirchliches

Leben begleiten und ihr eine verbotene, heimliche Partnerin sein zu können. Hätte man den Frevel bemerkt, wäre Mutter unweigerlich entlassen worden.

Fotografieren interessierte sie, Großvater hatte sie mit der Technik vertraut gemacht, dem Zusammenspiel zwischen Blendenöffnung, Belichtungszeit, Tiefenschärfe und ihr seine alte Minolta geschenkt, mit der gute Schnappschüsse gelangen. Sie besaß ein Auge für Ästhetik und den besonderen Moment, lernte mit Filtern und Objektiven zu spielen, brachte optische Träume zu Papier. Die Motive waren so originell, dass sie einige verkaufen und Taschengeld verdienen konnte. Portraits, bei denen es gelang, die Seele einzufangen, wie ihr ein Journalist attestierte, aber auch Blüten waren bevorzugte Objekte. Magnolien oder Orchideen wie die Schmetterlings-, Potinara-, oder Vuylstekeara-Orchidee, mit deren Anblick sie ihre Vorstellung von Strawinskis Feuervogel verband, einer Musik, die Mutter häufig abspielte.

Mit siebzehn, kurz nach Großmutters Tod, brach sie die Schule ab und brannte mit Josy Klarinette, einem siebenundzwanzigjährigen, unrasierten, verhaschten Möchtegernmusiker durch. Ihr Gang störte ihn nicht, er nahm ihn gar nicht wahr, nur einmal meinte er in einem Anfall extremer Feinfühligkeit, sie könne sich ja gelegentlich ‚auswuchten' lassen. Sie heiratete ihn aus purem Protest gegen Familie und Gesellschaftsnormen im operettenhaft romantischen Gretna Green, im Süden Schottlands, das sie nach tagelanger Fahrt bei Regen und ölig glänzenden Straßen per Moped erschöpft erreichten. Ob der nicht rosaroten Begleitumstände kam ihr zwischendurch der Gedanke, das irrwitzige Vorhaben abzublasen, als sie sich aber vorstellte, auf die entgeisterten Gesichter verzichten zu müssen, entstand neue Motivation. Obwohl die Liebe mit dem Schlag eines Schmiedehammers noch ‚lebenslänglicher' als gewöhnlich, garantiert wurde, war ihr Haltbarkeitsdatum von vornherein begrenzt. Jessie wusste, dass sie ihre Mutter mit der heimlichen Aktion verletzen würde, schon deswegen tat sie es, um gegen das Gefühl der Vernachlässigung und vermissten Empathie zu rebellieren, sie wach zu rütteln, zu zeigen, dass sie ihrer Liebe nicht bedurfte, nach der sie in Wirklichkeit so lechzte. Sie wollte ausbrechen, Alltag und Spott entfliehen, Freiheit atmen. Das Ehepaar Josy Klarin (genannt ‚Klarinette') und Jessica Klarin, geborene Weiß, gaben sich die Ehre. Sie schenkte ihm alles, was sie besaß, Liebe, Treue, Unschuld und die ‚Unwucht ihres Geläufs'. Sie hatten sich, brauchten sie da noch andere Menschen auf der Welt?

Auf abenteuerliche Weise gelangten sie nach Paris, wo Josy sein Geld als Straßenkünstler und -musiker verdienen wollte, was, wie alle seine Unternehmungen, kräftig misslang. Anfangs lebten sie bei einer Musikergruppe in einer Hausruine, die schon bald nicht mehr zum kostenlosen Durchfüttern bereit war. Gottlob war Sommer, ein warmer dazu, sodass sie das baufällige Gemäuer mit den Ufern der Seine tauschten und – wie zahlreiche Clochards – am Fluss oder unter Brücken nächtigten. Jessie bediente in Bistros, von Knoblauch ausdünstenden Saufkumpanen plump angemacht und von Sprücheklopfern genervt, verdiente zusätzlich etwas mit dem Verkauf ihrer Fotos, zu wenig zum Leben. Allerdings hatte es den Vorteil, ihr Arsenal an Flüchen und ordinären Schimpfworten drastisch zu vergrößern und zum blankem Entsetzen als verbale Waffe zu verwenden. Bei dem Wort ‚Paris' entstanden ursprünglich verführerische Düfte in ihrer Vorstellung, der Geruch großer Metropolen, knuspriger Baguettes, süßer Croissants, berauschender Weine, der Sünde und verführerischer Parfums. Was blieb? Der bleiern bittere Odem Pariser Abgase, verrauchter Lokale, brackigen Flusswassers, trocknenden Schlamms mit angespülten Muscheln. Verliebt sein muss manches in Kauf nehmen, selbst harte Ruhelager in Gesellschaft wieselnder Flussratten.

Zu allem Unglück erkrankte Josy schwer. Nach durchzechter Nacht mit anderen Musikern, hatte er seinen Nachdurst sinnigerweise mit Seinewasser gelöscht und sich die Ruhr eingehandelt. Als sein Zustand immer elender wurde, war das Hospital die letzte Rettung, obwohl sie weder Geld, noch Versicherung hatten. Kaum von der größten Schwäche erholt, kletterte er nachts aus dem Fenster und verschwand auf ‚französich', nicht ohne bleibende Runen ungeregelter Verdauung als letzten Gruß an der Fassade zu hinterlassen. Jessies romantische Vorstellung vom Leben in der Stadt der Liebe, genährt von berührenden Bildern der ‚Liebenden von Pont-Neuf', nahm schmerzlich nüchterne Formen an. Film, geschönte Zelluloidhistorie. Wie gerne wäre sie wieder zuhause, aber der Gedanke, eine Niederlage einzugestehen, reumütig zurückzukehren, war zu peinigend, um den Wunsch in die Tat umzusetzen.

Den Bois de Boulogne hatte sie für sich entdeckt, Schönheit und Vielfalt der Bäume, der Gärten, wie Gemälde von Renoir, skurrile Typen, die ihn bevölkerten, Transvestiten, Prostituierte, wie von Toulouse Lautrec gezeichnet. Signifikante Schnappschüsse gelangen, die sie an eine Druckerei verkaufte, für Ansichtskarten in Souvenirläden. Das Geld reichte kaum für das Nötigste. Sie klauten Essbares aus den appetitlichen Auslagen vor den Geschäften, den köstlich duftenden Patisserien, verließen sich auf die Schnelligkeit der Füße, was in Jessies Fall viel Gottvertrauen voraussetzte, wuschen sich und Kleidung in der Seine oder Teichen, lagen nackt auf Wiesen neben trocknender Wäsche, darauf bedacht, nicht von der berittenen Polizei entdeckt zu werden, die dort patrouillierte. Sie mochte die riesigen Anlagen des Bois mit ihren Geheimnissen und Bewohnern, am liebsten den ‚Jardin d'Acclimatation' oder ‚Bagatelle', gärtnerische Kleinode und unerschöpfliches Reservoir interessanter Motive.

Eines Nachmittags, an einem unfreundlich windigen Mittwoch mit getrübtem Himmel, ereignete sich etwas, das sie bisher nie erlebt hatte. Beim ihrem Streifzug sah sie, wie ein Spaziergänger plötzlich von einem Raubvogel angegriffen wurde. Das wütende Tier hatte sich festgekrallt, unerbittlich auf seinen Kopf gehackt und weder durch Arm-, noch Stockschläge vertreiben lassen. Der Mann war zu Boden gestürzt, sie eilte zu Hilfe, bekam selbst Schnabelhiebe ab; gemeinsam gelang es schließlich, den hartnäckigen Angreifer zu vertreiben. Notdürftig versorgte sie den älteren Herrn, gab ihm zu trinken, wartete, bis sich sein Kreislauf vom Schock erholt hatte, begleitete ihn anschließend zum Ausgang. Er war sympathisch und erinnerte sie an ihren Großvater mit seinen dichten weißen Augenbrauen, dem schütteren grauen Haar, das jetzt rot gefärbt war, edlen Schuhen, Westen-Anzug und Spazierstock, eher Accessoire als massive Stütze. Seine Stimme hatte wohltuenden Klang. Auf dem Weg, den sie langsam beschritten, weil sie ihn stützte, beantwortete sie seine Fragen, erzählte zur eigenen Verwunderung von sich und ihrem Ausbruch aus dem zu eng gewordenen Käfig. Er hielt den Kopf geneigt, als wäre er in Gedanken versunken, gab keinen Kommentar, ihr aber das Gefühl, interessiert zuzuhören. Maurice Kriqué war Luxemburger, so dass sie ihre Konversation auf ‚deutsch' führen konnten, was Jessie lieb war, denn ihr französischer Wortschatz nahm sich recht dürftig aus. Drei Viertel seines achtzigjährigen Lebens hatte er in Paris verbracht und dort gute Geschäfte gemacht. Am Ausgang des Parks erwartete ihn sein Fahrer Léon.

Kriqué war Jessies Gang, Kleidung und der Hunger in den Augen nicht verborgen geblieben, auch nicht, dass sie ein Mädchen mit Niveau war, keine ‚Travailleuse du sexe', wie sie immer häufiger im Bois flanierten; darüber hinaus mochte er sie, die ihn selbstlos aus prekärer Situation befreit und während seiner Schwäche liebevoll betreut hatte. Ihre Offenheit, der hellwache Blick, die Erzählungen selbstironischer Originalität, erinnerten ihn wehmütig an die eigene wilde Jugend, die so lange zurücklag. Hatte nicht auch er auf das Abenteuer vertraut, sich früh vom Elternhaus gelöst, verrückte und elend darbende Jahre in Paris verbracht, morgens in den Hallen geschuftet für lumpige Francs und heiße Zwiebelsuppe, bis Wagemut und Fleiß ihm zu Vermögen verhalfen? Außerdem faszinierte ihn der Blick in ein Gesicht reiner Natürlichkeit und ehrliche, eindrucksvoll grün-blaue Augen. Schade, dass ich alt bin und kein temperamentvoller Jüngling, der direkt um diesen ungeschliffenen Diamanten werben würde. Je länger er mit ihr sprach, desto mehr fühlte er sich hingezogen, wohl in ihrer Gesellschaft, die er nicht so bald missen wollte, fast, als hätte er sich verliebt, lächerlich, er, der greise, einsame Mann. „Das ist unmöglich ...", murmelte er vor sich hin und erschrak, dass seine geheimen Gedanken plötzlich vernehmbar waren, aber Jessie bezog es auf ihre Erzählung und bestätigte das gerade Gesagte noch einmal ausdrücklich.

„Ich bin tief in Ihrer Schuld, Madame Klarin, Sie würden mir eine große Freude machen, wenn ich Sie zum Essen bei mir einladen dürfte, am besten fahren Sie gleich mit, dann kann ich Ihre gute Betreuung noch während der Fahrt genießen. Außerdem interessieren mich Ihre Bildmotive brennend."

Was hatte sie anderes vor? Josy erholte sich vorübergehend bei einem Kumpel – nichts. Also sagte sie ‚ja', stieg ein in den Fond des Wagens, der den angenehmen Geruch von neuem Cord von sich gab, glaubte in den weichen Polstern zu versinken, als er sich geräuschlos in Bewegung setzte. „Donnerwetter, ist das ein Schlitten ... oh, pardon", entfuhr es ihr. Kriqué registrierte es mit einem Anflug zerstreuter Heiterkeit. Wo mochte er wohnen, der feine distinguierte Herr? Léon glitt wie ein Slalomfahrer durch den Pariser Feierabendverkehr, durchquerte einige Viertel und steuerte auf das Seineufer zu. Über den Pont de Sully erreichten sie das östliche Ende der Ile Saint-Louis, wo er mit leisem ‚*voilà*' anhielt und sie vor einer repräsentativen Hausfassade aussteigen ließ. Sie merkte, dass Kriqué noch unsicher auf den Beinen war und half ihm die massive Holztreppe hinauf. Die kleine malerische Insel inmitten der Seine hatte sie zwar öfter besucht, das dörfliche Flair, die engen Gässchen mit Kopfsteinpflaster, hübschen Läden und verführerisch duftenden Geschäften mit buntgestriften oder verblichenen Markisen bewundert, aber nie eines der Häuser von innen gesehen, von denen sie hörte, dass sie schier unbezahlbar seien.

Die Räume des Hauses in der Rue Saint Louis waren dementsprechend ausgestattet, mit glänzendem Parkett, Vertäfelungen, Intarsien verzierten Türen, kunstvoll gearbeiteten Rollläden, Renaissancemöbeln und Kristallüstern. Hohe Spiegel, in denen sie unbarmherzig ihre armselige Aufmachung erkannte, Bilder von Monet und Sisley zierten die Wände, sie schätzte, dass es Originale waren. Eines, mit geöffneten weißen Seerosen, erinnerte sie an ihre Lieblingsblüten, Magnolien, ein anderes, ‚*Mohnfeld bei Argenteuil*', stand in begeisterndem farblichem Kontrast dazu, das dritte, ‚*Ufer der Seine im Herbst*' von Sisley, ließ sie mit Schrecken an ihre luftige Behausung nach dem Sommer denken. Die Gemälde umfassten sie wie mit unsichtbaren Krakenarmen, zwangen sie einzutauchen in ihre leuchtenden Farben und das eingefangene Licht. Kriqué bemerkte, dass sich ihr Blick kaum von den Kunstwerken trennen konnte und ließ sie gewähren. Hatte er sich doch selbst oft genug vor die kostbaren Exponate gesetzt, Wirkung und Farbenspiel bei unterschiedlichen Lichtverhältnissen mit kindlicher Freude und Besitzerstolz betrachtet.

„Sie gefallen Ihnen sehr, nicht wahr?", räusperte er sich nach einer Weile. Erschrocken drehte sie sich um, beim Betrachten der Werke hatte sie alles um sich vergessen. „Maler und Fotografen haben eines gemeinsam, den Blick für Motive, die Fähigkeit, Schönheit sichtbar zu machen und zu konservieren. Leider kann ich beides nicht, aber ich erfreue mich an den gelungenen Arbeiten anderer."

„Die Bilder sind wunderschön."

„Wenn Sie ...", er hüstelte kurz, „wenn Sie sich vor dem Essen frisch machen oder ein Bad nehmen möchten, es steht Ihnen zur Verfügung. Ihre Kleidung hat etwas Blut abbekommen, ich habe ein paar Sachen von meiner Nichte herausgelegt, die Sie gerne haben können, sie hat sie im letzten Jahr hier liegenlassen und längst vergessen", er lachte, „ich denke, dass Sie sich darin nicht mehr von dem Monstervogel bedroht fühlen."

„Vielen Dank Monsieur, nehme ich gerne an, aber zuerst müssen Sie mit Alkohol versorgt werden, damit es keine Entzündung gibt." Er grinste schelmisch, was ihn sehr charmant und jugendlich wirken ließ, sein Gesicht hatte wieder die ursprüngliche Farbe angenommen. „Einen Cognac habe ich auf den Schrecken schon genommen."

„Ich meine natürlich äußerlich, das Schlachtfeld auf Ihrem Kopf." Sie ließ sich das Nötige geben und machte sich an die Arbeit.

Das heiße Bad in der großen Wanne entspannte und tat unendlich gut. Wie lange war ihr solch ein Genuss nicht mehr vergönnt, nachdem sie schon seit Wochen mit Überwindung in kaltes Wasser gestiegen war, um sich hurtig zu waschen, bevor jemand auftauchte, dem sie sich nicht gerade präsentieren wollte. Ein Glas Saft stand auf dem Rand, ungewohnter Luxus, aus dem Lautsprecher klangen Chansons, der Stimme nach von Charles Aznavour, was sie überraschte, hätte sie doch eher Klassik erwartet. Auf die Sachen seiner Nichte hatte sie einen Blick geworfen, sie waren in passender Größe und von bester Qualität, während die eigenen vom nahen Verfall gezeichnet, für die baldige Mülltonnenbestattung bestimmt waren. Da sie kein Geld für neue hatte, kam das Angebot genau zum richtigen Zeitpunkt, ob sie es wirklich annehmen dürfte? Sie konnte ein Jauchzen nicht unterdrücken, hoffte, dass er es nicht hören würde, denn sie wollte ihre Freude ganz alleine für sich auskosten.

Das Abendessen, von der Haushälterin, einer mütterlichen Französin mit olivfarbenem Teint, aus dem Süden des Landes, zubereitet, schmeckte großartig. Erst jetzt wurde ihr richtig bewusst, welcher Hunger sich aufgestaut hatte, ungeniert nahm sie sich aus allen Schüsseln und hätte hinterher nicht mehr sagen können, was sie gegessen hatte. Der Bordeaux in schweren Gläsern ließ sie schwindlig werden und zufrieden schweben. Der Abend war ungeheuer unterhaltsam, Kriqué erzählte sein unstetes, abenteuerliches, schließlich aber erfolgreiches Leben und ließ sich ihre Fotoserie im Fenster der kleinen Digitalkamera, dem einzigen Luxus, den sie sich geleistet hatte, zeigen.

„Sie sind der Renoir unter den Fotografen", meinte er augenzwinkernd. Sie spürte, dass er ehrlich begeistert war und erzählte, einige Fotos an Monsieur Tennier verkauft zu haben, der sie für Postkarten verwende. „Der alte Halunke, ich werde mit ihm sprechen, damit er das Honorar erhöht, die Bilder haben es verdient. Ach, an die ersten Jahre in Paris erinnere ich mich gerne", geriet er ins Schwärmen, „alles war ein Abenteuer, das Gefühl wunderbar befreiend, keine Pläne zu haben, sich treiben zu lassen und jeden Tag dem Zufall schenken zu können. Ein Leben als Bohémien, Raum für Gedanken und Kreativität, aber irgendwann wurde es Zeit, sich zu besinnen, welchen Weg man einschlagen wollte, dann musste man ihn konsequent gehen. Wissen Sie Jessie, wenn man den Zeitpunkt versäumt, bleibt man im Trott der Planlosigkeit, wird zum Treibholz der Seine, das keine Kraft hat, sich gegen Richtung und

Strömung zu stemmen, die sie einem aufzwingt. Die Meisten sind dann verloren." Jessie hatte nachdenklich zugehört, nein, sie wollte kein Treibgut der Seine werden, ihre Geschicke selbst in die Hand nehmen, aber Josy? Da hatte sie ernsthafte Bedenken.

Er fragte nach Familie, Schule, Ausbildung; da sie ihm vertraute, gab sie mehr als gewöhnlich von sich preis. Nie hatte sie so offen gesprochen, auch mit Josy nicht, der wenig über sie wusste, empfand es plötzlich befreiend, als könnte sie einen Teil der mitgeschleppten Belastungen ablegen und in eine Schublade schließen.

„Die Penne habe ich nach der elften Klasse verlassen."

„Sehr schade, wirklich ein herber Verlust für ... das Gymnasium, auf Sie als Schülerin verzichten zu müssen." Sein Gesicht hatte einen bekümmerten Ausdruck, der sich bei ihrem fragenden Blick in ein spitzbübisches Lächeln wandelte. Jetzt mussten beide lachen.

„Mein Vater starb, als ich fünf war", sie stockte kurz.

„Haben Sie noch Erinnerungen an ihn?"

„Ja, an viele schöne Situationen, aber sein Gesicht kann ich mir oft nicht mehr vorstellen, das macht mich sehr traurig. Warum musste er nur so früh sterben?" Kriqué hob in einer Geste der Ratlosigkeit die Schultern, als habe er vor langem Frieden mit dem Sterben geschlossen. „Als meine Frau vor Jahren starb, glaubte ich, nichts könne mehr weitergehen und doch ... niemand weiß Genaues über den Tod, und ob er nicht für den Menschen das Größte aller Güter ist, sagt Plato jedenfalls."

Es war spät geworden, die lebhafte Unterhaltung hatte sie die Zeit vergessen lassen, im Übrigen besaß sie keine Uhr, die sie hätte ermahnen können. Am Tag konnte sie sich gut an der Helligkeit orientieren.

„Ich danke Ihnen für den schönen Abend und Ihre mutige Rettung, Jessie, sagen Sie mir, wo Sie wohnen, dann wird Léon Sie nach Hause bringen. Besser wäre es natürlich ...", er knetete mit zwei Fingern das Kinn, „wenn Sie hier schlafen und mir morgen beim Frühstück Gesellschaft leisten würden. Allein bei der Vorstellung könnte ich heute Nacht wie ein Engel ruhen."

Der Gedanke, wieder in einem anständigen Bett zu übernachten, war mindestens so reizvoll, wie die Vorstellung peinlich, Léon zu bitten, sie am Ufer der Seine ins Nachtquartier zu entlassen. Sie zierte sich länger, tat so, als müsse sie einiges abwägen, konnte aber der wohligen Versuchung nicht widerstehen. „Den Engel gönne ich Ihnen von Herzen; wenn es keine Umstände macht, nehme ich gerne an."

„Es bereitet keinerlei Umstände, das Gästebett ist bezogen, morgen früh kommt Madame Rossignol – leider singt sie nicht wie eine Nachtigall, sondern quakt wie eine Kröte – wieder und richtet das Frühstück."

Sie vereinbarten, dass Jessie ihn zweimal in der Woche besuchen sollte, um ihm Gesellschaft zu leisten oder spazieren zu gehen, gegen angemessenes Honorar. Außerdem würde er beim knickrigen Tennier bessere Konditionen für ihre Fotos durchsetzen.

Das ‚petit déjeuner', auf blütenweiß gestärkter Tischwäsche, Goldrandporzellan von Bernardaux und glänzend gewienertem Silber angerichtet, war verschwenderisch. Frischer Orangensaft in zierlichen Kristallkaraffen, starker Kaffee, Sahne, Butterröllchen, die sich auf Eis und Silber aalten, Paté, Schinken, Camembert, Eier, Konfitüre und himmlisch Duftendes vom Boulanger um die Ecke.

„Nicht gerade typisch für Paris, das opulente Frühstück, oder?", Jessie lief schon das Wasser im Mund zusammen.

Kriqué lächelte versonnen: „Daran sieht man, dass ich kein Pariser, sondern Luxemburger bin, gutes Altes behalten, besseres Neues gewinnen."

Jessie nickte, das gefiel ihr, genüsslich und bester Laune kaute sie das knusprige Croissant und leckte sich die Krümel von den Lippen.

Belustigt schaute er ihr zu. „Sie lassen sich nichts oktroyieren und provozieren gerne, habe ich recht? So war es auch bei mir, es machte diebische Freude, nicht alles brav hinzunehmen, andere mit Reaktionen zu überraschen, auf die sie nicht vorbereitet waren, zu verunsichern, zu zwingen, ihr Handeln zu begründen."

Sie bestätigte es kopfnickend, während sie das Baguette sorgfältig mit Butter bestrich.

„Später habe ich gemerkt", sprach er wie zu sich selbst, als habe es keine Bedeutung, keinen tieferen Sinn, „dass meinen Provokationen Struktur fehlte, ich wollte gegen andere sein, aber war ich dabei für mich? Was bringt es mir selbst?, fragte ich mich, was viel wichtiger wäre. Als ich das erkannte, habe ich mich umgestellt, persönlich weitergebracht und damit provoziert, anderen geschäftlich überlegen zu sein. Das ergab doppelten Spaß, man konnte davon leben, oh ja, das konnte ich. Wie ist es bei Ihnen?"

Jessie entging sein hintergründiger Blick, sie nickte, unter dem Aspekt hatte sie es nie betrachtet, ihr Gewinn lag zwar in ihrer kritischen Haltung, meist aber in der Befriedigung, den eigenen Willen durchzusetzen und in Provokationen, die für sie selbst betrachtet, immer von Nachteil waren. Im Grunde inszenierte sie sich dabei wie ein verletzlicher weiblicher Macho. Sie ließ eine ausweichende Handbewegung folgen, die den noch nicht abgeschlossenen Entwicklungsprozess andeuten sollte.

„Wissen Sie, es sind die Besonderen, die nicht alles hinnehmen, die zweifeln oder den Gehorsam verweigern, das unterscheidet sie von den Gewöhnlichen."

Sie schaute überrascht auf und begegnete einem Ausdruck verständnisvoller Güte.

„Eh bien, Sie sind eine intelligente junge Frau, Sie werden Ihren Weg finden, davon bin ich überzeugt, manchmal über Umwege, dann meldet sich der innere Kompass und die Nadel zeigt den richtigen."

Zutrauen und Milde, die in der scheinbar achtlosen Bemerkung lagen, berührten sie. Die regelmäßigen Besuche, die bald folgten, bereicherten beide. Jessie profitierte von den weisen, unaufdringlichen Ratschlägen, der kultivierten Lebensart, für ihn dagegen waren Esprit und Lebhaftigkeit ihrer Erscheinung Infusionen in den müden Körper. Begegnung mit der Aktualität, aber auch seinen Jugenderinnerungen, die ihm für Stunden die Illusion gaben, sie, die er auf körperlose Weise liebte, könnte seine Gefährtin sein.

Etwas, das er sich trotz allen Reichtums nicht kaufen könnte. Ihre Treffen belebten die Fantasie und machten sein Herz so weit, dass ihn schon beim bloßen Gedanken an ihren Besuch Tränen der Rührung überkamen. Sonnige, glückliche Tage, an denen das Leben wieder bei Null hätte beginnen können. Spaziergänge führten sie zu unbekannten Winkeln der Stadt, gemütlichen Cafés in Montparnasse, in denen man ihn freundlich mit ‚Salut, Monsieur Maurice! Ca va?' begrüßte, zu seiner Lieblingsbuchhandlung in der Rue de Rivoli, er kaufte Romane, die sie zu verschlingen begann und ließ sich in die Oper begleiten, ein tief berührendes Erlebnis. Hinterher diskutierten sie im Café de la Place, am Boulevard Edgar Quinet, das er wegen der großen lichten Fenster mochte, über Libretti, Epochen, in denen die Stücke spielten, Qualität der Sänger, Kostüme, und vieles mehr. Eine wunderbar belebende Erfahrung, sein Wissen an die junge schöne Frau weiterzugeben, deren Interesse unerschöpflich schien. Alles kam ihm erstaunlich frisch vor, fast neu, so als hörte er sich zum ersten Mal davon erzählen. Über allem schwebte wie eine kulinarische Wolke der verführerisch süße Duft von Mme Rossignols täglich – außer sonntags – gebackenem *Clafoutis aux Cerises* oder den unvergleichlich leckeren *Tartes aux Framboises*.

Maurice, wie sie ihn zwischenzeitlich nennen durfte, vermittelte sie an Madame Vigonier, in deren Mode- und Dessousladen am Boulevard Saint-Germain sie an drei Nachmittagen arbeitete; der Umgang mit feinen Stoffen und Dessous gefiel ihr. Es war ungewohnt für sie, ein Kleid zu tragen, was hier unerlässlich war, den Preis zog man gleich vom ersten Lohn ab. Obwohl Madame eine geldgierige, giftige Hexe war, zog sie geschäftstüchtig zahlungskräftige Kunden an, wie das Licht die Motten, hatte einen untrüglichen Blick für Raffiniertes, modisch Ausgefallenes, und Jessie brachte den jugendlichen Charme ein, den sie nie besaß. Der prädestinierte sie, männliche Kunden bei der Geschenkeauswahl für die Dame ihres Herzens zu beraten. Wie etwa Monsieur Prudhomme, einen hageren, finster blickenden Mittvierziger mit Hut, den er seit Geburt zu tragen schien, jedenfalls hatte keiner ihn je ohne gesehen, Direktor einer Privatbank, der jeden Monat ein exklusives Seidenteil kaufte und sehr wählerisch vorging. Sie bediente ihn gerne, weil er Schönheit und Qualität der Dessous zu schätzen wusste und sich jedesmal mit einem großzügigen Trinkgeld bedankte. „Kauft er für seine Frau oder die Geliebte?" Madame ließ ein verschlagenes Lächeln erkennen, in dem sich der Triumph aller Wissenden spiegelte. „Weder noch, er trägt sie selbst."

Vom verdienten Geld mieteten sie eine schäbige Behausung im Marais und gaben die luftige Unterkunft am Fluss endgültig auf. Ein Turm mit winzigen Zimmern, in denen es wie Hechtsuppe zog, bei Regen feucht wurde, nachts die Metro unüberhörbar rumpelte, und sie sich wie des Glöckners Esmeralda fühlte.

„Ich möchte Sie gerne mit einem Freund bekannt machen, Prof. Charles Delacroix ist Orthopäde, behandelt internationale Athleten. Was halten Sie davon, wenn er sich mal Ihre Hüfte ansieht, ganz unverbindlich, ma petite?" Maurice blickte unsicher, aber erwartungsvoll in ihre lebhaften Augen. „Experte in seinem Fach, sympathisch und empfänglich für außergewöhnliche Schönheit." Sie war überrascht, ‚ma petite' hatte er sie noch nie genannt, auch nie eine Bemerkung über ihr Aussehen, geschweige denn den Gang gemacht. Sie war überzeugt, er wäre ihm nicht aufgefallen, weil sie sich seinem gemächlichen Schritttempo immer angepasst hatte. Ein wenig Angst um sie schien in der Stimme mitzuschwingen. In jungen Jahren war sie Ärzten vorgestellt worden, keiner ihrer Vorschläge überzeugte, so dass sie sich mit dem Handicap abgefunden hatte. Ein Besuch könnte nicht schaden, obwohl sie keinerlei Hoffnung hegte, aber die Gewissheit, Weiteres versucht zu haben, wäre zumindest beruhigend. Sie freute sich über die Offerte, er schien sich schon länger Gedanken gemacht zu haben, und sie hätte wetten können, dass dieser Charles bereits darauf vorbereitet war.

„Danke, Maurice, sehr lieb von Ihnen, ich würde gerne seinen Rat einholen, nachdem ich früher nur Achselzucken beggnet bin. Könnte ich ihn denn überhaupt bezahlen?" Er lachte erleichtert: „Der hat noch was gut zu machen, das wäre die geringste Sorge."

Er strahlte, als hätte sie ihm gerade den größten Herzenswunsch erfüllt.

Er hatte nicht übertrieben, Charles war nett und feinfühlig, mit schmalem, freundlichem Gesicht, graumeliertem Haar exakt gescheitelt, kleinen hellblauen Augen, tief in den Höhlen liegend, sportlich, aus ähnlichem Holz geschnitzt, die jüngere Ausgabe von Maurice. Er untersuchte sie in einem medizinischen Sportzentrum, machte Tests mit dem ‚*intellektuellen Bein*‘, dessen Bezeichnung ihn köstlich amüsierte, ließ sie in angsteinflößend lauten Geräten und klaustrophobischen Ängsten verschwinden. Die medizinischen Erläuterungen verstand sie nicht, aber ein Satz blieb haften. Man könne es beheben, ergänze Knochenmaterial, der Eingriff hinterlasse zwei schmale Narben. Ob sie hinterher normal gehen könne, wollte sie wissen. Nach gewissem Training ohne weiteres, schließlich sei das Bein ja intelligent und besonders lernfähig. Delacroix's Lachen war so vertrauenerweckend, dass sie zustimmte. Anschließend beschlich sie Angst, die sie wieder zaudern ließ, aber die Hoffnung, sich vom Makel, unter dem sie seit Geburt litt, befreien, endlich eine selbstbewusste Frau sein zu können, ohne sie nur zu spielen, kam wie ein Rausch über sie. Unvorstellbar, welche Gefühle plötzlich in ihr ausbrachen.

Das Herz schlug bis zum Hals, als sie in den Operationssaal geschoben wurde, sie hatte sich in den Jahren mit dem Hinken abgefunden, aber jetzt, wo man unerwartet Hoffnung nährte, wäre ein Misslingen unerträglich. Alles ging gut. Gemeinsam mit verletzten Athleten trainierte sie Laufen, übte einen neuen Gang. Geräte zeichneten ihn auf, so dass sie ihn am Monitor studieren und korrigieren konnte. Eine Weile fuhr sie noch ambulant zum Feinschliff. Bester Laune lobte Delacroix ihre Fortschritte: „Ein paar Wochen und Sie laufen über den Steg, Jessie." Eine Rechnung erhielt sie nie, Maurice wickelte alles diskret ab. Sie war unendlich dankbar, er hatte ihr eine neue Persönlichkeit, eine andere Lebensperspektive geschenkt. „Das muss unbedingt gefeiert werden", meinte er und lud sie ein ins noble ‚Astrance', mit ganz modernem Ambiente, das er sicher nur ihr zuliebe auswählte.

Nach zwei Jahren Ehe kam die Ernüchterung, wie eine Sonnenfinsternis schob sie sich vor ihren Beziehungshimmel. Jessie wurde klar, dass Josy außer Müßiggang, Sex und Drogen nichts interessierte, was ihr kurzzeitig gefallen hatte, dann aber schnell den Reiz verlieren ließ, zumal seine musikalische Erfolglosigkeit ohne Beispiel war. Ihr Traummann war er nie, es gab die Gemeinsamkeit, sich von anderen unverstanden zu fühlen, provozieren zu wollen, was verband und stark machte, daneben die unentdeckte Lust, auch dass ihn ihr Bein nicht störte. Aber Ziele, Interessen, die Fähigkeit, sich zu unterhalten, ja selbst zu streiten, fehlten, das sah sie klar. Der Umgang mit Maurice hatte sie weitergebracht im Gegensatz zu Josy, der an einem Endpunkt verharrte, was in ihren Augen so gut wie tot bedeutete. Seine Ungepflegtheit und barbarischen Manieren stießen sie ab; trotzdem gefiel ihr sein provokanter Charakter. Es war ein Fall klassischer Konträrfaszination.

Mutters Zustand hatte sich seit ihrem plötzlichen Verschwinden verschlechtert, deshalb bat sie Jessie inständig, zurückzukehren. Leichter trennte sie sich von Paris, als vom einsamen Gönner Kriqué, den sie besonders lieb gewonnen hatte. Sie umarmten sich innig, versprachen ein Wiedersehen, sie spürte, welche Gefühle er für sie hegte, küsste seine kühlen Lippen. Gerührt nahmen sie Abschied von einander. Er gab ihr einen kleinen goldenen Kompass für den rechten Weg, falls sie ihn einmal verfehlen würde. Glatt und schwer lag er in ihrer Hand. Maurice wandte sich ab, die Trennung war wie ein kleiner Tod. Manchen dieser Tode hatte er bisher erlebt, sich von lieben Menschen trennen müssen, aber dieser schmerzte besonders, weil mit ihm das letzte Aufleben seiner Jugend starb.

Josy drängte ungeduldig zum Aufbruch, sonst war es umgekehrt, lud sie – auf deutschem Boden – in bester Laune zum Essen ein, übernachtete mit ihr im selben Haus, um am nächsten Tag mit der Bahn weiterzufahren. „Können wir uns den Luxus leisten?", wunderte sie sich, „würde mich überraschen, wenn du einmal gearbeitet hättest." „Du hast eine schlechte Meinung von mir, traust mir nichts zu, dabei ...", maulte er beleidigt, ohne den Satz zu beenden. Beim Bezahlen der Bahntickets stach ihr die säuberliche Schrift des Briefumschlags ins Auge, dem er die Scheine entnahm. Schnell griff sie danach, ehe er reagieren konnte, es war Kriqués Handschrift. Unbefangen hatte sie Josy von der vermögenden Situation und den übernommenen Behandlungskosten erzählt, was ihn am letzten Pariser Tag zum Einbruch animierte. Sie erschrak fürchterlich, fühlte sich mitten ins Herz getroffen.

„Ist er verletzt?", war das Einzige, was ihre heisere Stimme mühsam herausbrachte. „Natürlich nicht, hab gewartet, bis der Alte aus dem Haus kam und sicher war, dass er länger wegbleibt", lächelte er selbstzufrieden und Beifall heischend, Jessie lächelte nicht.

Benommen schwieg sie und sprach erst, als der Zug einfuhr, in gefährlicher Ruhe weiter: „Damit du es weißt, hier trennen sich unsere Wege endgültig."

Sie war entsetzt, es tat weh, Mutters durchscheinende Porzellanhaut zu sehen, ihre Augen, tief in den Höhlen liegend. Sie arbeitete nicht mehr, saß schmerzgeplagt grübelnd da, unfähig zu Handlungen oder Worten. Als sei sie aus ihrem blassen Körper herausgetreten, der schmerzenden Hülle ihrer Welt entflohen, blieb nachts wach, den Kopf auf den verschränkten Armen, als fürchte sie das Dunkel, wartend auf den nächsten Morgen. Dann verfiel sie in hektische Aktivität, holte alle Fragen nach, die sie über Wochen hätte stellen wollen, schmiedete Pläne, bei denen sie, Wahnvorstellungen gleich, über sich hinauszuwachsen schien, extremen Anforderungen genügend. Jessie stritt mit ihr, ohne Einsehen, dann änderte sich der Zustand wieder in schweigende Lethargie. Den neuen Gang ohne Hinken bemerkte sie nicht, ihre Gleichgültigkeit schmerzte tief. Sie liebte ihre Mutter, aber sie blieb ihr fremd, war ihr immer fremd. Monate vergingen im bizarren Wechselspiel. Als sie ihr vorwarf, eine bipolare Persönlichkeit zu sein, die dringend der Hilfe bedürfe und anbot, sie zu Spezialisten zu begleiten, eskalierte die Situation. Jessie verließ im Streit die Wohnung und fand in der Kommune einer Bekannten vorerst Unterschlupf.

‚Das Leben ist so leicht, wenn man nur will', hieß Freds vereinfachtes Credo, Initiator und Guru der illustren Kommune von acht Personen, die sich den Unterhalt ausschließlich durch Gelegenheitsjobs oder kleine Diebstähle verdiente, ansonsten aber den Tag lebte, was auch immer der Einzelne darunter verstand und sich im Nebel süßlicher Joints oder betäubender Spirituosen der Zeit entzog. Um sich die Akzeptanz der Truppe zu verdienen, schmuggelte Jessie Zigaretten und Sonstiges in Pumphosen, BH oder weiten Männerhemden nach Hause. Erwischt wurde sie nie. Hin und wieder gelang es, ein Foto zu verkaufen, dessen Honorar für ein paar Tage reichte. Richy, mit dem sie sich am besten verstand, war Fußballfan, sie diskutierten leidenschaftlich über Spieler, Taktik, Chancen; er nahm sie mit zu Spielen, für die er, auf dubiose Weise, die sich ihr nie erschloss, Karten organisierte. Sie schlossen sich Fangruppen in Bussen an, die sich bei verlorenen Partien aus Frust, bei gewonnenen, aus Lust prügelten, Scheiben und Mobiliar zertrümmerten, was einmal dazu führte, dass man sie verletzte, Personalien aufnahm und unschuldig für eine Nacht festsetzte. Eine Platzwunde am Kopf musste genäht werden.

Wo war Fred? Sie trafen ihn nicht an, als sie zurückkamen, zwei Nächte und einen Tag war er nicht mehr gesehen worden, hatte er die Kommune klammheimlich verlassen? Es gab keine Nachricht von ihm, nur bange Verunsicherung. Fieberhaft suchten sie die Umgebung ab. Erst als Richys markerschütternder Schrei die Luft vibrieren ließ, fanden sie ihn voller Entsetzen. Erschossen und gleichzeitig erhängt in der Gartenlaube hinter dem heruntergekommenen Haus. Auf einem Schemel stehend, das Seil eng um den Hals, hatte er sich in den Kopf geschossen und war dann in der Schlinge hängen geblieben. Er wollte sicher gehen, dass nichts schief ging. War das Leben wirklich so leicht, wie propagiert? An seinem unbegreiflichen Tod drohte die Gemeinschaft zu zerbrechen.

Im ersten Grauen, das sie erfasste, schlief sie mit Richy, ohne Emotionen, brauchte nur Wärme und Zuwendung, konnte nicht alleine bleiben mit den Dämonen, die sie nachts besuchten und deren hässliche Fratzen ihr bedrohlich nahe kamen. Er fand, sie sei viel zu hübsch für einen Mann alleine und könne doch auf diese Weise zum Unterhalt der Truppe beitragen. Jetzt wusste sie, dass ihre Tage dort endgültig gezählt sein würden, aber auch ihr Leben eine andere Richtung einschlagen müsse, sie war in eine Sackgasse geraten. Ich hasse mich, dass ich nicht eher die Kraft aufgebracht habe, das herauszufinden, ich hasse mein vertändeltes Leben. Die Erkenntnis, deren Samen Kriqué gelegt hatte, war ein persönlicher Quantensprung, dem ein weiterer folgen sollte.

Noch bevor sie den Entschluss fasste, die abgebrochene Schule fortzusetzen und ihre Zukunft zu planen, erschütterte sie der unerwartete Tod ihrer Mutter, es traf sie völlig unvorbereitet. Sie hatte sich die Pulsadern aufgeschnitten, um ihr erbärmliches, unerträgliches Leben, wie sie es nannte, bis zum letzten Tropfen wegfließen zu lassen. Jessie war verstört, fühlte sich schuldig, zu wenig Verständnis aufgebracht, sich auf die eigene Vernachlässigung kapriziert zu haben. Nach der Freigabe machte sie den leblosen Körper zurecht, bat um Verzeihung für den unbeherrschten Streit, zog ihm das beste Kleid über, bürstete das Haar, schminkte die blutleere Haut. Das wächserne Gesicht wirkte unnatürlich jung, die feinen Züge edel. Jessie spürte die drängende Verpflichtung, etwas für sie zu tun, zwar wusste sie nicht was, nur, dass es ihr nie mehr Ruhe geben würde, wenn sie es nicht irgendwann täte. Unablässig quälte sie sich mit Fragen, warum sie nicht mehr mit ihr unternommen, sie nicht aus der Isolation herausgerissen und gezeigt hatte, dass sie ihre Liebe brauchte. Der Verlust war unbegreiflich; trotz der immer vorhandenen Distanz fehlte sie plötzlich, hinterließ dumpfe Leere. Auch wenn sie sich nicht mehr oft gesehen hatten, vermittelte die Gewissheit, dass sie da war, ein Heimatgefühl, ein Fundament der Sicherheit, das nun fehlte und sie sich selbst überlassen fühlen ließ. Die Erkenntnis traf sie mit beängstigender Wucht. Später schälte sich Wut aus diesen Gefühlen, wie konnte sie sich nur so feige davonschleichen aus der Verantwortung, sie mit mageren Abschiedssätzen auf einem schnöden Blatt Papier abspeisen, ihr zumuten, alles zu regeln, ohne Geld? „Warum hast du es dir so leicht gemacht?", schrie sie zornig, erhielt aber nur finsteres Schweigen, statt Antworten.

Die Situation war beängstigend, man stundete ihr die Miete für ein paar Monate, aber dann? Nach sechs Wochen Trauer, Zorn und Lähmung, begann sie zu lernen, nie hätte sie für möglich gehalten, es noch einmal zu tun, erledigte Formalitäten, warf weg, was nicht aktuell war, als sie einen Zettel bemerkte, der schon im Papierkorb gelandet war. Sie fischte ihn heraus, ein Jahreslotterielos, kaum vorzustellen, dass ihre Mutter sich zu seinem Kauf aufgerafft haben sollte. Es passte nicht zu ihrer Überzeugung, jegliches Glück im Leben verloren zu haben. Sie legte es in eine Schale, abwarten konnte man ja, dachte sie, die ihre Hoffnung, aller Trostlosigkeit zum Trotz, nicht begraben hatte. Als hätte Mutter es für ihren Tod geregelt, traf danach eine Lebensversicherungssumme ein, nicht spektakulär, die ihr die Sorgen für eine gewisse Zeit nehmen würde. Mit einem Schrei der Erleichterung sprang sie auf, die Wende, der Startschuss zu einer neuen Phase ihres Lebens war erfolgt. Die Wohnung könnte sie behalten, die Scheidung von Josy in Angriff nehmen, nicht, dass er noch auf die Idee käme, seine Hand aufzuhalten. Zweifellos hatten die Ereignisse sie verändert. War sie noch die Revoluzzerin in ihrem Innersten? Sie horchte in sich hinein, es blieb still wie an einem windlosen Tag. Ein halbes Jahr später gewann tatsächlich das Jahreslos, ihr Optimismus hatte gesiegt. Der Gewinn reichte für den Führerschein und ein gebrauchtes Auto, warum konnte ihre Mutter das nicht mehr erleben, es hätte ihr den verlorenen Glauben an Glück zurückbringen können?

Jessie holte das Abitur nach, machte eine Ausbildung zur Chemielaborantin und bekam eine Anstellung im Großlabor eines renommierten Konzerns. Inzwischen fand sie Gefallen an modischer Garderobe, trug Kleider, seit sie sich ihres Gangs nicht mehr schämen musste und schüttelte insgeheim den Kopf, wenn sie an den Aufzug dachte, in dem sie früher unterwegs war: durchlöcherte Jeans, die Freiheit bedeuteten, Männerhemden in Mantellänge, Frisuren wie Mannequins der Geisterbahn, und wenn einmal Make-up, dann glich es einer Kriegsbemalung. Sie fühlte sich gefestigt, ohne Aggressionen oder das Bedürfnis zu provozieren. Mit Oliver Zielke, ihrem Abteilungsleiter, einem attraktiven Mann mit eisblauen Augen und lustigem Grübchen im Kinn, arbeitete sie gerne zusammen, sie hatten die gleiche Philosophie, galten als ehrgeiziges Team, das Erfolge bei Versuchen und neuen Testmethoden aufweisen konnte. Oliver schien sich für sie zu interessieren, warb erst vorsichtig, dann hartnäckiger um ihre Gunst. Sein Lob, sein Flirten, liebe Blicke, die er ihr zwischendurch zuwarf, schmeichelten, ebenso kleine Aufmerksamkeiten, Einladungen zum Essen, zu Kinobesuchen oder Eishockeyspielen. Anfangs lehnte sie ab, dann nahm sie die eine oder andere an. Sie verstanden sich, hatten Spaß, aber auch hitzige Diskussionen.

„Wieso verarbeiten wir immense Mengen an Palmöl? Gibt es keine Alternative? Warum Palmölfelder statt Regenwälder? Kein Wunder, dass die Umwelt mehr und mehr belastet wird."

„Wir kaufen doch nur, wo Nachhaltigkeit garantiert wird, reg dich nicht auf."

„Und du glaubst, dass es vor Ort wirklich korrekt umgesetzt wird? Von wegen, du bist naiv, allein in Indonesien hat man Tausende Quadratkilometer Regenwald gerodet, die grüne Lunge unserer Welt, Torfmoore trockengelegt, nur um Ölfelder anzulegen, von aggressiven Herbiziden ganz zu schweigen. Die Profiteure pfeifen auf Umweltschutz, wir graben uns das eigene Grab." Oliver war ihren Argumenten schwer zugänglich oder von der Geschäftsleitung infiltriert, wie sie ihm vorwarf.

„Du tauchst allzu gerne ab, mein Freund, willst dich kritischen Fragen nicht stellen."

Später beendete meist ein Kuss die Auseinandersetzungen, sorgsam auf der Hut vor neugierigen Kollegen. Das dauernde Versteckspiel war lästig und hatte dennoch seinen Reiz, eine prickelnde Kombination von Lustängsten.

Irgendwann sprach er vom Zusammenleben, sie freute sich, wie ernst er die Verbindung nahm, aber der letzte Funke sprang nicht über. Während eines Seminars verbrachten sie Zeit zusammen. Sie mochte ihn, seinen Witz, die Besessenheit, mit der er sich auf die Arbeit konzentrierte, die ihm kein Privatleben zu belassen schien, auch die zärtliche Art, mit ihr umzugehen, erkannte aber, ihn nicht lieben zu können; etwas in ihrem Gefühl fehlte. Er drängte auf gemeinsamen Urlaub, sie zögerte, hielt ihn hin, wollte ihn nicht vor den Kopf stoßen.

Dann endete das Verhältnis abrupt und schneller, als sie es für möglich gehalten hätte. Seit Jahren lebte er mit seiner Partnerin, einer inzwischen wohl nicht mehr so feurigen Argentinierin und dem gemeinsamen Kind an der Ahr. Der Zufall wollte es, dass sie ihn eines Tages mit Söhnchen Lazlo im Labor besuchte und sich als Haydee, Olivers Lebensgefährtin, vorstellte. Daraufhin wechselte Jessie zu einer anderen Firma, in der sie die Chance zu schnellerem Aufstieg hatte, wollte sich nicht länger der Häme ihrer Kollegen aussetzen, die das Verhältnis trotz Vorsichtsmaßnahmen registriert hatten und ähnliche Affären aus der Vergangenheit kannten. Die Einarbeitung erforderte volle Konzentration und lenkte von der erlittenen Schmach ab. Alles hätte sie leichter verwunden als seine Unehrlichkeit, die ihr Vertrauen erschütterte und das erniedrigende Gefühl hinterließ, unterschätzt worden zu sein, nach der Devise, sie ist zu dumm, die Rochade zu durchschauen, mit ihr kann ich so verfahren. Die Lüge fraß wie Säure in ihr, gerade weil Wahrheit und Ehrlichkeit ein Grundpfeiler ihres Lebens war und sie nicht geahnt hatte, hintergangen worden zu sein. Erst im Nachhinein erkannte sie, wie sehr in seinen Blicken Wunsch und Lüge nebeneinander lagen. Ein Mann mit den Attributen sanft und eiskalt, aber jetzt nur noch ein zerknülltes, weggeworfenes Blatt Papier.

Sie war vorsichtig geworden, hielt, was Männer anbelangte, Distanz, vertiefte sich in ihre Arbeit, vergaß die Zeit über interessanten Experimenten, hatte Erfolge und stieg auf der Karriereleiter. Nach anstrengenden Tagen im Labor kam sie meist so erschöpft nach Hause, dass sie weder Lust noch Kraft verspürte, ein Essen zuzubereiten und verzichtete meist ganz darauf. Mit hoch gelegten Beinen hörte sie Mutters Musik auf der bequemen Couch, entdeckte ihre entspannende Wirkung, Wellness für die Ohren, konnte allmählich verstehen, warum sie sich in den Kokon der Töne eingehüllt hatte, wenn sie sich kraftlos und traurig fühlte. Achtlos war sie früher daran vorbeigegangen, vieles hatte ihr gefallen, es hatte sie aber nicht interessiert, wer die Melodien komponierte. Mit Schubert- oder Loeweliedern gelang es wunderbar, sich aus dem Alltag zu stehlen, auf den Schwingen Mozarts davon zu schweben, mit geschlossenen Augen Gustav Mahler zu lauschen. Schimmerte nicht gerade in der Liedkultur jene Tiefgründigkeit und verhaltene Melancholie durch, die als urdeutscher Wesenszug gedeutet wird? Mit dem Schachcomputer lieferte sie sich erbitterte Auseinandersetzungen, in denen sie nicht selten Sieger blieb. An Wochenenden tauchte sie im Theater in die Welt der Fantasie, des kindlichen Erstaunens, in ihr Märchenland ein, was sie berührte und wünschen ließ, Eltern gehabt zu haben, mit denen sie solche Erlebnisse hätte teilen können. Sie zehrte von den musikalischen Höhepunkten, um sich mit neuem Elan dem wenig romantischen Arbeitsalltag zu widmen.

Noch immer war einiges zu räumen, die Wohnung hatte einen Speicher, womöglich lagen auch dort Sachen, die zu entsorgen wären. Öfter wollte sie nachsehen, hatte es wieder und wieder aufgeschoben. Heute raffte sie sich endlich auf, griff nach der Klappleiter, die an der Decke eingerastet war und zog sie quietschend herunter. Wacklige Stufen hinauf kroch sie auf den Dachboden, wo ihr heiße, stickige Luft entgegenschlug und sofort zum Husten reizte. Staubkörner tanzten wie Myriaden kleinster Schwebeteilchen im schmalen Lichtstrahl, den die Dachluke eindringen ließ. Sie kniff die Augen zusammen, so stellte sie sich, vergrößert, die unendliche Sternenmasse der Milchstraße vor.

Verstaubte Kartons, ihr altes Dreirad, Puppenwagen, Rollschuhe, auf denen sie wie ein Berserker durch das Viertel geflitzt war, die Holzschaukel, das Klappbett für Besucher. Sie erinnerte sich, dass es einmal aufgeschlagen wurde, als Tante Helga mit der Hasenscharte sie besuchte. Sie zog einen Karton heran, blies die Staubschicht fort, die sich üppig darauf gesammelt hatte. Babysachen lagen darin, sorgfältig gefaltet, in Plastiktüten eingeschlagen. Eine Rassel fiel hell klirrend auf den Boden, je tiefer sie kramte, desto größer wurden die Kleidungsstücke, nach Alter sortiert. Da, das war doch ihr blaugoldenes Lieblingskleid. Obwohl sie ausschließlich Hosen trug, die sich zum Klettern besser eigneten, und, wie sie glaubte, das Hinken verbargen, war sie von diesem Kleid, das sie sonntags oder zu Festen anziehen durfte, besonders begeistert. Gerührt nahm sie es aus der Umhüllung und hielt es hoch. Dass es noch existierte! In ihren kindlichen Fantasieträumen hatte sie sich darin immer als Prinzessin gefühlt. Sanft strich sie über den Stoff mit den leuchtenden Farben; an der Seite fühlte sie ihn deutlich, den kleinen Riss, von Hand genäht, kaum sichtbar. Wie unglücklich war sie damals, als sie aus dem Garten stürmte, an der Hecke hängen blieb und das kurze schrille Geräusch zerreißenden Stoffs sich jäh in ihr kleines Herz bohrte. Unwillkürlich kamen Tränen, als sie sich wieder als Mädchen sah, das dichte, dunkelblonde Haar zu Zöpfen geflochten und das Kleid wie eine kostbare Robe getragen. Wie sie zunächst nicht den Mut hatte, es Mutter zu sagen, in ihrer Schwermut wäre es eine zusätzliche Enttäuschung gewesen. Als sie ihr dann doch weinend das Malheur gestand und tröstend in den Arm genommen wurde: „Das ist doch kein Grund zum Weinen, das nähen wir so fein, dass es niemand sehen kann und es wieder wie neu aussieht. Stoff kann man reparieren, einen Riss in der Seele nicht."

„Hilft da auch kein Pflaster?", hatte sie erstaunt gefragt. „Nein, da hilft nur Liebe und das braucht lange, lange Zeit."

Meine Kindheit kommt zurück, wie präzise erinnere ich mich an dieses Gespräch, dachte sie und hielt das Kleidchen als Beweis in Händen. Es ist, als öffneten sich plötzlich Türen, um längst Vergessenes freizugeben, sichtbar zu machen, wie in einem Film, den man auf der Leinwand sieht. Oder den ich in meinem Kopf abspielen lasse, verändere, indem ich Szenen vergrößere oder streiche, um mich ganz auf einen bestimmten Moment zu konzentrieren. Ich kann mir zusehen, wie sich meine Seele erinnert, an damals, als Papa noch lebte, an diesen wunderbaren letzten Sommer, in dem wir über die Felder wanderten, meine Hand stolz in seiner festen, beschützenden, die kleinen Beine bemüht, Schritt zu halten, sein frohes, weites Lachen in den Ohren, das glücklich und unbesiegbar machte. Von Sonne und gewürzter Luft umgeben, vorbei am Weizen, der noch hellgrün, feucht und größer stand als ich. An unserem Ausflugsziel gab es Orangenlimonade zur Belohnung, auf der Flasche mit geriffeltem Glas lachte ein Mädchen, von Kohlesäurebläschen umhüllt, wie durch die Luft schwebend, keine schmeckte jemals mehr so gut. Auf seinen starken Schultern fühlte ich mich als Kamelreiterin, weil es himmlisch schwankte. Im Garten spielte er mein Pferd, sogar einen Parcours hatte er aufgebaut, über den er abwechselnd mit Eva und mir sprang, bevor wir, kreischend vor Wonne, in eine Wanne mit Wasser abgeworfen wurden. Sie hielt inne, die Erinnerung war so lebendig, als spürte sie das leise Knistern, wenn sie ihm morgens über die unrasierten Wangen fuhr.

Schnell packte sie das Kleidchen ein, wischte mit der Hand über die Augen, schloss den Deckel, hörte die Kinder wieder ‚Schnecke' rufen, hatte plötzlich den Geschmack von süßem Reis mit Zimt und Zucker auf der Zunge, sah sich auf der Schaukel, den Schwung bis zum Überschlag nutzend, alle Warnrufe ignorierend. Eine leidenschaftliche Schauklerin war sie, eine Kamikaze der Lüfte. Wie sehr wurde sie von Eva aus dem Nachbarhaus um das Luftfahrzeug beneidet, mit dem sie sich nicht nur der Gravitation, sondern auch allem Kummer glaubte entziehen zu können.

Der nächste Karton enthielt Fotos, die sie zum Teil nicht kannte, Pokale, Urkunden von Sportwettbewerben, Bilder, die sie gemalt hatte, schließlich träumte sie früher davon, Malerin zu werden, Schulhefte, Urlaubspostkarten. Die einfältigen Texte ließen sie lauthals lachen und fragen, ob die, die sie selbst verschickt hatte, gehaltvoller gewesen waren.

‚Liebe Grüße aus ... hier scheint den ganzen Tag die Sonne, alles ist toll, wir sind schon braun und das Essen auch ... Eure Lilo'.

Die letzte Kiste enthielt Violas Sachen, Kimonos, den silbernen Handspiegel, den sie in einer Anwandlung von Aberglauben ausrangierte, nachdem er auf den Boden gefallen und gesprungen war,

Hüte mit Fliegengitter, Granatschmuck und ein Tagebuch, wie es schien, verschlossen. Sie empfand ein beklommenes Gefühl, spontan rief es Mutters Gesicht mit klaren Konturen vor ihren Augen wach, gleichzeitig erregte das Buch Neugier. Sie schloss die Kartons, nahm es mit und ließ die Falttreppe nach oben gleiten. Da sich kein Schlüssel zum Schloss fand, brach sie es mit einem Schraubenzieher auf und betrachtete die krakelige, noch nicht ausgereifte Schrift eines jungen Mädchens.

Viola, September 1975 ‚Kon-nichiwa!‘,

stand da als Überschrift, was so viel wie ‚Hallo‘ oder ‚Guten Tag‘ bedeuten sollte. Mit eigenartiger Erregung las sie die ersten Seiten und entdeckte bald einen Menschen, von dem ihr bewusst wurde, ihn viel zu wenig gekannt zu haben. Bis in den späten Abend hinein vertiefte sie sich gespannt in die geheimen Aufzeichnungen. Violas Vater, ihr Großvater, Diplomingenieur für Wasserwirtschaft, war im Auftrag seiner Firma für zwei Jahre zur japanischen Niederlassung versetzt worden. Viola, gerade dreizehn, besuchte eine deutsche Schule in Tokio, später, als sie in das Viertel Fushimi in Kyoto umzogen, unterrichtete sie ein Privatlehrer. Hier gab es den spektakulärsten der zahlreichen Inari-Schreine, die dem Gott der Fruchtbarkeit und des Reises gewidmet sind. Seinen Zugang, durch Tausende zinnoberrote Torii (Torbogen) markiert, durchschritt man, wie durch einen unendlichen Hohlweg roter Bogen, bis hinauf zum Gipfel des Bergs, von wo die schmalen Straßen wie feine Adern eines Körpers wirkten. Detailliert beschrieb sie Eindrücke vom exotischen Land mit seinen fremden Sitten, Neugier und Unsicherheit. Dass Tokio groß, laut, aufregend und beängstigend war, sie einfachste Schilder nicht lesen, nicht erkennen konnte, wo Ein- oder Ausgänge waren, in welchen Etagen der Aufzug hielt oder durch welche Zeichen sich Damen- von Herrentoiletten unterschieden. Wie sie nicht nur andere Formen der Höflichkeit und Demut, sondern auch des Umgangs miteinander kennenlernte. Dass es respektlos war, seine ungeschminkte Meinung oder ein forsches

‚nein' zu sagen, was Rücksichtnahme, diplomatisches Geschick und bescheidenes Auftreten erforderte. Die aufregende Zeit vermittelte Einblicke in eine uralte Kultur und Mythologie, die sich in der Inselisolation über Jahrhunderte entwickeln konnte. Begeistert schilderte sie die Liebe zur Natur, zu Gärten, Bäumen und Blumen, die Sinnbilder darstellten, Geschichten erzählten, neue Sichtweisen vermittelten. Man unterrichtete sie in der Kunst des Ikebana, im Arrangieren der Blumen, mit dem man Gefühle und Worte ausdrückt, drei Linien ‚shin', ‚soe' und ‚tai', berücksichtigt, Himmel, Erde und Menschheit. Sie lernte Magnolien in vielfältigen Nuancen lieben. Nach zwei Jahren reiste sie zurück und musste wieder eine Schule in Deutschland besuchen, sich mit neuen Hoffnungen und Ängsten eingewöhnen.

Jessie konnte das Lesen nicht unterbrechen, die Schilderungen wurden intimer, die Geschehnisse dramatischer. Dann kam sie zu einer Stelle, die sie so erschütterte, dass sie das Buch zur Seite legte und beschloss, erst wieder fortzufahren, wenn sie das Gelesene verarbeitet haben würde. Es hatte sie verunsichert, rebellieren und nächtelang nicht schlafen lassen.

Weit über ein Jahr war seither vergangen und viel geschehen. Wenn sie abends das Gebäude verließ und den alten Nachtportier grüßte, den ‚Dinosaurier' der Firma, konnte sie sich des Eindrucks nicht erwehren, einen mitleidig besorgten Blick zu erhalten, der so viel bedeutete, wie: *‚Kann eine attraktive junge Frau die kostbare Freizeit nicht auf bessere Weise nutzen?'*. Um diesen Blick in ihr Gewissen zu mildern, grüßte sie betont freundlich und versuchte, besonders locker und unternehmungslustig zu wirken. Warum tue ich das eigentlich? Habe ich es nötig, etwas zu kompensieren, Rechenschaft zu leisten?, fragte sie sich, kehrte aber auf dem Absatz um, weil sie etwas vergessen hatte. „Entschuldigung Herr Grommske, hab's fast verschwitzt, bin zwei Tage außer Haus, Fachtagung in Berlin. Nur, damit der wichtigste Mann im Haus Bescheid weiß." Sie zwinkerte verschwörerisch mit den Augen. „Gute Nacht." Er ließ das Kompliment mit seligem Lächeln wie eine Hostie auf der Zunge zergehen.

„Danke, Frau Klarin, viel Spaß in der Hauptstadt und noch einen schönen Abend." Dabei zog er das ‚ö' auffallend in die Länge.

Die Tagung hätte sie sich schenken können, blah, blah, keine bahnbrechenden Neuigkeiten, aber die wenigen Stunden, in denen sie Berlin erkunden und sich ablenken konnte, waren die Reise wert. Zum ersten Mal seit Paris hielt sie sich wieder in einer solch großen Stadt auf. Es erinnerte sie an Maurice, der sie zu einer anderen Frau gemacht, und den Josy zum Dank bestohlen hatte; ob er es wohl mit ihr in Verbindung gebracht hatte? Das schlechte Gewissen rumorte, sie hatte ihm so viel zu verdanken, wollte immer schreiben, warum hatte sie es nie getan? Wegen des Diebstahls, für den sie sich mitverantwortlich fühlte? Sie nutzte die Zeit zu einem Abstecher in die pittoresken Hackeschen Höfe mit kunstvollen Häuserfassaden, gönnte sich ein sündhaft teures Essen am eleganten Gendarmenmarkt und besuchte am nächsten Tag das jüdische Museum von Daniel Libeskind, zickzackartig, in der Form eines geborstenen Davidssterns, mit den schiefen Achsen der Kontinuität, des Exils und Holocausts, das sie tief beeindruckte. Besonders die beklemmende Enge des Holocaustturms, dessen unbarmherzig schwarze Stille sie geradezu anschrie, der schiefe Boden und die blickbegrenzenden Stelen im Garten des Exils, Stein gewordene Zeugen der Unsicherheit und Perspektivlosigkeit, wie sie die damals ins Unbekannte Flüchtenden empfunden haben mussten.

Aus Berlin schrieb sie eine Karte an ihren väterlichen Pariser Freund.

Bei der Rückfahrt musste sie den ICE wechseln; schnell hatte sie ihren Waggon erreicht, ließ zwei Männer passieren, die sich gerade hinausdrängten. Ein schlanker Schwarzhaariger, mit filigraner, randloser Brille, steckte seinem Begleiter hastig einen Zettel zu, offensichtlich in Eile, um den Anschlusszug zu erreichen. Sofort weckten seine Augen, offen wie eine Landschaft, Sympathie, sein Duft streifte sie angenehm. Nur für Sekundenbruchteile touchierten sich ihre Blicke wie Klingen zweier Fechter, dann war er vorbeigehastet und im Menschenstrudel des Bahnsteigs untergetaucht.

Sie fand den reservierten Platz hinter der Wagentür, verstaute ihr kleines Gepäck und nahm ‚*Das Gewicht des Schmetterlings*' zur Hand, das leichte, inhaltsschwere Büchlein von Erri De Luca, in dem sie bereits auf der Hinfahrt gelesen hatte. Es gefiel ihr in seiner ausdrucksstarken Fabel-Sprache mit geschickt gewählten Metaphern. Als sie es aufschlug, kehrte für einen Moment die kurze Begegnung und flüchtige Impression in ihre Erinnerung zurück. Schon jetzt hätte sie nicht mehr sagen können, wie er aussah, Einzelheiten seines Gesichts oder der Kleidung beschreiben, obwohl sie die sekundenkurze Begegnung seltsamerweise intensiv empfand, schemenhafte Konturen waren zurückgeblieben. Aber die Hand, die dem anderen so eilig den Zettel zusteckte, hatte sie, einer Vergrößerung gleich, vor Augen, feingliedrig, elegant, eine Hand, von der man sich spontan vorstellen konnte, berührt zu werden oder die eigene vertrauensvoll darin zu vergraben. Welche Gedanken schossen ihr durch den Kopf, dachte sie, warum blieben ausgerechnet die flüchtige Begegnung der sich kreuzenden Blicke und die Hand wie eine Fotografie im Sinn, wobei sie ansonsten nicht einmal mehr hätte sagen können, ob der Mann barfuß oder in Unterhosen unterwegs gewesen war.

Das brachte sie augenblicklich zum Lächeln; das Buch war auf die Knie gesunken, sie blickte über seinen Rand hinaus und bemerkte auf dem Boden einen Fetzen Papier, der aussah, wie aus einer Illustrierten gerissen. Sie wollte sich wieder dem Roman zuwenden, als ihr der Gedanke kam, es könnte der Zettel des Unbekannten sein, den er seinem Begleiter zustecken wollte. Wieder sah sie die Hand mit dem Papierstück und dessen gezackte Umrisse vor sich. Kein Zweifel, er hatte ihn wohl im Gedränge verloren. Sie beugte sich neugierig nach vorne und hob ihn auf. Eine E-Mail-Adresse, kein konkreter Name, eine Fantasiekombination. Im ersten Impuls wollte sie ihn in den Abfallbehälter werfen, aber dann steckte sie ihn ein, warum konnte sie nicht sagen. Nach einem Blick hinaus in die vorbeihuschende Landschaft, wandte sie sich konzentriert der Lektüre zu und vergaß die kleine Episode.

Einige Sitze weiter streute jemand, das Handy am Ohr, laut und ungeniert private Petitessen wie Vogelfutter aus, als sei er einzig Überlebender eines Meteoreinschlags in den Planeten. Sie hasste diese Form verbalen Exhibitionismus, dessen zweifelhaftem Genuss sie nur durch einen Sprung auf die Geleise hätte entgehen können. Immer häufiger begegnete sie dem Phänomen heute; kurios, möglicherweise von denselben Personen, die noch vor kurzem sorgfältig die Telefonzellen hinter sich schlossen, um nur ja keinen Laut nach außen dringen zu lassen. Verrückte Welt. Jetzt gab es sie immer seltener, die früheren *‚Handys zum Hineinstellen'*.

Botschaften

Im Labor hatten sich Aufträge angesammelt, so dass sie es erst in den späten Abendstunden verlassen konnte. Grommske musterte sie argwöhnisch ... „Wie war's in Berlin?", rief er ihr nach, als sie im Vorbeigehen grüßte, ohne auf seinen Blick zu reagieren. Es schien so, als brenne er darauf, endlich von einer Wende in ihrem Leben zu erfahren, ja als verlange er sie geradezu. „Immer wieder interessant, tolle Stadt", sagte sie betont heiter mit vielsagendem Zwinkern und verschwand durch die gläserne Drehtür. „Die Erwartung, die aus seinen Blicken und Fragen spricht, nervt langsam", knurrte sie beim Hinausgehen. Ein kühler Wind kam ihr entgegen, sie schlug den Kragen des dünnen Mantels hoch bis zu den Wangen und beschleunigte ihre Schritte.

Beim Chinesen ließ sie sich ein Gericht einpacken, verspürte Hunger, aber nicht die geringste Lust zu kochen, aß es lauwarm mit dünnen Holzstäbchen aus der Plastikschale. Die Technik beherrschte sie erstaunlich gut, obwohl sie nur hin und wieder Gelegenheit hatte, sie anzuwenden, vielleicht stammten ja ihre Ahnen aus diesem Kulturkreis? Asiatische Küche mochte sie sehr, dazu Weine mit zart-fruchtiger Süße, am liebsten schwerelose Moselrieslinge. Eine Flasche ‚Erdener Kabinett', vom Weingut Andreas Schmitges, stand im Kühlschrank, sie war Liebe auf den ersten Schluck, Schiefertöne, belebende Säure und Aromen, die an Kumquats und rote Grapefruits erinnerten. Wein muss einen Reiz auf der Zunge auslösen, animieren und das tat dieser gekonnt. Keine andere Rebe ist in der Lage, mit so wenig Alkohol diese Fülle an

Geschmack aufzubringen und dazu mit solcher Finesse, dachte sie, schenkte ein weiteres Glas ein, fläzte sich bequem auf die Couch mit hochgelegten Beinen. Nur für einen kurzen Moment Ruhe, schließlich hatte sie noch einiges zu tun, um dann doch mit voller Beleuchtung und Bekleidung einzuschlafen und erst am Morgen zu erwachen. Benommen rieb sie sich die Augen, dehnte die starren Glieder, welch wirres Zeug hatte sie geträumt? Nur an den Teil im Zug erinnerte sie sich, an den Fremden, dessen Blick sie begegnet war und der elektrisierende Wirkung hatte. Gleich fiel ihr wieder der Zettel ein; wo hatte sie ihn hingetan? Sie duschte ausgiebig, frühstückte, die Knie hochgezogen, auf ihrem Stuhl, die extragroße Kaffeetasse mit dem Spruch: *‚Was soll ein Tag schon bringen, der mit Aufstehen beginnt?'* Ein Geschenkrelikt von Oliver, wärmend in beiden Händen. Weggeworfen war der Zettel nicht, heute Abend würde sie ihn suchen.

Sie machte sich auf zur Arbeit, ihre Wohnung lag so günstig, dass sie den Weg zu Fuß bewältigen konnte, bei schlechtem Wetter nahm sie den Bus. Für die Jahreszeit, Mitte April, war es eindeutig zu kühl, sie schlug den Mantelkragen hoch, zupfte den rostfarbenen Schal zum Hals und vergrub eine Hand in der Tasche, um sie anzuwärmen. Dabei berührten ihre Finger ein Stück Papier, den Zettel. Eigenartigerweise beschäftigte er ihre Gedanken, denn sie kehrten, während ihrer Arbeit einige Male zu ihm zurück. Was damit anfangen? Wegwerfen? Kontakt aufnehmen? Wohin sollte das führen? Sie verscheuchte die Ablenkungen wie beißenden Rauch, der in die Nase steigen will.

Als sie früher als sonst nach Hause kam, Grommske hatte demonstrativ auf die Uhr gesehen und anerkennend gelächelt, legte sie den Papierfetzen auf den Schreibtisch und bereitete ihr Abendessen. Sofia vom Schachverein rief an, hatte eine ganz kurze Frage, die eines fünfundsechzigminütigen Gesprächs bedurfte. Eine Liebschaft war zerbrochen, aber sie schwärmte schon von einer neuen, die sich ergeben könnte. „Man muss viele Frösche küssen, bevor man den Prinzen findet", seufzte sie, „du musst unbedingt meinen Bruder kennenlernen, der ist ein wahrer Prinz, wir treffen uns mal zum Essen – melde mich." Jessies Blick fiel auf das papierne Objekt, sie zögerte, wandte sich ab, klappte dann doch den Laptop auf und gab die Adresse ein. Welchen Text? Auf einmal kam ihr das Vorhaben albern vor – andererseits ... da ihre E-Mail-Adresse ebenfalls keinen Namen enthielt, konnte sie ja anonym bleiben. Dann begann sie, die ersten Zeilen zu tippen.

Freitag, 13.4.2011
Lieber unbekannter Bahnkunde!
Hier ist der ICE Nr. 5460, ich hatte das große Vergnügen, Sie am Mittwoch als angenehmen Fahrgast transportieren zu dürfen. Schade, dass Sie mich in Hamm verlassen mussten, nachdem wir uns gerade aneinander gewöhnt hatten. Sie verloren in der Eile einen Zettel mit Ihrer E-Mail-Adresse, die sicher nicht für mich bestimmt war. Was soll mit ihm geschehen? Wegwerfen, verbrennen, einrahmen, ungewöhnliche Korrespondenz aufnehmen?
Es grüßt, Ihr rasender Zug (weiblich).

Sie las den Text durch, drückte dann belustigt auf ‚senden'. Es war Spaß, ein Gag, der einen gewissen Kitzel auslöste. Vielleicht würde keinerlei Reaktion erfolgen; schließlich soll es Hunderttausende humorloser Menschen geben.

Am nächsten Tag hatte sie eine Nachricht. Sie öffnete schnell und las:

Lieber rasender Zug!
Es ist schwer, die weibliche Anredeform für Züge zu finden, obwohl ich verzweifelt danach gesucht habe. Sollten wir es nicht mit unseren Vornamen probieren? Vielen Dank der Finderin für das nette Lebenszeichen, der Zettel muss besser gewusst haben, als ich, für wen er bestimmt war, denn er ist genau in die richtigen Hände gekommen. Wir sollten die ungewöhnliche Korrespondenz sofort aufnehmen, meinen Sie nicht auch? Ich wünsche dem ICE

einen angenehm rollenden Tag ohne Verspätung und Signale, die stets auf „grün" stehen.
Ihr beeindruckter Fahrgast (männlich).

Jessie lachte laut, das gefiel ihr, der Mann schien Spaß zu verstehen. Sie entschloss sich, direkt zu antworten, aber was sollte sie wählen, wenn sie nicht bei ‚Zug' bleiben wollte? Während sie nachdachte, fiel ihr Blick in den Garten, in dem der Magnolienstrauch gerade blühte. Sie liebte die Blüten, die reinweißen fand sie noch schöner und edler, als die violett- oder purpurgefärbten. Schon ihre Mutter schwärmte von den mannigfaltigen Formen, die sie in Japan kennengelernt hatte. ‚Weiße Magnolie', ‚Magnolia salicifolia', wäre ein geeignetes Codewort.

Lieber beeindruckter Fahrgast!
Danke für die humorvolle Reaktion und die guten Wünsche, kommt es doch selten vor, dass Züge miteinander korrespondieren, noch dazu ein rasender, weiblicher. Meinen Vornamen? Züge haben keinen, ich finde es spannend, etwas im Dunkel, sozusagen im Tunnel, zu lassen. Und Sie? Noch stehen alle Signale auf grün, auch Ihnen einen angenehm rollenden Tag mit der Deutschen Bahn, entspanntes Lesen, weder Umsteigen noch Verspätung.
Liebe Grüße <weiße Magnolie>

Als Micha am Nachmittag nach Hause kam, sah er die E-Mails durch. Eine vom ‚Zug' war dabei. Schmunzelnd las er die Message, es machte Spaß, sich auf amüsante Art mit der Unbekannten zu ‚unterhalten'. ‚Magnolie' hatte sie gewählt, individuell, nicht das Übliche wie: ‚Fixstern' ‚Luna' oder ‚Rose'. Das Namenlose, Unbekannte schien einen Zauber für sie zu haben. Der ‚Zug' begann ihn zu interessieren, was sollte er nehmen, wenn sein Vorname nicht infrage kommen durfte? Vor ihm lag das Magazin, in dem er gestern Abend geblättert hatte und beim interessanten Bericht über rote Delfine stehen geblieben war. Da kam die zündende Idee.

Hallo weiße Magnolie!
Bis heute wusste ich nicht, welch attraktive Namen unsere Bahn ihren Zügen gibt. Kompliment! Auch mich faszinieren diese Blüten, sie sind formschön und ästhetisch rein. Danke für die guten Wünsche, bin ausnahmsweise ohne Umsteigen und Verspätung durch den Tag gekommen, was alle total überrascht hat. Apropos Lesen im Zug, ich schmökere gerade in einem Büchlein, das ich gerne mit Ihnen zusammen lesen würde: ‚Das Gewicht des Schmetterlings'. Sehr feinsinnig.
Muss jetzt enden, versäume sonst auszusteigen und darf die Nacht einsam in der Bahnhofsmission verbringen.
Guten Schlaf und angenehme Reiseträume
wünscht <roter Delfin>.

Im ‚Nagaya', einem edlen Düsseldorfer Sushi-Restaurant, hatte Sofia reserviert, für sie, Kim, ihren neuen Freund und einen jungen Mann, um die dreißig, den sie strahlend mit „Luca, meinen Prinzen", vorstellte. Ihr Bruder war eine Erscheinung von entwaffnender Schönheit, wie aus Filmmagazinen, sie musste sich zurückhalten, um nicht in ein anerkennendes „Wow" auszubrechen. Lockig braunes Haar, das sich gegen Kamm und Bürste erfolgreich zu wehren schien, grünbraune Augen unter dicht gewachsenen Brauen, feingeschnittene Züge, gebräunter Teint, energisches Kinn, all das machte ihn zu einem fesselnd attraktiven Mann. Er begrüßte sie – wie selbstverständlich – mit einem Kuss, ließ ein sauberes Lächeln erkennen, das regelmäßig weiße Reklamezähne entblößte und rückte ihr den Stuhl zurecht, damit sie neben ihm Platz nehmen konnte. Sie fürchtete zu erröten. Wie sich im Lauf des Abends herausstellte, war er Pilot, von Damen umschwärmt, gab Sofia augenzwinkernd zum Besten. Das machte ihn für Jessie weniger interessant. Die Stimmung war angeregt und fröhlich, sie wunderte sich über die Vertrautheit, die zwischen ihr und den Männern herrschte, obwohl man sich gerade erst kennengelernt hatte. Luca trug mit seinen Eindrücken aus verschiedenen Ländern zur Unterhaltung bei, und sie registrierte angenehm, dass er es nicht tat, um sich in den Vordergrund zu spielen, es ging immer um das Land, seine Menschen und spezifischen Probleme. Während des Essens wanderte sein Blick mehrfach zu ihr hinüber, es geschah nicht auffällig, aber Jessie bemerkte es mit einem Gefühl der Genugtuung. Sie schien ihm offenkundig zu gefallen, eine Erkenntnis, die ihre Wangen glühen ließ, was sie ärgerte, weil er es bemerkte. Die kleinen kulinarischen Preziosen, die auf einem Band vorbeidefilierten und zum Zugreifen animierten, waren nicht ungewohnt. Der Aufenthalt ihrer Mutter und Großeltern in Japan hatte die häusliche Küche beeinflusst und ihr japanische Spezialitäten nahe gebracht. So konnte auch sie einiges zu ‚Nippons' Schönheiten beitragen, ohne selbst da gewesen zu sein.

Sofia pries ihre fotografischen Erfolge in hohen Tönen, worauf Luca elektrisiert reagierte. Er liebe Bilder, Kunst und das ahnende Auge großer Fotografen, die Seele ihrer Objekte auf Zelluloid zu bannen oder einmalige Momente für die Ewigkeit festzuhalten. Jessie sah Begeisterung in seinen Augen, es war ihr peinlich, so gelobt zu werden, als sei sie Newton oder Hamilton persönlich, aber das gezeigte Interesse war spontan und echt.

„Könnte ich mir, wenn es nicht aufdringlich ist, deine Sammlung einmal ansehen? Ich frage aus bestimmtem Grund, über den ich noch nichts sagen möchte." Dabei hatte sich seine Hand auf ihren Schenkel verirrt. Unabsichtlich, denn sofort zog er sie zurück.

„Ja, lässt sich einrichten, hab sie nicht katalogisiert, die wichtigsten aber in einer Mappe zusammengestellt, also die, die mir was bedeuten", fügte sie entschuldigend hinzu. Die kurze Berührung war wie eine Welle über sie gegangen. „Du glaubst nicht, wie viele du schon in Zeitungen und Magazinen gesehen hast Luca, ohne zu wissen, dass sie von meiner tüchtigen Freundin stammen", übertrieb Sofia und lächelte ihr verschwörerisch zu. Jessie hob die Augenbrauen, er verstand die Geste und grinste. Das dramaturgische Talent seiner Schwester schien ihm bekannt zu sein.

Mit beschwingtem Gefühl kehrte sie nach Hause zurück und fand die Antwort von Maurice vor. Eilig riss sie den Umschlag auf, er schien sich sehr über ihre Karte gefreut zu haben, es gehe ihm einigermaßen, er erinnere sich dankbar an die schöne Zeit, die Gespräche, ihre Gegenwart, die er sehr vermisse. Der Rücken verbiete ihm, spazieren zu gehen, was ihn zum Hausinsassen verdamme und die Einsamkeit noch intensiver spüren lasse. Was er am Schluss erwähnte, ließ sie in lautes Lachen ausbrechen. Damals sei er bestohlen worden, eine kuriose Sache, er entsinne sich genau, weil es der traurige Tag ihrer Abreise gewesen war. Glücklicherweise habe man nur Geld entwendet. Wie die Polizei anhand der Spuren herausgefunden habe, seien Gemäldediebe eingestiegen, in der Absicht, seine wertvollen Originale zu stehlen, sie waren schon abgehängt, als der nächste Einbrecher gekommen sei und sie vertrieben habe. So wäre Unglück letztlich zum Glück geworden. Erleichtert ließ sie den Brief sinken und wischte Heiterkeitstränen weg, die ihr über die Wangen liefen, welch verrückte Konstellation. Sicher hatten die Diebe vermutet, Josy wäre der zurückgekehrte Hausherr, und er wusste nichts von den anderen. Sie nahm sich vor, ihm bald zurückzuschreiben. Noch hatte sie nach dem anregenden Abend zum Schlafengehen keine Lust, trank ein Glas Wein und las die neue Nachricht ihres beeindruckten Fahrgastes. Unbewusst hatte sie darauf gehofft und musste sich eingestehen, dass sie ein wenig enttäuscht gewesen wäre, hätte sie ‚*keine neue Nachricht*' auf dem Schirm vorgefunden. „Das ist nicht wahr", rief sie aus, „er liest dasselbe Buch wie ich, scheint es ebenso zu mögen. Solche Zufälle gibt's doch gar nicht, außerdem mag er Magnolien." Übermütig ließ sie ihm eine Antwort zukommen:

Lieber unbekannter Delfin!
Danke für die netten Zeilen. Man sollte Bahn und Züge nicht unterschätzen. Es freut mich, dass mein Name gefällt, vor allem, dass Sie Magnolien mögen, die ich innig liebe und gerade das Buch lesen, in dem ich auf der Fahrt geblättert habe. Einfach irre! Das leichte Büchlein mit inhaltsschweren Sätzen und fabelhaften Metaphern macht großen Lesespaß. Konnten Sie rechtzeitig aussteigen und die Nacht im eigenen Bett verbringen oder ruhelos

in der Bahnhofsmission, auf der Hut vor Wegelagerern und Dieben?
Gute Nacht und angenehme Flipperträume!
Weiße Magnolie

Micha saß am Schreibtisch, suchte seinen Kalender, den er immer auf die selbe Stelle legte. Er war nicht da, verflixt nochmal, spurlos verschwunden und mit ihm alle Termine, Geburtstage, Adressen. Obwohl er ein Mann der Zahlen war, konnte er solche Daten nie behalten und fühlte sich ohne ihn in gewisser Weise dement. In Aktentasche und Sakko hatte er schon nachgesehen, wo um alles in der Welt konnte er ihn liegen gelassen oder gar verloren haben? Schon der Gedanke daran jagte ihm gelinde Schauer über den Rücken. Noch einmal ging er alle Wege durch. Er war beim Bäcker, in der Reinigung, hatte Station im Park gemacht, unter den malerisch changierenden Blättern, im Buch gelesen, ein Kind, das von der Schaukel fiel, aufgehoben und getröstet. Sollte er ihm dabei aus der Tasche gerutscht sein? Gleich morgen würde er nachsehen. Anschließend war er nach Hause gegangen; auch die dann folgenden Schritte vollzog er nach, konnte aber keine Antwort finden. Wenn ich ihn jetzt im Kühlschrank oder der Brotdose entdecke, weiß ich, was es geschlagen hat, dachte er sarkastisch. Das würde Jan gefallen. Da fiel ihm ein, dass er Jan gratulieren wollte, heute sollte er zum Geschäftsführer berufen werden, eine weitere erklommene Sprosse auf der Karriereleiter. Klatschnass war er nach Hause gekommen. „Alles geklappt, einstimmig, wir müssen unbedingt feiern mein Alter, ich lass 'ne Atlasrakete steigen, kannst mich beim Wort nehmen!" „Wieso bist du so nass?" „Feucht-fröhliche Gautschfeier unserer Druckergesellen, die taucht man traditionell in kaltes Wasser, wie beim Papierschöpfen, da passte es zur allgemeinen Gaudi, mich gleich mit zu taufen." Micha grinste, schaltete den Computer nicht mehr an und zog sich mit dem ‚gewichtigen' Buch des *Schmetterlings* zurück.

Am nächsten Morgen standen Mathe-Unterricht, dann zwei Freistunden an, in denen er am Rhein entlang lief und auf dem

Spielplatz vergeblich nach dem Kalender suchte. Für den Nachmittag hatte Hardy eine Besprechung angesetzt, eigenartig, ohne vorher mit ihm zu reden, was er sonst nie versäumte. Vor dem Konferenzzimmer begegnete ihm der immer korpulenter werdende Zänker, Zigarette im Mundwinkel, hämisch grinsend. Micha blickte an ihm vorbei, als hätte er ihn nicht bemerkt und fuhr sich mit dem Kamm noch schnell über die Haare. Zänker schüttelte missbilligend den kahlen Kopf und tappte voraus. Von hinten glichen die Falten seines feisten Nackens einer Ziehharmonika, was will uns die Natur nur damit sagen?, ging Micha durch den Sinn. Hardy kam direkt zur Sache. Am Vormittag habe der Hausmeister im Lehrerumkleideraum der Sporthalle eindeutige Indizien für ... äh ... also Geschlechtskontakt mit einer Schülerin gefunden. Da nur Lehrer Zugang zum Raum haben, kämen Schüler nicht infrage. Eine gefundene Haarspange könne mit nötiger Sicherheit keiner bestimmten Schülerin zugeordnet werden. Weiter stehe fest, dass das Liebesspiel nur in einem Zeitfenster von zwei Stunden stattgefunden haben könne, exakt dem von Michas Freistunden. Er bejammerte die aufs Gröbste verletzte erzieherische Verantwortung. Selbst eine Vergewaltigung schloss er nicht aus, sollte die Betroffene den Mut haben, sich zu offenbaren.

In Gedanken ließ ihn die Vorstellung, der Aufsichtsbehörde Rede und Antwort zu stehen oder Strafanzeige erstatten zu müssen schon angstvoll zittern. Er appellierte an das Ehrgefühl jedes Einzelnen, ihm unter vier Augen das Verwerfliche zu gestehen. Sein Blick machte die Runde, heftete sich dann auf Micha. War es – wie sonst – das Zeichen, ihn zu unterstützen, was sie häufig praktizierten? Gerade wollte er zu einem ergänzenden Appell ansetzen, als Zänker triumphierend behauptete, ihn zur fraglichen Zeit in die Halle gehen, aber nicht herauskommen sehen zu haben. Völlig perplex über die Unverschämtheit, machte Micha seinem Ärger Luft.

„Ich war keineswegs in der Halle, was hätte ich dort auch zu tun gehabt? Wie kommen Sie zu dieser Unterstellung? Meine Freistunden habe ich zum Spaziergang genutzt, nichts weiter. Die Behauptung des Kollegen ist hinterhältig." Eigenartigerweise verging

Zänkers Grinsen nicht, im Gegenteil, es wurde noch breiter, was ihn irritierte. Was führte der Kerl im Schilde?

„Und wer hat Sie beim Spaziergang gesehen?", fragte er dreist und sein Frettchengesicht nahm einen lauernden Ausdruck an. Micha antwortete nicht. Baltus hatte die Auseinandersetzung schweigend verfolgt, griff in einen Beutel, zog etwas heraus und sagte mit ausdrucksloser Miene: „Das wurde dort gefunden." Zornig knallte er es auf den Tisch. Micha wich sämtliche Farbe aus dem Gesicht, als er sein verloren geglaubtes Notizbuch erkannte, das der Hausmeister neben den verräterischen Spuren entdeckt hatte. Ohne Zweifel sein Kalender. „Der Fall dürfte geklärt sein", schnarrte Zänker, sein Schnäuzer zitterte erregt, als hätte er einen Stromschlag erhalten.

„Sie glauben doch nicht im Ernst, dass ich etwas mit der Sache zu tun habe? Das Notizbuch vermisse ich seit gestern, wahrscheinlich habe ich es hier liegen lassen oder in einem Klassenzimmer."

„Wenn mir keiner etwas zu sagen hat, ist die Besprechung beendet; danke, Herrn Rhein bitte ich noch zu bleiben."

Als die Türen geschlossen waren, sagte Micha: „Wieso das Theater Hardy? Du kennst mich seit Jahren, traust du mir so etwas wirklich zu?" Baltus wand sich wie ein Wurm. „Natürlich nicht", es klang wenig überzeugt. Die Sekretärin kam mit gespitzten Ohren herein, sortierte umständlich Unterlagen auf dem Tisch.

„Lass uns ein paar Schritte gehen und draußen weiter unterhalten." Micha schlug den Weg zum Park ein, es war sehr warm; auf der Wiese, die sie überquerten, lag eine Gruppe junger Mädchen ohne Oberteile und badete in der Sonne. Hardy konnte sich kaum von ihrem Anblick trennen, immer wieder drehte er sich nach ihnen um. „Jetzt weiß ich, warum es dich magisch hier hin zieht", meinte er süffisant und warf einen letzten lüsternen Blick zurück. „Unsinn", entgegnete Micha und zeigte auf das Refugium einige Meter vor ihnen. „Das ist der Platz, der mich anzieht mit seiner unvergleichlichen Atmosphäre." Sie setzten sich auf ‚seine' Bank unter die Schatten schenkenden Bäume.

„Um auf die prekäre Sache zurückzukommen, die Beweise sind … ich meine, nicht von der Hand zu weisen. Ich muss es melden", druckste er, „wie kann man sich nur an einer Schülerin vergreifen? Das sind doch noch Kinder, wenn ich alles verstehen könnte, aber das, einfach nicht zu fassen."

Micha war entsetzt, der langjährige Freund konnte seine Zweifel nicht verbergen. „Merkst du nicht, dass es ein abgekartetes Spiel ist, verdammt nochmal, seit gestern vermisse ich das Notizbuch, suche es überall und heute soll ich es ausgerechnet dort verloren haben? Was hätte ich denn deiner Meinung nach damit anfangen sollen, den nächsten Treffpunkt eintragen?" Er ließ ein zynisches Lachen hören. „Da steckt das Schwein von Zänker dahinter." Baltus sprang auf, ging erregt hin und her.

„Ein Albtraum und das mir, wenn ich nur wüsste, was ich tun soll? Zänker wird keine Ruhe geben."

„Dich auf deinen gesunden Menschenverstand besinnen und zu mir stehen." Micha ging fort, ohne ihn weiter zu beachten. Am nächsten Morgen kam die überraschende Wende, als Baltus die übrigen Kollegen informierte und bat, bei den Schülerinnen auf Auffälligkeiten zu achten. Linde meldete sich.

„Ich kann nicht glauben, dass Kollege Rhein in Verdacht geraten ist. Unabhängig vom untadeligen Charakter, der eine solche Annahme bereits verbietet, habe ich ihn in der Pause begleitet, er kommt also keinesfalls infrage. Das untergeschobene Notizbuch scheint eine infame Aktion zu sein, Verdacht auf Unschuldige zu lenken." Baltus wischte sich den Schweiß von der Stirn. Jeder andere wäre ihm als Täter lieber, als ausgerechnet Micha. Zänkers Schnurrbart bebte heftig.

„Im Übrigen", fuhr sie fort, „wer sagt uns, dass sich nicht zwei Kollegen dort getroffen haben, sie hätten wohl dieselben Spuren hinterlassen, oder?"

Der Gedanke war ihm gar nicht gekommen, von vorneherein hatte er nur an ein Lehrer-Schülerinnenverhältnis gedacht. Baltus blickte in empörte Gesichter und beschloss nach dieser Wende, die Sache im Sande verlaufen zu lassen, falls sich keine neuen Gesichtspunkte ergeben sollten. Nach der letzten Stunde legte er jovial den Arm auf Michas Schulter. „Ich habe keine Sekunde an deiner Unschuld gezweifelt, musste aber auf die falschen Beweise reagieren. Sehr ritterlich, wie du Linde da rausgehalten hast." Micha verzog das Gesicht zu einer säuerlichen Miene. „Unternimm was gegen Zänker." „Ich werde ein ernstes Wort mit ihm reden." Enttäuscht schüttelte er den Kopf.

Hallo, roter Flipper!
Immer noch auf der Bank in der Bahnhofsmission oder inzwischen eingesperrt? Ich könnte mein Sparschwein schlachten und Kaution leisten. Mache mir langsam Sorgen, wie lange können Delfine überhaupt auf dem ‚Trockenen' bleiben?
L. Gruß weiße M.

Am Abend klingelte Linde. „Störe ich?"
„Im Gegenteil, ich probiere gerade einen Wein und vermisse Gesellschaft dabei, du trinkst doch ein Glas mit?" „Gerne", sie setzte sich auf die äußere Kante der Couch und hielt das gefüllte Glas schnuppernd unter die Nase. „Toller Duft, was ist es Micha?" „Eine 2009er Lorenzhöfer Spätlese vom Weingut Karlsmühle. Im Sommer war ich mal dort, in Mertesdorf, ganz nah bei Trier – pittoreskes Gut mitten in den Wiesen mit Rauschebach, alter Steinmühle und kleinem Landhotel. Es war heiß, furchtbar schwül, ich saß wie Bacchus im Schatten uralter Kastanienbäume, helles Gurgeln des Bachs in den Ohren und ließ mir die erfrischenden Weine schmecken." „Hört sich verführerisch an, geradezu romantisch", ihr Blick bekam einen verträumten Ausdruck. „Ja, das war es auch, fast verwunschen das ganze Anwesen und die Weine ... ein Traum von Feinheit und Leichtigkeit."

„Leichtigkeit oder Leichtsinnigkeit?" Er grinste: „Beides, eins folgte auf das andere, ich konnte gar nicht genug probieren und musste mir dann ein Zimmer nehmen, Ruhe pur und reine Landluft sag ich dir."

Sie trug erstaunlicherweise eine rote Bluse, war geschminkt und gegenüber dem Morgen kaum wieder zu erkennen, ihre Wangen hatten Farbe angenommen, als sie das Glas genüsslich abstellte.

„Danke, dass du für mich eingetreten bist, obwohl es nicht stimmte. Warum?" „Ja, ich weiß, wir waren nicht spazieren, aber erstens, hättest du es nicht sein können, das passt nicht zu dir und zweitens, habe ich gesehen, wie du das Gelände verlassen hast. Du konntest nicht gleichzeitig draußen und in der Halle sein. Zänker würde dich am liebsten auf dem Schafott sehen, ich frage mich nur warum?" Sie tranken in kleinen Schlucken, eine Pause schlich sich ein, sie suchten nach passenden Worten, waren plötzlich verlegen. Micha drehte das Glas, als wolle er es von allen Seiten begutachten, Linde wippte mit dem Fuß und starrte auf den Schuh, als nähme sie ihn zum erstenmal mit Erstaunen wahr.

„Ich mag dich sehr", sagte sie nach einer Weile mit belegter Stimme, „hätte es nicht ertragen, wenn du unschuldig in Verdacht geraten wärst." Er nahm sie stumm in den Arm und streichelte unbeholfen über den knochigen Rücken. Sicher erwartet sie eine Dankbarkeitsreaktion, dachte er, aber das, was sie sich vorstellt, kann ich ihr nicht geben. So blieben sie nebeneinander, seine Arme um ihre Schultern geschlossen. Die Pfingstferien standen bevor, am nächsten Tag war keine Schule mehr, er würde die schreckliche Verdächtigung bis zum Wiederbeginn verarbeitet haben. Hardy wollte mit ihm in den Süden fahren, er musste noch packen, was würde er brauchen? Wieso ging ihm das gerade jetzt durch den Kopf? Noch immer hielten sie einander umfasst, Linde löste sich, drehte sich zu ihm, schaute direkt in seine Augen, küsste ihn dann auf die Wange. Ein neues Parfum war an ihr.

„Möchtest du ... ich könnte heute Nacht bei dir bleiben. Ich ... ich brauche dich."

Die Schranke war gefallen, alles, was bisher trotz klarer Anzeichen Vermutung und nicht ausgesprochen war, stand jetzt als unumstößliches Faktum zwischen ihnen. Sie hatte sich decouvriert, ihre Gefühle und Wünsche offenbart. Schwergefallen musste es ihr sein, den Schritt von sich aus zu gehen, nachdem sie lange gehofft hatte, er werde ihr seine Zuneigung offenbaren, nicht nur Sympathie eines Freundes. Er war ihr dankbar für alles, was sie getan hatte, konnte sich herzlich wenig revanchieren, kam sich wie ein Ausbeuter vor, und doch musste er ihre Frage verneinen, sie brüskieren, tief verletzen, wie er in diesem Augenblick wusste.

Sie ging ohne ein weiteres Wort, schloss leise die Tür. Er hörte das Klappern ihrer Absätze auf der Treppe, das immer schwächer wurde, dann den dumpfen Schlag, mit dem das Tor ins Schloss fiel. Wie ein Gongschlag, der eine Zeit schwelender Hoffnung und Freundschaft endgültig beendet. Er hätte ihr nachlaufen, etwas Besänftigendes sagen können, etwas, das diese Endgültigkeit gemildert und Hoffnungsfunken belassen hätte, aber er mochte sich nicht dazu aufraffen, was hätte es auch geändert? Die Gardine zur Seite geschoben, blickte er auf die regennasse Straße unter dem resignierten, wolkenschweren Himmel, wo ein Passant verbissen mit seinem Regenschirm kämpfte. Er fühlte sich erschöpft. Einige Meter weit konnte er ihre Gestalt sehen, groß, schlank, aufrecht, das rötlich-blonde Haar spielerisch vom Wind erfasst, bevor sie um die Ecke bog. Sie hatte einen eigenartigen Gang, hob die Knie, als führe sie Rad. Aus seiner Perspektive war es noch deutlicher zu sehen, es erinnerte ihn an die grabenden Bewegungen der Pferdeläufe bei der Piaffe. Er stieß einen Seufzer aus, die letzten Tage hatten es wirklich in sich.

Als er zum Schreibtisch ging, entdeckte er die Nachricht von ‚Unbekannt'; bei den turbulenten Ereignissen war er nicht mehr zum Schreiben gekommen. Hardy hatte ihn nach Istrien eingeladen, wo er seit Jahren eine Ferienwohnung besaß, wahrscheinlich plagte ihn sein schlechtes Gewissen, es sollte wohl eine Wiedergutmachung sein. Auch Jan, obwohl er ihn kaum kannte, aber in der neuen Funktion konnte er dem Verein, den Hardy repräsentierte, von Nutzen sein. Beziehungen schaden nur dem, der sie nicht hat, war sein Lieblingsspruch, hier zeigte sich seine praktische Anwendung. Schon morgen sollte es losgehen, da würde er kaum Gelegenheit haben, zurückzuschreiben, wenn er es nicht gleich täte, denn er hatte schließlich noch zu packen.

Liebe Magnolie!
Ich konnte nicht früher schreiben, obwohl ich es wollte, unangenehme Dinge haben mich abgehalten.
(schilderte kurz, in welchen Verdacht er gekommen war)
Schockiert musste ich feststellen, dass mein zur Schau getragenes Selbstbewusstsein so rasch zusammengefallen ist, wie ein Soufflé bei Luftzug. Aber zurück zur Nacht, die ich nicht auf der Missionspritsche verbringen musste. Man hat mich auch nicht eingelocht. Ich hätte schlafen und gleichzeitig sehen können, ob sich einer an meinen Sachen zu schaffen macht. Wie das geht? Ganz einfach: Delfine schlafen nur mit einer Gehirnhälfte, die andere bleibt wach, ein Auge ist geöffnet (im Ernst). So kann ich trefflich träumen und beobachten, was um mich herum vorgeht, zum Beispiel, Sie im Schlaf. Dass wir beide denselben Roman lesen, nenne ich Gleichklang. Was mögen Sie noch? Wie sind Sie so?, wie wohnen Sie? Freue mich auf Antwort.
Schwimme morgen mit Freunden für ein paar Tage ins Mittelmeer zu meinen ‚Fanggründen', melde mich später.
Liebe Grüße mit frohem Flossenschlagen ...
Delfin auf Fahrt

Linde hatte das Haus wie in Trance verlassen, fühlte sich entblößt, gedemütigt. Ihr, die sich immer für beherrscht und kontrolliert hielt, liefen Tränen der Enttäuschung über die Wangen. Wie kalt hatte er sie behandelt, als sei sie aussätzig. Den Wagen ließ sie stehen, musste ein paar Schritte gehen, frischer Wind und leichter Regen kühlten ihr heißes Gesicht, in dem das peinliche Gefühl brennende Röte hinterlassen hatte. Ziellos ging sie weiter, warum hatte sie sich nur so gehen, ihn spüren lassen, wie sehr sie ihn mochte, um seine Liebe gebettelt? Wie eine winselnde Hündin. Angewidert schüttelte sie den Kopf, das war sie nicht, die stolze, selbstsichere Frau, die sich nach außen so tough gab. Wut schoss wie heiße Lauge durch ihre Adern. Sie fühlte sich abgeschoben wie etwas Minderwertiges, Abstoßendes. Am liebsten hätte sie sich dem Erstbesten hingegeben, nur um die Bestätigung zu erhalten, eine

Frau zu sein, die man begehren kann. Nachdem sie sich beruhigt hatte, stieg sie in den Wagen. Ihre Haare waren nass, Tropfen sickerten wie zähe Tränen über die Stirn, die Hände zitterten, als sie sich um das Lenkrad legten. Sie spürte Zorn, der nach Vergeltung schrie. Zuhause riss sie die Kleider vom Körper und betrachtete sich nackt im Spiegel mit dem unerbittlichen Blick gedemütigter Frauen. Nein, hässlich war sie nicht, etwas mager, aber mit besserer Figur als die meisten anderen mit Anfang Vierzig, und sie hatte noch viele unerfüllte Wünsche. Sie drehte die Brause auf, duschte lange, spülte ihre Scham weg.

Jessie hatte sich mit neuer Kamera auf Objektsuche begeben. Mit der Ausbeute war sie zufrieden. Luca wollte Fotos sehen, nun konnte sie ihm sogar aktuelle bieten. Sie freute sich auf seinen Besuch, er hatte Wort gehalten, nicht wie andere, die Interesse vorgeben, sich dann aber nicht mehr melden. Es passte gut, das Pfingstwochenende stand bevor, am nächsten Tag musste sie nicht arbeiten, es wäre kein Problem, wenn der Abend länger werden würde. Er kam mit Sekt, begrüßte sie wie eine innige Freundin, erzählte vom Flug in die Karibik und brannte darauf, die Fotos zu sehen. Sie stellte Gläser hin, gab ihm die gekühlte Flasche, die er gekonnt öffnete und einschenkte. Konzentriert und wortlos durchblätterte er die Fotomappe. Warum machte es sie auf einmal verlegen und unsicher, die Fotos zu zeigen, auf die sie stolz sein konnte, zumindest auf die, in denen sie ihre optischen Träume verwirklicht hatte? War sie so wenig überzeugt von ihrem Talent? Vielleicht lag es an den Vorschusslorbeeren, die Sofia so reichhaltig ausgeschüttet hatte? Noch immer sagte er nichts, was sie beunruhigte, griff zu dem einen oder anderen, um es ein weiteres Mal zu betrachten. Schließlich nahm er einen großen Schluck, schlug die Mappe zu und sah sie für Sekunden schweigend an.

„Warum ist das nicht dein Beruf, frage ich mich? Du bist nicht gut, nein, du bist brillant, wenn ich das sagen darf, professionell, originell. Du hast den Blick für das ... ich weiß nicht, wie ich es sagen soll ...", ungeduldig schnippte er mit den Fingern.

„Für die Seele des Objekts? Meinst du das?" „Genau das ist es, deine Fotos treffen den Kern und lassen ins Herz schauen." Sie lachte: „Wenn das so ist, bedaure ich ja direkt, dich nicht fotografiert zu haben."

„Was sich problemlos ändern lässt", meinte er gutgelaunt und zwinkerte ihr zu. „Was ich dir sagen wollte, ich habe einen Freund in London, der eine Kunstgalerie besitzt, nicht mit Gemälden, eine, die künstlerische Fotos ausstellt und verkauft. Bei ihm sind die wirklich Großen der Branche, Steve McCurry, Peter Lindbergh, Uli Staiger, Carl Warner, Albert Watson, Jim Rakete, Wolfgang Tillmans, der demnächst in Zürich ausstellt, was sage ich, alle Stars."

„Warner? Ist das nicht der, der seine Motive nur mit Lebensmitteln arrangiert?" „Doch, genau der. Ich habe mit Peter gesprochen, in vier Wochen ist eine seiner viel beachteten Vernissagen. Du kannst zehn Fotos nach deinem Geschmack aussuchen, er wird sie präsentieren. Ich sehe dich schon im ‚National Geographic'." Jessie verschlug es vor Überraschung die Worte.

„Das wäre phantastisch, ein Traum. Vor kurzem habe ich noch eine Vernissage besucht: *Fotografie trifft Gemälde* und sehnsüchtig gedacht, da müsste jetzt eins von dir dabei sein." „Wo war das?" „Sprengel Museum, Hannover, alles Arbeiten aus der Sammlung ‚Wilde', einfach Klasse sag ich dir."

Beide schwiegen, Jessie schlang ihre Arme um seinen Hals und gab ihm einen flüchtigen Kuss. Sie nahm ein interessantes Parfum wahr.

„Danke für deine Mühe und die Überraschung, ist dir wirklich gelungen." „Entschuldige, dass ich nicht früher mehr gesagt habe, aber ich wollte erst mit Peter sprechen und mir einen Eindruck von deinen Arbeiten verschaffen. Du hast meine Erwartungen weit übertroffen. Stell die Kollektion zusammen, wenn ich nach London fliege, nehme ich die Mappe mit."

Nicht weit von ihrer Wohnung gab es eine gemütliche Bar, in die sie ihn einlud. „Auf den Glückstag müssen wir anstoßen", rief sie überschwänglich. Am liebsten wäre sie ihm erneut um den

Hals gefallen. Ob er wirklich ermessen kann, was Fotografieren ihr bedeutet, dachte sie, dass es sie in ihrer schlimmen Phase gerettet und den nötigen Halt gegeben hatte. Dass es ihr vergönnt ist, mit diesem obskuren Gerät auf faszinierende Weise die Zeit anzuhalten. Großvater würde sie immer dankbar sein für den Anstoß, den er ihr mit der alten Minolta gegeben hatte. Wie schade, dass er den Erfolg nicht mehr erleben konnte. Augenblicklich wurden ihre Augen feucht und Wärme dehnte ihr Herz weit.

Die Tage in Istrien, ließen Micha schnell Abstand von den Ereignissen gewinnen, die aus der Entfernung, von Sonne und Wein verklärt, nicht mehr wichtig erschienen. Rovinj mit malerischer Altstadt und dem schon von weitem sichtbaren weißen Turm der Kirche Sveta Eufemija, der ihn an den Campanile Venedigs erinnerte, begeisterte auf den ersten Blick. Das Städtchen strahlte Entspannung und mediterranes Lebensgefühl aus, das sie sofort gefangen nahm. Auf den Plätzen spielten die Alten Boule, am Hafen flickten Fischer mit halbgerauchten Zigaretten in den Mundwinkeln ihre Netze, putzten die Schiffsplanken oder gaben den bunten Booten ein neues Make-up; an Holztischen entlang der Straße bot man Gemüse, Obst, Knoblauch und frische Pljukanci, ein Nudelgericht in verführerisch duftender Sauce an. Die Luft, aufgeladen mit zerstäubtem Meerwasser, Salz und Gerüchen voller Würze, wollte geatmet, ja getrunken werden. Das Geräusch an die Hafenmauer klatschender Wellen mischte sich mit den Rufen geschäftiger Marktverkäufer, dem fröhlichen Singsang der Fischer, fremden Sprachen, ergoss sich in die schmalen Gassen, durch die sie sich zwängten und blieb als folkloristische Melodie in ihren Ohren. Da es zum Schwimmen zu kalt war, genossen sie die ursprünglichen Impressionen, architektonischen Schönheiten und vielfältigen Gaumenfreuden: ausgezeichnete Austern aus dem nahen Limski-Fjord mit dem intensiven Geschmack von Walnüssen, fangfrische Goldbrassen, in Meeresluft getrockneter Schinken, istrische Trüffeln, die es selbstbewusst mit denen des Piemont aufnehmen konnten und belebender Malvazija-Wein.

Am ersten Abend hatten sie selbst gekocht, hochmotiviert, was leider in einem Fiasko endete. Sie besuchten Porec und Pula, die alte Römerstadt strategisch wichtiger Bedeutung im Süden der Halbinsel, den Augustustempel und das guterhaltene Amphitheater, eines der größten, das Kaiser Augustus erbauen ließ. Die günstige Lage machte Pula in seiner wechselvollen Geschichte immer zu einem wichtigen Kriegshafen und Marinestützpunkt.

Hardy, der öfter Kurzurlaube hier verbrachte, kannte sich bestens in der Umgebung aus. An einem Abend blieb er verschollen, sie machten sich ernste Sorgen, aber am Morgen, als erste Sonnenstrahlen die weißen Häuser neugierig abtasteten, tauchte er wohlbehalten und bester Laune wieder auf. Wo er gewesen war, erfuhren sie nicht, er schwieg, als sie ihn danach fragten. Über den Vorfall in der Schule sprachen sie ein letztes Mal, wobei er nach reichlich Wein bemerkte, ihn nie verdächtigt zu haben, zumal doch etwas laufe zwischen ihm und Linde, was selbst ein Blinder sehen könne. Jan erlitt einen spontanen Hustenanfall. Linde entsprach in keinster Weise seinem Beuteschema und so, wie er Micha kannte, ebenso wenig dessen Vorstellung. Jedenfalls hatte der Urlaub den Effekt, die Verstimmung schneller zu neutralisieren, als es sonst der Fall gewesen wäre. Trotz der Ablenkungen kehrten Michas Gedanken häufiger zur ‚weißen Magnolie' zurück, was ihn verwunderte. Ja, er verspürte sogar Ungeduld bei der Frage, ob sie ihm inzwischen geschrieben haben könnte und das dringende Bedürfnis, die gewonnen Eindrücke mediterraner Leichtigkeit zu schildern, sie mit ihr zu teilen. Immer wieder ertappte er sich dabei, nach einem Internetcafé Ausschau zu halten, bis er in einem Seitensträßchen schließlich eins entdeckte.

Sie hatte tatsächlich geschrieben:

Lieber Reisedelfin!
Begraben wir nach den netten ‚Gesprächen' doch das ‚Sie', mir ist kein Fall bekannt, in dem sich Delfine siezen. Einverstanden? Ich wünsche dir schöne Urlaubstage und gesunde Rückkehr aus den Fanggründen, die du wohl nicht zu wörtlich nimmst. Deine

E-Mail hat mir gefallen, vor allem die Besonderheit, schlafen und gleichzeitig beobachten zu können, auch gemeinsam zu lesen, was ich gerne täte. Als nächstes ‚Die Einsamkeit der Primzahlen' von Giordano, der Titel reizt mich, weil ich Zahlen mag und gerne Schach spiele. Ich liebe klassische Musik, bin spontan und unausstehlich. Blau ist meine Lieblingsfarbe, wohne sehr appetitlich in drei Zimmern, direkt über einer Eisdiele. Nicht luxuriös wie ‚Berthillon' in Paris, aber keineswegs zu verachten. Leben Delfine allgemein in Familien? Und der rote im Besonderen?
L.G. w.M.

Rasch schrieb er zurück:

Liebe w.M.
Freue mich sehr über dein ‚du'; Delfine, die in Gruppen zusammen leben, bis auf den bedauernswerten roten Einzelgänger, kennen kein ‚Sie', da hast du recht. Bin leidenschaftlicher Schachspieler, mag Zahlen, Chemie, deine Musik – Übereinstimmungen, wohin man schaut – liebe Singen und Wein, wobei ich einräume, dass die meisten mir lieber beim Wein-Trinken zuhören würden.
Wenn ich zurück bin, besorge ich mir gleich die ‚Primzahlen'.
Meine Lieblingsfarbe? Blau, wie das Meer vor mir, mich wundert's nicht. Rovinj ist ein Ort, der alles verkörpert, was man sich vom Mittelmeer vorstellt, Gerüche von Salz, Tang und Gewürzen, flirrende Sonne, kühle Meeresbrise, köstliches Essen, heiter entspannte Gelassenheit und Abende, die kein Ende nehmen, weil der Tag mit ihnen erst erwacht.
Salzig-sonnige Grüße aus Istrien, der r.D.

Jan ließ sich für den Abend entschuldigen, jedem war klar, dass er eine schöne Kroatin gefunden hatte und die Nacht mit ihr verbringen wollte. Micha verspürte einen kleinen Stich, bei ihm ging alles reibungslos und ohne Komplikationen. Er hatte sie zwei Tage zuvor kennengelernt, von ihr erfuhr er, dass nicht alles so idyllisch war, wie sie es mit Touristenaugen sahen. Wirtschaftliche Sorgen, versteckte Kinderarbeit, mafiöse Kreise, die Frauen und Kinder zum Sex zwingen. Sie arbeitete in einer Einrichtung für Missbrauchte. Hardy war empört: „Warum greift der Staat nicht härter durch, da gibt's nur eins, alle wegsperren?"

Michas Blick war auf das Meer gerichtet, dessen tiefblaue Linie sich kontrastreich vom hellrot gefärbten Abendhimmel abhob. Wolken gab es fast keine, nur einen schmalen watteweißen Streifen, als hätte ihn ein Jet hinterlassen. Hardy und er saßen im Garten einer Taverne, den die roten Strahlenfinger sinkender Sonne wie mit Pinseln bemalten und tranken glutvollen Rotwein. Achtlos schob er Käse und Oliven in sich hinein, während er unentwegt an die geheimnisvolle Brieffreundin dachte, die er gerne hier getroffen hätte. Er wünschte sich, ihr alles beschreiben zu können, was er sah und schön empfand. Wie mochte sie wohl sein, wie alt, wo wohnen? Ihre originellen Zeilen vermisste er – ein melancholischer Hauch streifte seine Seele wie Altweibersommerfäden. Hardy ließ die zweite Flasche kommen, die er vorher hatte öffnen lassen, um ihr Sauerstoff für die Entfaltung zu gönnen. Andächtig kosteten sie den ersten Schluck komplexer Struktur, vielschichtig, mit berückender Frucht und geschliffenen Tanninen.

„Der richtige zum Meditieren, du schaust, als wäre dein Geist auf Reisen Micha, lass dich von ihm einfangen und verführen, ach ich liebe dieses Land und seine Genüsse." Weit breitete er die Arme aus, um seinen Worten Nachdruck zu verleihen. Noch war der Wein zu kühl, sie hielten die Gläser mit der Hand umfangen, um sie anzuwärmen und ihm die letzten feinen Aromen zu entlocken. Micha gab ihm recht, es war ein großer Tropfen, und der ist immer eine ‚organoleptische Symphonie', der man mit Hingabe lauschen sollte.

„Wie Blut der Erde, man spürt, wie behutsam der Winzer mit den Trauben umgegangen ist, dass er den Weinberg nicht domptiert."

„Domptiert ist gut, was macht er denn damit?"

„Er respektiert, pflegt und beutet ihn nicht aus."

Hallo w. Magnolie!
Der Delfin taucht kurz zum Atmen auf und nutzt die Gelegenheit, vor der Futtersuche zu schreiben, denn zuhause können wir nicht mehr kochen, ein Fiasko. Schuld sind die alten Elektroleitungen, eher der Herd, eigentlich die Nudeln, eindeutig die Nudeln, die das Wasser im Topf so rasend machten, dass ihm der Kamm schwoll, es mit weißem Schaum emporschnellte, über die ‚Ufer' trat und irgendwo im elektrischen System unterschlüpfte. Folge: Totaler Kurzschluss, Candle-Light-Spardinner mit Nudeln, die noch ‚knusprig' waren und jetzt zeitlupenartig arbeitende Handwerker als „Untermieter". Mit Frau im Haus wäre das nicht passiert. Glaub mir, Küchen sind Minenfelder. Ich wünsche dir eine traumlose Nacht.
Sonnige Grüße vom hungrigen Delfin

Jessie unterhielt sich glänzend. Lucas Schilderung von eindrucksvollen Städten, hektischem Flugbetrieb, kuriosen Passagieren waren interessant und lustig. „Wo du soviel herumkommst, wieso fotografierst du nicht, hättest Motive in Überfülle und in deinem Freund den idealen Berater?"

„Ferne Ziele vor Augen und jemand, der Fotos verkauft, ist nicht genug. Mir fehlen Talent und Passion, hab nicht den inneren Auftrag, die Leidenschaft wie du. Im Grunde ist es wie bei allem, richtig gut bist du nur da, wo es in dir brennt, wo es dich vorwärts treibt oder?" Jessie stimmte zu, ja sie hatte die innere Stimme damals vernommen, gespürt, dass dieses Hobby mehr sein könnte, als bloße Freizeitgestaltung und Großvater mit seinen unaufdringlichen Ratschlägen die richtigen Weichen gestellt, um Feuer in ihr zu entzünden. Verehrt hatte sie den gütigen Mann mit schmalem aristokratischem Gesicht, das immer einen Ausdruck von Nachdenklichkeit zeigte und ihn um seine Gelassenheit beneidet. Es gab eine tiefe Liebe zwischen ihnen, obwohl sie es sich nie gesagt hatten, sie wussten es auch ohne Worte.

Sie beobachtete Luca, während er sprach und dachte, wie attraktiv er ist, wie lebhaft seine Augen die Erzählung begleiten, die Hände miteinander ringen, ausbrechen und je nach Dramatik vorschnellen wie die eines Boxers, wie er sich mit Anheben des Kopfs, einem kleinen Lächeln vergewissert, dass sie noch zuhört und nicht gelangweilt ist. Ihr Blick heftete sich auf seinen Mund, und sie fragte sich, wie es wohl wäre, ihn zu küssen. Der Abend wurde lang; er brachte sie nach Hause, verabschiedete sich mit einer nicht gerade flüchtig zu nennenden Umarmung, ließ wie unabsichtlich seine Hand über ihre Brust gleiten. „Bis nächste Woche, ich rufe an, wenn ich die Fotos holen kann." Sie schenkte ihm das Buch, ‚*Im Café der verlorenen Jugend*' von Patrick Modiano, das ihr sehr gefiel, zumal es vom Paris der sechziger Jahre handelte. „Oh ... danke, ich lese eigentlich nie, gottseidank ist es dünn." Sie war ein wenig enttäuscht. Übermütig warf er ihr im Rückwärtsgehen Handküsse zu, wie ein Faschingsprinz aus geschmückten Umzugswagen, stieg ins Auto und tauchte schnell im Straßenverkehr unter.

Kaum hatte sie die Wohnung betreten, ließ sie sich mit einem Jubelschrei aufs Bett fallen, ihre Beine zappelten wie Falterflügel im Lampenlicht. Eine irre Chance eröffnete sich da und Luca, das Bild von einem Mann, gefiel ihr, wie sie ihm offensichtlich auch. Nur, dass er nicht gerne las, bedauerte sie. Heiß war ihr geworden, sie duschte, schlüpfte in den weichen hellblauen Bademantel, schlang sich ein Handtuch um den Kopf und schaute nach, ob E-Mails eingetroffen waren. Neben anderen entdeckte sie ‚*Delfin an Magnolie*'. Sie war überrascht, dass er ihr von der Verdächtigung erzählte, eine unangenehme Sache, aber vor allem, von seinem schwindenden Selbstbewusstsein. Wie lustig er es ausgedrückt hatte. Ganz offen gab er Schwäche zu, es berührte und ließ sie daran denken, wie robust und selbstsicher sie früher aufgetreten war und sich dabei so unsicher, weich und zaudernd gefühlt hatte. Wie konnte sie für den fremden Briefpartner Wärme empfinden, als er schrieb, das Buch gemeinsam lesen und sie – wenn auch nur mit einem offenen Auge – im Schlaf beobachten zu wollen. Sie kniff eins zu, stellte sich die Situation vor, ein Delfin im Bett, die Flossen artig auf der Decke, den einäugigen Blick auf ihre schlafenden Züge gerichtet und brach in Gelächter aus. So, zu den ‚Fanggründen' ist er geschwommen, was auch immer damit gemeint sein mochte. Sie beschloss, ihm zurückzuschreiben, obwohl er es erst nach seiner Rückkehr aus mediterranen Gefilden würde lesen können. Am Mittelmeer wäre sie jetzt auch gerne, bei angenehmen Temperaturen, fern hektischer Arbeit.

Am nächsten Tag, sie war ausgeschlafen, fühlte sie sich prächtig und freute sich auf ein gutes Frühstück mit Mozartklängen. Köstlicher Kaffeeduft waberte durch die Wohnung und mischte sich mit quellfrischer Klaviermusik. Als kurz danach seine Antwort eintraf, war sie freudig überrascht und aufgeregt. Er musste trotz der Ablenkungen in den Fanggründen an sie gedacht und eine Internetmöglichkeit gesucht haben. Alleine schien er zu leben, der rote Delfin, hatte mit Naturwissenschaften zu tun, spielte Schach, liebte Blau, ihre Musik und war bereit, zur gleichen Zeit Giordanos Buch zu lesen. Wieso fühlte sie sich vertraut mit diesem Mann, von dem sie nichts wusste und ihn doch zu kennen glaubte? Wie amüsierte sie die Schilderung der Nudelkochversuche, typisch Männer am Herd. Schon flogen ihre Finger über die Tastatur, ließen ihn wissen, auch eine einzelne Blüte zu sein, sich die Atmosphäre am Meer und beim Darkness-Dinner durch seine originelle Beschreibung vorstellen zu können, wie bunte Klangbilder und gerade – stimmungsgemäß – Mozarts Türkischen Marsch mit Lars Roos am Piano zu hören.

Fabian Quadflick hatte ein unruhiges, unstetes Leben. Von den einst hochfliegenden, aber unrealistischen Vorhaben konnte er kein einziges realisieren. Beziehungen hatten die Halbwertzeit eines Fliegenlebens, denn neben dem narzisstischen Naturell verblieb kein Platz, kein Sauerstoff, für einen potentiellen Partner. Etliche Frauen waren kurzzeitig auf ihn hereingefallen, von vordergründigem Charme und zur Schau getragener Mimenaura geblendet, um später zu erkennen, dass alles nur Tand und Fassade war. Jahrelang tingelte er mit einer mehr versoffenen als ambitionierten Truppe durch die Lande, bot bescheidenste Unterhaltung mit Späßen, so derb und abgegriffen, dass ihnen bald kein Lacher mehr folgte.

Mangels weiblicher Gespielinnen, wandte er sich zwischendurch dem männlichen Geschlecht zu, die ‚Liebe' währte aber auch dort nur so lange, wie die Begeisterung für seine Person anhielt. Man wusste es nicht recht einzuschätzen. Genüsslich erzählte man die Story, wie er eines nachts in einem Gastspielort betrunken in das Haus einer Entflammten eingedrungen und über die bäuchlings Schlafende hergefallen sei, die sich unglückerweise als durch und durch heterosexueller Ehemann entpuppte. Splitternackt habe der ihn wie eine Sau durchs Dorf getrieben und derart verprügelt, dass wochenlang kein Auftritt möglich war. Danach hatte er erkannt, dem Zigeunerleben nicht mehr gewachsen zu sein und an einem Provinztheater die im wahrsten Sinne ‚glänzende' Anstellung gefunden. Mit anderen Worten, war er Hilfsbeleuchter und durfte nebenher in der Komparserie auftreten. „Ich bin wie ein Spielertrainer", ließ er sich mit rollendem ‚R' vernehmen, „habe große Rollen und bilde nebenher junge Aspiranten aus, damit sie lernen, was Kunst auf den Brettern bedeutet." Seit der damaligen Geschichte verfolgte ihn der entrüstete Ehemann, und er hoffte inständig, dass er ihn hier nicht aufspüren würde. Selbst wenn die Anstellung eine Spur von Regelmäßigkeit in sein Leben brachte, blieb er ein verkommenes Subjekt, die Rolle, die er auf der Bühne als einzige überzeugend hätte verkörpern können.

An diesem Vormittag begann die Arbeitszeit erst spät, so konnte er länger im Bett verweilen und sich mit den bestrickenden Fäden seiner Fantasie umgarnen. Im abgewetzten Schlafanzug saß er am Tisch und tunkte hartes Brot in heiße Milch. „Sie ist das Beste für den Teint jedes Schauspielers", deklamierte er mit Pathos, als stünde er auf der Bühne. Es klingelte, wer sollte ihn um diese Zeit besuchen? Als er nicht reagierte, klopfte es an der Tür. Misstrauisch öffnete er sie nur einen Spalt. „Brief für Sie", hörte er den Postboten sagen. Seine Hand langte an der Tür vorbei, griff rasch nach dem dicken Umschlag, ohne sich zu bedanken. „Rechnungen? Aber so viele? Der Text für eine Rolle? Das könnte es sein", murmelte er vor sich hin. Unschlüssig blieb er an der Tür stehen, brauchte eine Weile, bis er den Stuhl erreichte und sich setzte. Vorsichtig wendete er den Umschlag auf seinem Schoß, als sei er zerbrechlich, schüttelte verständnislos den Kopf. Nur seine Adresse war vermerkt, maschinengeschrieben per Aufkleber, kein Absender. Umständlich versuchte er das dicke braune Papier, das mit breitem Klebeband zusätzlich verschlossen war, zu öffnen. Erregung hatte ihn gepackt. Darunter erschien ein weiterer Umschlag, den er mit dem Löffelstiel aufritzte. Fast hätte er es geschafft, da fegte ihn eine grelle Detonation vom Stuhl, er glaubte, seine Trommelfelle zerplatzten, fürchtete, zu ersticken, bevor es taub und dunkel um ihn wurde.

Eine heimtückische Briefbombe verbrannte ihm die Hände und verletzte den Unterleib so stark, dass die Klärung seiner wahren sexuellen Ausrichtung für die Zukunft keine Bedeutung mehr haben würde. Von der Explosion angelockt, gafften Nachbarn in die armselige Unterkunft und sorgten für den Transport ins Krankenhaus, Spezialisten untersuchten den Tatort, forschten nach dem Motiv des Anschlags auf den unbedeutenden Mann. Gerüchte machten die Runde, sein Job sei nur Tarnung für Drogengeschäfte, Spionage oder solche als V-Mann in irgendwelchen Szenen gewesen. Nichts erwies sich als zutreffend, Spuren fand man keine, die Sache war nicht spektakulär genug, um, von einem kurzen Artikel abgesehen, ausführlich zu berichten.

Der Kurzurlaub war zu Ende, der Schulbetrieb wieder angelaufen. Micha entging die distanzierte, feindselige Haltung Lindes nicht. Während der abwechslungsreichen Tage am Meer hatte er den Vorfall mit ihr völlig vergessen. Jetzt versuchte er in der Pause, ein klärendes Gespräch zu führen, dem sie geschickt auswich. Zu seiner Verblüffung gesellte sie sich zu Zänker, sonst mied sie ihn wie Lepra. Da die Sonne schien, machte er es sich draußen auf einer Mauer bequem, aß sein Brot, das einen Weichmacher vertragen hätte, denn wieder einmal hatte er vergessen, frisches zu besorgen und blätterte lustlos die mitgebrachte Zeitung durch. Eine Notiz sprang ihm sofort ins Auge, man hatte dem Theaterarbeiter Fabian Quadflick eine Briefbombe zugestellt und ihn erheblich verletzt.

Fast hätte er den Namen überlesen, der großspurige Schulkamerad früherer Tage, dem sich Viola so freigiebig hingegeben hatte. Augenblicklich versetzte ihm der Gedanke einen Stich, Frösteln überzog ihn und stellte die Haare an den Armen auf. Fabian hatte sein Glück zerstört, war immer ein verlogener, mieser Typ, aber so etwas? Wer sollte ihm das angetan haben? „Wer kann heute noch sicher sein vor Anschlägen und Denunziationen?", fragte er Hardy, der vorbei ging und hielt ihm den Artikel unter die Nase. „Früherer Mitschüler von mir."

Theatralisch wiegte Hardy den Kopf. „Hab's gelesen, die Leute kennen kein Moralempfinden, keinen Respekt mehr, mich erschreckt die Verrohung, Mord, Vergewaltigung, Einbrüche werden etwas Alltägliches. Ich sage immer zu Caroline: ‚Vorsicht beim Öffnen meiner Briefe, halte sie weit von dir, man weiß nie, wenn kein Absender vermerkt ist.'" War Hardy wirklich so naiv?

Erst gegen Abend kam er nach Hause, hatte erneut das Brot vergessen, der Bäckerladen war noch offen, aber ausverkauft. „Trockenen Kuchen gibt's noch", säuselte Mia, die Verkäuferin mit kreisrundem Gesicht, devotem Augenaufschlag und Mehlspuren an der Nase. „Danke", meinte er sarkastisch, „dick mit Leberwurst, ist er mein Leibgericht, macht nur starkes Sodbrennen." „Was Sie nicht sagen, Herr Rhein, muss ich gleich mal ausprobieren, äh ... Ihr Bart ist ja neu, steht Ihnen, macht Sie verwegen." Der Augenaufschlag wurde schmachtend. Tatsächlich hatte er es genossen, sich in den Tagen am Meer nicht zu rasieren und jetzt sollte sich langsam ein Vollbart daraus entwickeln. Am Nachmittag hatte er ‚Die Einsamkeit der Primzahlen' gekauft, an seinem Lieblingsplatz bei angenehmen Temperaturen zwei Stunden verbracht, Hefte korrigiert und gelesen, was bei der Hitze angenehmer war, als in der Wohnung unter dem Dach, die sich im Sommer unangenehm aufheizte. Er schloss die Tür auf, ging direkt in sein Arbeitszimmer, zog die Vorhänge auf, weil die Sonne nicht mehr hineinschien. Ob sie geschrieben hatte? Er wartete förmlich darauf, es war jedesmal, wie liebevoll begrüßt zu werden. Wie sehr er das vermisste.

Ja, sie hatte, unwillkürlich machte sein Herz Extraschläge. Sie spielt gerne Schach, hat beruflich mit Chemie zu tun, wie er, hört Mozart und ist nach eigener Einschätzung unausstehlich. Unglaublich, immer mehr fühlte er sich zu ihr hingezogen und antwortete gleich.

,Unausstehliche' Magnolie!
Ich freue mich jedes Mal, einen Gruß zu bekommen; ehrlich gesagt, laufe ich die letzten Stufen hinauf, öffne schnell die Tür, um von dir empfangen zu werden. Finde ich nichts vor, bin ich enttäuscht. Ein wunderbares Gefühl, nicht mehr in eine leere Wohnung zu kommen, ähnlich wie nach einer Zugfahrt abgeholt zu werden. Es gibt kaum etwas Deprimierenderes, als mutterseelenallein auf einem Bahnhof anzukommen, findest du nicht auch?
Hätte nie geglaubt, einmal Anhänglichkeit für einen ,Zug' zu empfinden. Es passieren verrückte Dinge. Am Meer habe ich oft an dich gedacht und mir gewünscht, die Abende gemeinsam zu verbringen. Wie magst du aussehen und heißen? Welche Hobbys? Jung oder noch jünger? Ich bin leider über vierzig auf der nach oben offenen Delfinaltersskala. Tausend Fragen hätte ich, alles interessiert mich an dir. Würde dich gerne richtig kennenlernen. Lass uns Schach spielen, ein Fernduell fände ich Klasse, bist du einverstanden? Nehme heute erstmals die ,Primzahlen' in Angriff. Gute Nacht! Denk daran, ein Auge betrachtet dich. Bin übrigens vernarrt in unausstehliche Frauen.
Ganz liebe Grüße, d.r.D.

Lieber träumend vernarrter D!
Habe gerade deinen Brief erhalten und begonnen, ,unseren' Roman zu lesen. Gefällt mir, bin bei Seite 52. Wäre gerne am Meer gewesen; ich freue mich jedesmal über dein Lebenszeichen und frage mich, wie du wohl bist. Hoffentlich hast du die üble Verdächtigung gut verarbeitet. Ich grenze mich ein: über zwanzig / unter dreißig, dunkelblondes langes Haar, 2 (in Worten: zwei) grünblaue Augen, schlank, 1,71 Meter, fotografiere gern, arbeite

(besser schufte) in einem Labor und sehe jeden Abend des Pförtners fragenden Blick: „Warum geht sie wieder so spät?"
Ein Schachduell ist Klasse, mach dich auf was gefasst. Wenn du mich näher kennenlernen willst, stell einfach einen Antrag, begründe ihn sorgfältig, er wird bevorzugt bearbeitet.
Virtuelle Gute-Nacht-Küsse und liebe Grüße. w.M.

Er wollte nicht sofort zurückschreiben, das Gelesene erst wirken lassen, beschloss, den Schachklub aufzusuchen und dort eine Kleinigkeit zu essen. Große Auswahl gab es nicht, Würstchen, Burger, das Übliche, aber eine gute Sülze mit selbst gemachter Remouladensauce. Zu seiner Verwunderung verlor er die Partie gegen einen Clubkameraden, der weit unter seinem Level spielt. Er war unkonzentriert, ertappte sich dabei, dass seine Gedanken ihm nicht gehorchten, sich zwischen den Zügen zu der geheimnisvollen Fremden schlichen, ihr Gesicht zu malen versuchten, Fragen stellten und sie selbst beantworteten. Sie hatte geschrieben, ihn damals kurz gesehen zu haben, beim Umsteigen, an der Tür zum Abteil, im Gedränge, als er Hugo, der ihn während der Fahrt regelrecht zugequatscht hatte, die E-Mail-Adresse zustecken wollte. Angestrengt versuchte er, sich den Augenblick in Erinnerung zu rufen. Da wartete eine Frau, um ihn durchzulassen, es war nur ein Moment, in dem sich ihre Augen begegneten, kein flüchtiger, in Anbetracht der Sekundenschnelle, sogar intensiver, der ihn bedauern ließ, sich beeilen zu müssen. Das war sie also, aber wieso konnte er sich nicht mehr an ihr Gesicht erinnern? Nur daran, dass es sympathisch war, sonst wäre es ihm nicht aufgefallen. Dunkelblond, 1.71 Meter groß, sie würde ideal zu ihm passen.

Es war spät, als er seine Wohnung betrat, er fühlte sich müde und war verärgert, dass er beim Schach verloren hatte. Er gehörte nicht zu den Typen, die gut verlieren konnten, bei Spiel und Sport, das wusste er, es war eine seiner Schwächen. Trotz schlechter Laune fühlte er sich zum Laptop hingezogen und schrieb wie unter innerem Zwang:

Schöne Magnolie!
Was machst du mit mir? Bringst mein Denken durcheinander wie dahingeworfene Mikadostäbe, die ich nur mühsam ordnen kann, ohne dabei zittern zu dürfen. Habe Schach gespielt, Läufer übersehen, verloren, weil die Gedanken ständig ausgebrochen sind, zu dir. Unruhe ist in mir, Sehnsucht, das Eis unter deiner ‚appetitlichen Wohnung' zu probieren. Meine, unter dem Dach, hat nur die allernötigsten Möbel und viel Platz für ein Bild von dir, das ich liebend gerne hätte, am besten ein wandgroßes Tryptichon. Habe – noch - schwarze Haare, bin vollschlank und rage 1.84 weit aus dem Boden.
Stelle hiermit den offiziellen Antrag, aber mit welcher Begründung? Wärmservice ist eine meiner Stärken, hätte um Haaresbreite das Fußwärmerdiplom erworben, Vorlesen vielleicht? Dachte gerade an den ‚Vorleser' mit Kate Winslet, sollte aber vielleicht darauf verzichten, ihn zu erwähnen, denn er war nicht nur entsetzlich viel jünger, sondern hat auch keineswegs nur vorgelesen. Es wird also eng mit überzeugenden Argumenten. Sicher schläfst du schon, deshalb schließe ich den Deckel ganz leise, um dich nicht zu wecken und hauche einen Kuss auf dein Haar.
G.I.G. d.r.D.

Luca kam, um die Fotoauswahl abzuholen, „toi, toi, toi" und spuckte ihr andeutungsweise drei Mal über die Schulter wie abergläubische Künstler. In schmucker Uniform sah er, wie sie fand, unverschämt gut aus. Wie viele Stewardessen mochten sich schon in ihn verliebt haben?

„Ich habe ein gutes Gefühl, Jessie, du kommst groß raus!" Mit seiner ansteckenden Begeisterung und den alles überstrahlenden Augen wirkte er wie ein großer Junge, was ihn noch sympathischer machte. Viel Zeit hatte er nicht, seine Maschine ging in wenigen Stunden, er schlürfte den heißen Kaffee, den sie stark und schwarz serviert hatte, nahm ihre Hand und zog sie zu sich auf den Sessel. Seine Arme umfassten ihre Taille, der Kopf war geneigt und schien auf einen Kuss zu warten. Sie beugte sich hinunter, wollte ihm einen schnellen freundschaftlichen geben, aber er hielt sie fest, presste seine Lippen auf ihren Mund und ließ seine Hand über die runden Hüften gleiten. Wieder nahm sie den Duft seines wohlriechenden Parfums wahr, empfand es angenehm, so nah bei ihm, eine Spur erregend, aber Weitergehendes konnte sie sich – jedenfalls zur Zeit – nicht vorstellen. Vielleicht war sie durch das Erlebnis mit Oliver noch traumatisiert, obwohl es lange zurücklag. Vorsichtig entwand sie sich seiner Umklammerung und strich ihm zart übers Haar. Er schaute verständnislos, als erwarte er eine Erklärung, um ihr Zögern plausibel zu machen, blieb aber stumm mit schmalen Lippen. Sie hätte etwas sagen, über die Erfahrung mit Oliver reden oder ihm nur anvertrauen können, dass sie Zeit brauche, aber es lag ihr nicht, über Gefühle zu sprechen. Ihr, der Meisterin im Tarnen, im Überspielen, die sie, wenn überhaupt, höchstens ihrem Tagebuch anvertraut hatte. Mutter Viola konnte nur schwer Emotionen zeigen, und so verschloss sie auch die eigenen vor ihr. Meist hatte sie gerade dann mit starken Aktionen provoziert oder andere vor den Kopf gestoßen, wenn sie schwach war, Gefühle aus ihr herauszubrechen, zurückgehaltene Tränen endlich zu fließen drohten.

Sie räumte das Geschirr ab, hielt sich länger als notwendig in der Küche auf, kehrte verunsichert zu ihm zurück. Der erstaunte Anflug hatte seinen Blick verlassen, Verstimmung war ihm nicht anzumerken, wie sie erleichtert feststellte. Als er ging, umarmte und küsste er sie stürmisch, drehte sie mit Schwung herum. „Sobald ich etwas erfahre, lasse ich es dich wissen." Sie nickte. „Meldest du dich, wenn du angekommen bist?" Im gleichen Augenblick fragte sie sich, warum sie darum gebeten hatte, es hörte sich an wie die Routinefrage einer Ehefrau nach dreißigjähriger Zusammengehörigkeit. Er schien sich zu freuen. „Klar, mache ich, Anruf oder SMS." Sie verabschiedete sich mit einem Kuss, der jeden Neutralitätspreis gewonnen hätte. Am Abend rief er an, um seine sichere Landung mitzuteilen.

„Ich habe es ja selbst in der Hand, wieder heil auf den Boden zu kommen, schließlich sind die Zeiten vorbei, in denen man befürchten musste, über dem Kanal abgeschossen zu werden", kicherte er. Vielleicht hatte er schon etwas getrunken? Fliegerscherze, sie fand es wenig lustig.

Noch gab es keine Gelegenheit nachzuschauen, ob er geschrieben hatte. Tatsächlich, eine Nachricht war eingegangen. Wie sehr sie das Eingeständnis seiner Gefühle berührte. Ging es ihr nicht ähnlich? Freute sie sich nicht ebenso den ganzen Tag über, von ihm begrüßt zu werden, wenn sie nach Hause kam? Empfand sie das Gefühl, auf einem Bahnhof anzukommen, ohne abgeholt zu werden, nicht ebenso traurig? Sie schrieb, Freude und Unruhe zu teilen, er antwortete mit einer langen E-Mail und ließ sie in sein Herz, sein Denken und Fühlen schauen. Sie erzählte ihm von der rebellischen Jugend, dem Gefühl, nicht geliebt und vernachlässigt worden zu sein, seltsamerweise ohne Hemmungen, es fiel ihr leicht, das zu schreiben, was sie sonst nicht hätte sagen können, Empfindungen, Verletzlichkeit, Schwächen. Lag es daran, dass einer den anderen nicht kannte, aber seine Sensibilität spürte und sich deshalb öffnen konnte, so als vertraue man alles einem geheimen Buch an? Man sah weder das anonyme Gegenüber, noch sein Mienenspiel und, was er nicht schrieb, oder nur andeutete, konnte man zwischen den Zeilen, selbst einzelnen Silben lesen. Konnten sie deshalb so ehrlich zueinander sein, weil es diese unsichtbar trennende und vor Verletzungen schützende Mauer gab? Die Entfernung voneinander, die es möglich machte, sich zu öffnen, ohne sich zu verlieren? Hinzu kam der fast beängstigende Gleichklang ihrer Interessen und Handlungen. Im letzten Brief schrieb er, während eines Gewitters am Fenster gestanden, einen Blitz in Eidechsenform beobachtet und intensiv an sie gedacht zu haben. Exakt zu dieser Zeit hatte sie dasselbe getan, sich ebenfalls über den Blitz gewundert. Dann wieder schrieben sie beide in der selben Sekunde, als hätte es ein telepathisches Startsignal gegeben.

Liebster Delfin!
Deine lieben Worte, die irritierende Offenheit, die mich mit dir fühlen lässt, berühren mich sehr, kenne ich es doch nicht, so vertraut miteinander umzugehen. Ich gebe zu, du verwirrst mich (nur ein klitzekleinwenig) und lässt mich ständig (eigentlich gar nicht oft) an dich denken.
Wärmservice, Schachpartnerschaft und Vorlesen überzeugen durchaus, ich denke, der Antrag kann bearbeitet werden.
Ich umarme dich.
Deine w.M.

Unmerklich verliebten sie sich ineinander, spürten die typischen Anzeichen: aufregende Erwartung, Freude, vom anderen zu hören, Glücksgefühle, nicht alleine zu sein, Sehnsucht, die quälender wurde. Inniger und intimer lasen sich ihre Briefe, offenbarten Wünsche, Sehnsüchte. Oft wurde ihr Sehnen so unerträglich, dass sie versucht war, schon am Arbeitsplatz seine E-Mails zu öffnen, was strikt verboten war, nur, um die Wartequal bis zum Abend zu verkürzen. Gerade hatte sie voller Ungeduld eine neue Nachricht geöffnet:

Liebste Herzblüte!
Ich bin die letzten Meter zu meiner Wohnung gelaufen, nur um schneller zu dir zu kommen und hätte, wäre kein Brief im Fach gewesen, wohl auf der Stelle einen Frustinfarkt erlitten. Es ist wunderbar, bereichernd und gleichzeitig so ungewohnt, vor dir Ängste und Gefühle ausbreiten, mich anlehnen, von jeder Freude berichten zu können, die ich mit dir erlebe, wie ich es vorher nie vermochte. Aber auch zu spüren, dass du dich mir öffnest und dein Vertrauen schenkst. Ist es an der Zeit, die Larve vom Gesicht zu nehmen, uns kennen zu lernen, den Weg gemeinsam zu gehen? Du schreibst, dass du dich früher wenig geliebt gefühlt hast, kann es sein, dass auch du zu wenig Liebe gegeben oder sie nicht gezeigt hast?

Ich streichle dich, berühre deine zarten Lippen und wünsche mir, die Nacht in deinen Armen zu verbringen.
Dein verliebter r.D.

Liebster Delfin!
Deine Briefe sind wahre Glückshormone. Habe mich heute schlecht gefühlt, aber nach deinen Zeilen geht es mir wieder gut. Du besitzt wirklich die blaue Blume der Romanik. Gefällt mir sehr. Liebe habe ich immer von anderen erwartet, aber nicht im gleichen Maß gegeben, vielleicht konnte meine Mutter sie mir deshalb nicht zeigen. Mit dir erlebe ich Übereinstimmung wie ich sie nie für möglich gehalten hätte. Dass es dich gibt, ist ein solches Geschenk, dass ich Angst habe, es in der Realität zu verlieren, dass eine Illusion zerplatzen und ich es nicht ertragen könnte. Deshalb weder Name noch Adresse. Wir kennen unsere Stimmen nicht, nur die der Herzen, die wir umso feiner wahrnehmen. Sicher hätten wir uns auf normalem Wege nicht so schnell kennengelernt, einander geöffnet. Bei dir habe ich keine Scheu.
Noch fehlt mir der Mut, den Schleier zu zerreißen, kannst du das verstehen? Ich kuschle mich an dich und schlafe im sicheren Gefühl, dass eins deiner Augen mich bewacht. Liebevolle Küsse.
Deine w.M.

Micha spürte Lindes Ablehnung immer stärker werden, vielleicht ortete ja ihr inneres Echolot, dass er sich verliebt hatte, verliebt in eine virtuelle Frau, nach der er wachsende Sehnsucht verspürte.

„Mir war immer klar, dass du eine Macke hast", machte Jan sich lustig, als er von seinem Seelenzustand und der imaginären Geliebten erfuhr, „aber dass sie jetzt das pathologische Stadium erreicht hat, ist höchst bedenklich."

Wie sollte er ihn auch verstehen? Im Grunde begriff er es ja selbst nicht. Manche Dinge kann man eben nur mit dem Bauch, nicht mit dem Kopf verstehen und der Bauch fühlte sich wohl, prall gefüllt mit Schmetterlingen.

In der Schule hatte es hitzige Diskussionen gegeben, und er blieb mit seiner Meinung allein. Nie war das in den letzten Jahren passiert, zumindest Linde stand immer auf seiner Seite. Diesmal ließ sie ihn im Regen stehen, weil sie sich Zänkers Lager angeschlossen hatte, diesem hinterhältigen Menschenhasser und Pädagogenjudas. Er hatte Lust auszuspucken. Es war ihre Art, ihm die Verletzung heimzuzahlen. Wenn er sich vorstellte, seine heimliche Liebe nicht zu haben, die ihn aufrichten und schlechte Stimmung mit einem Wort vertreiben konnte, dann würde sein Frust ihn tagelang zerfressen und jede Freude nehmen. Gerade an diesem Wochenende wollte er mit Jan die Begegnung Köln gegen Schalke sehen, da wäre Stinklaune ein denkbar schlechter Begleiter. Jan hatte Karten für die VIP-Lounge, Micha war das nicht wichtig, er kannte die Atmosphäre dort ohnehin nicht, aber Jan schwärmte von exklusiven Bedingungen, und dass man sich bei kaltem Wetter nicht mehr den Arsch abfrieren müsse.

In der nächsten E-Mail ließ sie ihn wissen, sich auf das Spiel Köln gegen Schalke zu freuen, das sie mit Luca, einem Freund, besuchen werde. Sie drücke ‚Schalke' die Daumen, seit Kindesbeinen ihr Lieblingsverein. Micha haute es fast um vor freudigem Schreck. Es wurde immer verrückter, eine Frau, die sich für Fußball interessiert und auch noch denselben Verein. Keine ruhige Minute würde er haben, bei der Vorstellung, sie im Stadion zu wissen, vielleicht an ihr vorbeizugehen, sie im Gedränge zu berühren, ohne zu ahnen, dass sie es ist, die seinen Gedanken keine Ruhe gönnt. Er könnte neben ihr sitzen, das Parfum riechen, unabsichtlich die Hand streifen, ihre Stimme hören, wenn sie die Mannschaft anfeuert oder das enttäuschte ‚oh' bei vergebenen Chancen? In der Pause über das Spiel diskutieren, ohne blasseste Ahnung, wer das Gegenüber ist. Er hatte sich in wilde Erregung hineingesteigert, als ihm einfiel, dass ein Kontakt gar nicht möglich wäre, er säße ja in der VIP-Lounge, sozusagen in ‚Zuschauer-Quarantäne' und sie irgendwo auf der Tribüne oder Stehplätzen, wo er sich auch wohler fühlen würde.

Mit wem ging sie dorthin, mit einem Freund? Nun, er wäre ja auch in Begleitung eines Freunds, hatte sie Freund oder Freundin geschrieben? Er musste noch einmal nachlesen, etwas zuckte in ihm.

Es hatte Sturm geläutet, Jessie drückte auf den Türöffner, hörte eilige Schritte und erkannte Luca, der mit einem Lachen, ähnlich üppig wie der Blumenstrauß in seinen Händen, die Treppe heraufstürmte. „Gut dass ich dich antreffe", rief er atemlos, noch halb auf den Stufen, „nicht auszudenken, wenn du fortgegangen wärst." Er griff sich ans Herz, Jessie musste lachen. „Wie ein großer Junge!" Sie umarmte ihn froh. „Komm rein, was gibt's denn so Eiliges?" Schnell räumte sie ein paar Zeitschriften von der Couch, damit sie sich nebeneinandersetzen konnten. Er versuchte gar nicht erst zu Atem zu kommen, drückte ihr den Strauß in die Hände und legte los:

„Erstens, die Bilder sind grandios angekommen, drei wurden verkauft", er nannte eine Summe in Pfund, die ihr nichts sagte, „zwei haben den Preis der Stiftung ... ", er verschluckte sich, so dass der Name im Hustenanfall unterging, „... bekommen, eins hat der ‚National Geographic', genommen."

Jessie war so überwältigt, dass sie das Ausmaß zunächst nicht realisieren konnte. Sie fiel ihm um den Hals.

„Mit allem hätte ich gerechnet, aber nie mit einem solchen Ergebnis", stotterte sie und schlug die Hände vors Gesicht.

„Hier ist die Aufstellung, damit du alles genau sehen kannst, ich bin seit zwei Tagen aus London zurück, wollte es dir aber nicht am Telefon, sondern persönlich sagen."

Er schien sich zu freuen, wie sie selbst, die alles noch für unwirklich hielt. Nicht nur die verkauften Bilder brachten eine Summe ein, auch die prämierten waren mit einem Preisgeld honoriert. Ehre und Bekanntheit, die sie dadurch erwarb, waren aber viel höher einzuschätzen. Zwei völlig gegensätzliche hatten die Preise in einzelnen Kategorien gewonnen. Das eher schemenhafte des erschossenen und erhängten Fred, als makabres Sinnbild vergeudeten Lebens und das der schüchtern schönen ‚Epipactis guegelii', entdeckt vom Münchner Orchideensammler Ernst Gügel, als Nahaufnahme, gesoftet, in diffusem Gegenlicht. Ausgerechnet das vom haschenden Pseudomusiker Josy mit Gitarre und ‚Konträrfaszination' mitten auf einer Pariser Brücke war dem ‚National Geographic' ein Honorar wert.

Jessie öffnete Sekt, der in den Gläsern perlendes Knistern hinterließ und stieß mit Luca auf den Erfolg an, den sie ihm in erster Linie verdankte. Gierig nahm er die ersten Schlucke, die Aufregung hatte seinen Mund trocken werden lassen.

Er schob ihr einen Umschlag hin. „Mach auf!" Zwei Sitzplatzkarten für das Fußballmatch am Samstag. „Wow! Wieso Sitzplätze?" „Ich hatte Gelegenheit, Karten für die VIP-Lounge zu bekommen, du kannst deinen Lieblingsverein Schalke also mit Champagner und allem ‚täterätätä' sehen."

Sie war gerührt, tanzte übermütig um den Tisch, küsste ihn auf die Wange, er suchte ihren Mund; als er merkte, dass sie sich nicht wehrte, strich er mit den Händen über ihr seidiges Haar, den Nacken, spielte mit ihren Lippen und drückte sich fest an ihren Körper. Jessie ließ es zu, berauscht von Sekt und überschäumender Freude. Seine Küsse waren gekonnt, an Erfahrung mangelte es ihm nicht, sie fühlte sich schwebend. Als er versuchte, ihre Bluse zu öffnen und die Finger unter den Rock zu schieben, hielt sie seine Hände fest, bedeutete mit sanftem Kopfschütteln, nicht weiter zu gehen, zog den Arm vom Schenkel und registrierte überrascht eine starke Erektion. Sofort packte er ihre Hand, drückte sie fest auf die harte Erhebung, öffnete hastig die Hose, stemmte sich ihr entgegen und bewegte sich heftig. Sie sah den unbeherrscht flackernden Ausdruck in seinen Augen, der befremdete. Sie wollte ihre Hand zurückziehen, aber sie war wie in einen Schraubstock gespannt, gezwungen, sich dem wilden Rhythmus anzupassen, bis er nach einer Weile stöhnend zusammensank. Sekunden später stand er wortlos auf und verließ das Zimmer. Sie zitterte, langsam verging der Nebel vor ihren Augen, endete der Schwebezustand, und sie empfand gelindes Erschrecken, Verlegenheit, ein Gefühl schlechten Gewissens? Warum? Sie war ungebunden, mochte Luca, fand ihn attraktiv, hätte mit ihm schlafen können, wenn sie es gewollt hätte. Das Gefühl meldete sich stärker, als hätte sie jemanden betrogen, den virtuellen Geliebten, den Mann für ihr Herz, der sie verstand wie kein anderer. Sie war durcheinander, die Härte, mit der Luca seinen Willen durchsetzte, der kalte Blick hatte sie irritiert, Tränen kamen. Als er zurückkehrte, ließ er sich nichts anmerken. Sie setzte an, um etwas zu sagen, aber er unterbrach sie.

„Ich war etwas stürmisch, aber du machst jeden Mann verrückt." Sie zeigte ein betretenes Lächeln, Männer verrückt machen, war nicht ihre Domäne. „Du hast doch keinen anderen oder?" Am liebsten hätte sie ‚doch' gesagt, aber wie erklären sollen, sich in jemanden verliebt zu haben, der nur in ihrer Vorstellung existierte und das durch bloßen Austausch von Worten, nicht Blicken oder Pheromonen. Luca hätte sie wahrscheinlich zum Psychiater gezerrt.

Er verabschiedete sich mit einem breiten Lächeln: „Bis Samstag, ich hole dich ab, denk an mich!" Es wirkte, als sei nichts zwischen ihnen geschehen.

An diesem Abend war sie nicht in der Lage, zu schreiben, obwohl sie den dringenden Wunsch danach verspürte. Er sollte doch von ihrem Erfolg bei der Fotoausstellung erfahren und die Freude teilen, aber sie wurde das Gefühl nicht los, ihn hintergangen zu haben.

Liebste Magnolie!
Vierundzwanzig Stunden kein Wort, keinen E-Mail-Charme von dir, das ist Sonnenfinsternis, Eiszeit, Dürre, Endzeitstille. – Du fehlst mir!!!
P.S. Dass du Fußball und Schalke liebst, ist der Wahnsinn!
G.I.G. D.r.D.

Armer Delfin!
Du mir auch, bin in Zeitnot, melde mich bald. Im Warten liegt die Erotik der Langsamkeit.
D.w.M.

P.S. Fußball ist Spannung, Leidenschaft, Kampf, Ästhetik, einfach großes Theater, besser als Shakespeares Dramen. Ich liebe ihn.

Im Stadion herrschte großes Gedränge, die Schalke Fans waren sich ihrer Sache sicher, die Kölner fieberten einem Sieg von Podolski und Co. entgegen, das Wetter hatte wenig übrig für die Begegnung, zeigte sich von seiner miserabelsten Seite, der Rasen war aufgeweicht und tief. Zudem trieb ein kräftiger Wind den Regen wie feuchte Fahnen gegen die Ränge. Deshalb war Micha froh, das Spiel trocken in der Lounge erleben zu dürfen. Wo mochte sie wohl sein, völlig durchnässt womöglich? Er belegte mit Jan die Plätze und stimmte sich mit einem Bier auf das Geschehen ein. Jan ließ seinen Blick schweifen; man wusste nie genau, ob er Leuten galt, die beruflich von Vorteil sein konnten oder hübschen Frauen, denn eine solche sah er gerade hereinkommen, an der Seite eines Mannes, der Filmstar hätte sein können. Sie begrüßten eine Gruppe, der sie offenbar die Karten verdankten, nahmen Champagner und Plätze ein, so dass Jan sie, wenn auch entfernt, im Blick behalten konnte. Sie hatte eine sportliche Figur, mit schwingend aufregendem Gang, wie er es bezeichnete, hochgebundene braune Haare, einen schlanken Hals. Am aufregendsten fand er ihr charmantes Lachen, als sie noch bei der Gruppe stand und die markanten Augen. Die Frau hat Stil, weiß, was sie will, dachte er und machte Micha auf sie aufmerksam. „Das wäre eine Braut für dich, perfekt, der absolute Hammer, vielleicht zu jung? ... Schau doch mal hin, da drüben, die Braunhaarige." Er schnalzte mit der Zunge. Micha warf einen flüchtigen Blick in die angedeutete Richtung, entdeckte eine Schöne, die zu weit entfernt war, schenkte ihr aber keine Beachtung. Das Spiel hatte begonnen.

In der Halbzeit diskutierte man über ein Spiel, das nicht sonderlich zu begeistern wusste. Jan hatte ein kommerzielles Opfer gefunden und sich daran festgebissen, so dass Micha sich die Lounge näher ansehen konnte. Dabei begegnete er auch der Braunhaarigen, auf die Jan ihn aufmerksam gemacht hatte. Aus der Nähe sah sie noch attraktiver aus, sehr natürlich, keine der Schickeriadamen, die als lebender Schmuck ihrer Männer fungierten und sich für Fußball nicht interessierten. Sie war ins Gespräch mit einem nicht minder interessanten Mann vertieft und bemerkte ihn nicht. „Gegen solche Dressmen hätte unsereiner ohnehin keine Chance", murmelte er vor sich hin, „sie hat etwas sehr Anziehendes."

„Du hast ausnahmsweise Recht, dein Tipp ... die Braunhaarige – wirklich apart." Jan lachte selbstgefällig. „Sag ich doch, granatenmäßig, scheinst langsam wieder auf die Erde zurückzufinden. Hier spielt die Musik, nicht im Internet, du brauchst was zum Anfassen, nichts Imaginäres."

Jessie nahm die Atmosphäre mit Erstaunen auf, so exklusiv hätte sie es sich nicht vorgestellt. Stadionbesuche hatten ihr bisher meist Stehplätze beschert, vor allem während der Zeit in der Kommune, inmitten der Fanblocks. Interessante Leute hier, dachte sie, wenn man von dem Aufschneider absieht, der mich ungeniert anstarrt und förmlich entkleidet. Sie hasste Männer, denen die Überzeugung ihres Sieges über weibliche Schwäche förmlich auf die Stirn geritzt war. Sein Begleiter mit gepflegtem, kurzgeschnittenem schwarzem Bart wirkt dagegen sympathisch und zurückhaltend. Als er vorbeiging, leider bemerkte sie es im angeregten Gespräch zu spät, war ihr, als hätte seine bloße Nähe sie prickelnd berührt. Selten passierte ihr Ähnliches. Wahrscheinlich war sie noch immer verwirrt von den Ereignissen der letzten Tage.

Delfin und Magnolie, die nichts mehr wünschten, als sich Zärtlichkeit zu schenken, kennenzulernen, waren im selben Raum, gingen aneinander vorbei, fielen sich auf im Gedränge und ahnten es nicht einmal.

Nachdem er wusste, dass sie ebenfalls im Stadion sein würde, hatte er ihr geschrieben und Spaß beim gemeinsamen ‚Fiebern' für Schalke gewünscht. Sie hatte sich aber nicht mehr gemeldet; schon seit Tagen hörte er nichts. Er war besorgt, war sie krank und gar nicht zum Spiel gegangen? War der ominöse Freund schuld? Aber dann kam ihre Mitteilung, welche Erlösung.

Geliebter Delfin!
Bin leider nicht zum Schreiben gekommen, in Gedanken aber bei dir gewesen. Eigenartig, zu wissen, dass auch du unter den vielen Zuschauern bist, an mich denkst und wir uns vielleicht begegnet sind, ohne es zu wissen. Ein besonderes Erlebnis, bei dem ich mich – ehrlich gesagt – mehr auf dich, als auf das Sportliche konzentriert habe. Kein Wunder, dass das Ergebnis dementsprechend war. Wünsche mir sehr, du wärst jetzt da, und ich könnte deine zärtlichen Hände spüren. Ich küsse dich, deine w.M.
P.S. Meine Fotos, die ich nach London schickte, hatten wahnsinnigen Erfolg. Ich weiß, dass du dich mit mir freust, das lässt es mich doppelt genießen. Habe sogar Preise gewonnen und konnte drei Bilder verkaufen. Ich werde steinreich (hi, hi, hi, an Erfahrung).

Gleich gratulierte er zum großen Fotoerfolg, den sie unter ihrem Pseudonym feierte, sie blieb auch in dieser Hinsicht geheimnisvoll. Er freue sich riesig mit ihr. Dass er das Spiel in der VIP-Area verfolgt hatte und sie schon deshalb nicht getroffen haben konnte, schrieb er nicht, es hätte protzig gewirkt und war ohnehin nicht seine Welt. Die Vorstellung, bei ihr zu sein, ihren Wunsch nach Zärtlichkeit erfüllen zu können, erregte ihn. Er schloss die Augen, zauberte sich ihr Bild vor Augen und genoss den Moment stillen Glücks. Egal wie alt, Mitte oder Ende zwanzig, er wäre jedenfalls mit seinen neunundvierzig bedeutend älter, ob sie auch deshalb vor der Realität zurückschreckt, um ihre optische Illusion nicht zu zerstören? Vielleicht wäre ihr das Leben mit einem mehr als zwanzig Jahre älteren nicht vorstellbar? Sie hatten voneinander erfahren, verheiratet gewesen zu sein und welche Umstände zur Scheidung führten. Er hatte nicht mehr an das Glück geglaubt, aber mit ihr schien es möglich, sie wäre die Richtige, das spürte er deutlich, was neue Hoffnung gab. Aber so sehr er sich danach sehnte, mit ihr zusammen zu sein, so sehr konnte er sie verstehen, das ungetrübte Glück möglichst lange ohne Risiko behalten zu wollen. Glück ist ein fragiles Gut. Fürchtete er nicht selbst, den berauschenden Zustand zu verlieren? So hatten sie sich nicht nur intensiver ausgetauscht, als es sonst der Fall gewesen wäre, sondern auch den weniger romantischen Alltag ausgeschaltet, sich stets im wärmenden Schein gemeinsamer Sonne getroffen.

Liebste Magnolie!
Ich hatte plötzlich das Gefühl, du seist traurig, möchte dich ablenken, zu einem ‚manuellen Tausendfüßler' werden, der jeden Zentimeter deiner zarten Haut streichelt? Ist es mir gelungen? Es vergeht keine Stunde am Tag, da ich dir nicht erzählen möchte, was sich ereignet hat, was ich denke und mir nicht sehnlichst wünsche, dass du bei mir sein könntest.
Du hast gefragt, ob nicht jede Liebe vergänglich ist, ich denke, es kommt auf die Erwartung an. Wer ewige Verliebtheit verlangt, muss unglücklich werden, aber je tiefer Gefühle und Verständnis füreinander sind, Gemeinsamkeiten, Gleichklang, desto größer ist die Chance, für immer zu währen. Bei uns passt so vieles zusammen.
Dein verliebter r.D.

Jessie hatte tatsächlich einen Anflug von Melancholie, es war wieder einer der Momente, in denen sie sich nach wirklichem Kontakt sehnte und unsicher war, ob sie sich weiter voreinander verbergen sollten. Da kam seine Nachricht, als hätte er vom kleinen Stimmungstief erfahren, und es bewegte sie so sehr, dass sie mit ihrer Rührung kämpfen musste. Den manuellen Tausendfüßler, ja ihn wollte sie nur zu gerne spüren. Er hatte recht, dauerhaftes Glück zu beanspruchen, was inzwischen zur gesellschaftlichen Forderung erhoben und trügerisch von der Werbung suggeriert wird, wäre genauso unrealistisch, wie ernsthaft zu erwarten, niemals im Leben einen Schnupfen zu bekommen. Enttäuschung wäre vorprogrammiert. Entscheidend ist immer die Gesamtbilanz, das, was letztlich als positiver Saldo darunter steht.

„Frau Klarin, Sie werden von einem Herrn erwartet." In Grommskes erhobener Stimme lag neben heller Färbung Erleichterung und Triumph. Sie räumte auf und eilte nach unten. Luca wartete an der Pförtnerloge mit breitem Grinsen. Grommske strahlte, als sei ihm gerade der Weihnachtsengel begegnet und rief „schönen Abend", wobei er das ‚ö' wieder endlos lange hinzog.

„Einer deiner Fans?", meinte Luca mit spöttischer Miene, „sieht dich wohl als Ersatztochter?"

„Hoffentlich ist er jetzt beruhigt. Wir waren doch nicht verabredet, oder?"

„Ich konnte den Flug tauschen, hatte Sehnsucht, zwei lange Wochen ohne dich. Hast du mich denn gar nicht vermisst?" Sie schmunzelte: „Vielleicht, ein winziges bisschen", und versuchte es mit Daumen und Zeigefinger anzudeuten.

„Du bist grausam, wie die meisten schönen Frauen, und ich muss masochistisch sein, wie ihre armen Männer", seufzte er, zog sie zu sich heran und fuhr über ihre Brust. „Es wartet eine Überraschung, die wirst du nie erraten", sagte er ablenkend, als er merkte, dass ihr die Berührung nicht behagte. Sie fuhren zu einem Restaurant in der Innenstadt, das sie nicht kannte, wahrscheinlich noch nicht lange eröffnet; drei Tische waren mit Paaren besetzt, an einem vierten saß ein einzelner Mann im grauen Tweed-Jackett über schwarzem Rollkragenpullover mit widerspenstig blonden Locken und markant gebogener Nase, der sie lebhaft herbeiwinkte, als er sie im Eingang entdeckte.

„Jessie, darf ich vorstellen, das ist Peter Goffrey, Peter, das neue Juwel der Fotobranche, Jessica Klarin."

Sie war verwirrt, dass Peter eigens wegen ihr nach Leverkusen gekommen war, fand ihn sofort sympathisch, was nicht alleine an seinem gewinnenden Lächeln und den blitzenden Augen lag. Verglichen mit Luca, war er, weiß Gott, kein schöner Mann, besaß aber eine interessante Ausstrahlung, die einen gefangen nahm. Ein Mann, dessen pure Präsenz jeden Raum füllen konnte.

„Ich habe heute ‚Brieftaube' gespielt und Ihnen einen Scheck mitgebracht, Frau Klarin, oder darf ich Jessie sagen?" Er sprach fast akzentfreies Deutsch, hatte eine ruhige, angenehm sonore, schwingende Stimme und, wie er später berichtete, neben visueller Kommunikation, Fotografie an der FH Düsseldorf studiert.

„Die meisten meiner Künstlerfreunde duze ich, in erster Linie natürlich Landsleute und Amerikaner", er lachte schelmisch über den Scherz, und sie fiel mit Luca ein. „Darf ich?", zwinkerte er aufmunternd.

„Ja, natürlich, ist mir eine Ehre, Mr. Goffrey."

„Nein, nein, so wird kein ... wie sagt man hier? ... kein Schuh daraus. Ich bin Peter, okay?"

„Okay, Jessie, danke Peter." Sie wurde tatsächlich rot und wäre am liebsten in der Erde versunken. Der Mann schien in ihre Seele blicken, eine Bresche in den massiven Schutzwall schlagen zu können. Inzwischen waren Getränke gekommen, sie stießen an.

„Auf unsere Verbrüderung, die Kunst und die Inspiration. Du besitzt etwas Einmaliges, das wahre Künstler haben müssen: ‚*Den bunten Blick.*'"

„Den bunten ... was?", fragte sie verblüfft.

„Ja, den *bunten Blick*, mit dem man Dinge anders sehen kann, als wir in unserer Schwarz-Weiß-Betrachtung, Feinheiten, Wärme, Hintergründiges." An diesem Abend erfuhr sie mehr über die Fotografie, Szene und Branchenusancen, als in allen Jahren zuvor. Peter war ein profunder Kenner und hatte darüber hinaus exzellente Kontakte. „Im nächsten Jahr ist eine Ausstellung in Melbourne, da möchte ich dich gerne präsentieren, am liebsten mit neuen Fotos." Sie kostete die Worte wie Honig auf der Zunge. „Du musst mich sobald wie möglich in London besuchen, um alles zu bereden, abgemacht?" Etwas hilflos sah sie zu Luca, Peter bemerkte es grinsend.

„Den brauchst du nicht um Erlaubnis zu fragen, es geht um berufliche Dinge, er ist nur für private zuständig, allright?" Dabei warf er ihr einen Blick zu, der seine Hilfe signalisieren sollte, als wisse er bereits, wie Luca reagieren und sich ihr gegenüber verhalten würde.

Der Abend war sehr heiter, Jessie schwebte auf Wolken hoffnungsvollen Glücks und wusste einen Scheck in ihrer Handtasche, der das Polster für einen Neuanfang bedeuten könnte. Ihr Herz war so übervoll, dass sie ‚ihm' am liebsten auf der Stelle geschrieben hätte, um ihn am überraschenden Glück teilhaben zu lassen. London ich komme, London I will see you!, jubelte es in ihr.

Die beiden Männer setzten sie zuhause ab, fuhren weiter zu Lucas Wohnung, wo Peter übernachtete. Sie stürmte hinauf und schilderte ihrem Delfin die Eindrücke des Abends, er sollte alles, was sie betraf, erfahren.

Geliebter Delfin!
Du schaffst es immer wieder, mich zu erstaunen und wie auf einer Schaukel in die Höhe schweben zu lassen. Deine feine Antenne hat aufgespürt, dass ich melancholisch war, die vielen neuen Dinge, die gerade auf mich einstürmen. Stell dir vor, wen ich heute getroffen habe: Peter Goffrey, den Kunstmakler aus London. Er ist eigens gekommen, um mir einen nicht gerade kleinen Scheck zu geben und eine Ausstellung in Melbourne anzukündigen, bei der er mich präsentieren will. Ist das nicht geil? Freust du dich mit mir? Ich umarme und küsse dich wild, wie Hydra mit vielen Köpfen und Mündern.
Deine beschwingt verliebte Magnolie, die sich jetzt erwartungsvoll mit ihrem ‚Tausendfüßler' zurückzieht.

VERDÄCHTIGUNG

Hauptkommissar Zehntmüller hielt das Schriftstück weit von sich, damit er die Schrift besser lesen und den brisanten Inhalt aufnehmen konnte. Er brauchte dringend eine Brille – seiner Frau und den Kindern war schon länger aufgefallen, dass er die Morgenzeitung mit ausgestreckten Armen las – hatte es aber abgestritten, weil er die Anzeichen fortschreitender Alterung nicht wahrhaben wollte, die auch sein guter Fitnesszustand nicht aufzuhalten vermochte. Aufmerksam überflog er die Zeilen des anonymen Schreibens ein zweites Mal und betrachtete die mitgesandten Bilder. „Ungeheuerlich und das in Düsseldorf", stöhnte er auf. Er war hier geboren, ebenso wie seine Eltern und Großeltern, liebte die Stadt und ihren Fußball innig, der ihm in den vergangenen Jahren wenig Freude bereitet hatte, aber seit kurzem ging es aufwärts mit Fortuna, diesmal würde es bis ganz nach oben reichen.

Michael Rhein, Lehrer an einer hiesigen Schule, sollte Kinder unsittlich berührt und an ihnen seine pädophile Neigung ausgelebt haben. Die Fotos zeigten einen Mann mittleren Alters, ein weinendes Mädchen auf dem Schoß, das Röckchen weit zurückgeschoben, seine Hand auf dem Knie. Zehntmüller spürte flammende Wut hochkochen, in den vielen Dienstjahren hatte er gelernt, seine Gefühle zu neutralisieren und selbst Mördern ohne Hass und Verachtung zu begegnen, aber bei Straftaten gegenüber Kindern versagte der antrainierte Mechanismus, da musste er sich extrem beherrschen, die Emotionen nicht ausbrechen zu lassen. Er war selbst Vater eines fünfzehnjährigen Sohnes und einer Tochter von elf. Wenn er daran dachte, dass ihr, dem blassen, anfälligen Mädchen mit dem vertrauensseligen Gemüt, etwas in gleicher Weise passieren könnte, bekam er auf der Stelle Herzbeklemmungen. Um die aufgekommene Spannung zu entladen, hieb er seine Faust mehrmals so kräftig auf die Schreibtischplatte, dass die Lampe erzitterte und ihre Stabilität zu verlieren drohte. Ein zweites Foto, wie das erste im DIN-A-4-Format, zeigte ihn vor verschwommenem Hintergrund, als er einem Kind gerade das Hemdchen über den Kopf zog, ein weiteres, auf dem er einen angstvoll blickenden Jungen ins Gebüsch zu zerren schien.

Der Anonymus schrieb mit Orts- und Zeitangabe, den Mann ertappt zu haben, als er sich Kindern unsittlich näherte. Er sei Rentner, führe beim täglichen Spaziergang immer den Fotoapparat mit, so dass er einige Szenen unbemerkt habe festhalten können. Eins der Kinder soll gar von einem Muttermal des Mannes auf dem nackten Gesäß erzählt haben. Die Eltern sähen von Anzeigen ab, um den Kindern Befragungen zu ersparen. Heimlich sei er dem Täter gefolgt und so an Name und Adresse gelangt.

Zehntmüller atmete tief durch und versuchte die wabernde Wut abklingen zu lassen. „Noch ist nichts bewiesen", ermahnte er sich in Selbsttherapie, der Grundsatz *Audiatur et altera pars* muss auch für einen Sexualstraftäter gelten. Schließlich mochte es einfache Erklärungen für die fotografierten Momente geben, vielleicht war er sogar der Vater eines der Kinder? Jedenfalls muss die Angelegenheit mit größter Sensibilität behandelt werden. Ein Lehrer als Sexualstraftäter würde die ganze Schullandschaft diskreditieren, eine falsche Verdächtigung fatale Folgen haben. Die Staatsanwaltschaft hatte seine Dienststelle mit den Ermittlungen beauftragt. Möllemann und Rita Schneider waren seit Tagen krank, da blieb nur Zänker, der sich darum kümmern könnte. Mit den Worten „höchste Diskretion" entließ er ihn nach kurzer Information aus dem Büro. Die Dateien gaben nichts her, der Mann war unbescholten, einschlägig nicht aufgefallen, aber das allein wollte noch nichts heißen.

Er brauchte jetzt einen starken Kaffee, meist trank er ihn schwarz, mit viel Zucker. Warum erfolgte die Anzeige anonym? Er hätte dem Beobachter gerne Fragen zum Verhalten des Mannes gestellt. Nicht auszuschließen, dass es sogar der Nachbar, ein gehässiger Kollege oder jemand war, der diesem Rhein Ärger bereiten wollte, aber ebenso wenig, dass sie einen potenziellen Täter vor sich hatten, dessen Entdecker sich aus Angst vor Repressalien nicht offenbaren wollte. Nach den Angaben lagen die Vorgänge ein halbes Jahr zurück. Es galt, schnell zu arbeiten, um möglicherweise weitere Taten zu verhindern. Auch die Liste unaufgeklärter Sexualdelikte half auf den ersten Blick nicht weiter. Er beschloss, sich selbst ein Bild vom mutmaßlichen ‚Päderasten' zu machen, allein beim Gedanken an das Gespräch wurde ihm übel.

Micha war überrascht, einen Polizisten in Uniform vor seiner Wohnung zu sehen. Blitzschnell überlegte er, wo das Auto abgestellt war, und ob es abgeschleppt worden sein könnte, aber es stand an einem sicheren Platz.

„Ich möchte Sie in einer delikaten Angelegenheit sprechen, Herr Rhein und später zur offiziellen Vernehmung auf das Präsidium bitten."

Dann kann es nur eine massive Geschwindigkeitsübertretung sein, dachte er, aber dass man ihn dafür persönlich aufsuchen sollte? Er bat ihn herein. bevor die Nachbarn hellhörig wurden, denn er hatte mit lauter Stimme im Flur gesprochen. Zehntmüller legte ihm die Unterlagen vor. Micha war entsetzt. „Ich bitte Sie, ich bin Pädagoge, für Kinder verantwortlich, ein fürchterlicher Gedanke, solch eine Funktion zu missbrauchen."

„Sind Sie verheiratet, Herr Rhein?" „Nein, geschieden."

„Ach ja, aber Sie haben eine Freundin?" Fast hätte er ‚ja' gesagt, aber was hätte sein Gegenüber wohl von einer namenlosen Virtuellen gedacht?

„Nein, zur Zeit nicht." „Erlauben Sie mir einen kurzen Blick auf ihr Gesäß?" Micha war beim Überfliegen des Textes der Hinweis auf das Muttermal aufgefallen, offenbar Anlass für die Frage. Ein Rätsel, wer davon wissen konnte. Er zog seine Jeans seitlich herunter und gestattete kopfschüttelnd die Aussicht auf sein Hinterteil.

„Danke, das reicht."

„Für die Bilder gibt es eine harmlose Erklärung, nach der Schule mache ich oft den Umweg zu einem kleinen Park, wo ich mich entspanne, bevor ich nach Hause gehe. Da gibt's auch einen Spielplatz, wenig frequentiert."

„Finden Sie es nicht eigenartig, sich ausgerechnet auf einem Spielplatz zu entspannen?", unterbrach ihn Zehntmüller.

„Keineswegs, Park und Bäume sind außergewöhnlich, mit herrlichen Lichtspiegelungen, da muss man sich einfach wohl fühlen. Dass Kinder da spielen, stört mich nicht, ich bin sie den ganzen Tag über gewöhnt. Ihr Toben nehme ich nicht als Lärm wahr, im Gegenteil."

„Was fällt Ihnen also zu den Bildern ein?", drängte er ungeduldig.

„Das wollte ich gerade erklären. Wenn ich dort bin, kommt es schon mal vor, dass Kinder von Spielgeräten stürzen, wie die Kleine auf dem Foto, ich erinnere mich, sie war übel auf das Knie gefallen, weinte, ich hob sie auf, sah mir die Schürfwunde an und tröstete sie, bis ihr Bruder sie nach Hause brachte. Das zweite ist im japanischen Garten des Nordparks aufgenommen, das Mädchen war tatsächlich kopfüber in das Becken der Wasserspiele gefallen, während sich die Mutter angeregt unterhielt und nichts davon bemerkte. Ich war direkt dabei, fischte es heraus, zog die Sachen aus und wickelte es in meine Jacke ein, weil es sehr kalt war an dem Tag."

„Und wie ging's weiter?"

„Nichts weiter, die Mutter bedankte sich, das Kind hätte schließlich ertrinken können. Veröffentlichen Sie doch das Foto, vielleicht meldet sie sich und bezeugt das Ganze. Ich hatte ihr übrigens die Jacke dagelassen, damit sich die Kleine nicht erkältet, am nächsten Tag gab sie sie in der Schule ab mit einer Schachtel Schokoladentrüffel. An das dritte Foto habe ich keine Erinnerung, irgendwas Unbedeutendes jedenfalls."

„Wann war das Ihrer Meinung nach?" „Ich schätze vor einem halben Jahr oder mehr." „Also keine aktuellen Vorfälle?" „Nein, nein, in keinem Fall."

Zehntmüllers innerer Zorn war nicht verraucht, aber er musste sich eingestehen, dass Rhein weder ertappt, noch verlegen reagierte und es mehr als ungewöhnlich gewesen wäre, unmittelbar nach Betrachten der Bilder solch detaillierte Erklärungen aus dem Hut zu zaubern. Alles klang plausibel, aber da war tatsächlich dieser Leberfleck, exakt an der beschriebenen Stelle, wie ein Käfer sah er aus. Wenn er doch nur das Kind befragen könnte. „Ich muss Sie bitten, Ihre Aussage noch zu Protokoll zu geben." Micha sagte zu.

Liebste M.
Danke für deine E-Mail, die mir gerade besonders wohl tut. Die Vorstellung, von einer verliebten, mehrzüngigen Hydra geküsst zu werden, beschäftigt meine Fantasie so sehr, dass sie alle anderen Gedanken verdrängt. Ich freue mich über deinen Kontakt zu Mr. Goffrey (wäre gerne an seiner Stelle, um dich nach London einzuladen). Wie schläft eine Hydra eigentlich? Nicht, dass es mich interessierte, nur um vorbereitet zu sein, für den Fall, dass sie sich einmal an mich kuscheln sollte: nackt, Nachthemd, Nylonpyjama? Ich träume von dir und freue mich auf unser gemeinsames Aufwachen morgen.
Alles Liebe, dein r.D.

Vom eigenartigen Besuch des Kommissars wollte er lieber nichts schreiben; in den Verdacht eines Sexualdelikts mit Kindern geraten zu sein, war äußerst heikel und sollte sie nicht verunsichern. Womöglich würde sie gleich den Briefkontakt abbrechen, was ihn jetzt genauso treffen würde, wie die Trennungen von Viola und Lilith. So sehr hatte er sich an sie gewöhnt und zum wichtigen Teil seines Lebens werden lassen. Wer konnte nur ein Interesse daran haben, ihn derart zu verleumden? Zwar hätten die Momentaufnahmen sexuelle Handlungen nahelegen können, aber der Fotograf musste in jedem Fall gesehen haben, wie sich die Situation aufklärte und jeden eventuellen Verdacht beseitigte. Hier war jemand am Werk, der ihm auf übelste Weise schaden wollte und wusste, wo er seine Freizeit verbringt. Zänker oder sogar Linde in ihrem verletzten

Stolz? Sie kannte den Park, hatte ihn schließlich dahin begleitet. Er versuchte, Jan zu erreichen, der sich nicht meldete, sicher war er mit einer neuen Eroberung unterwegs.

Liebster Delfin!
Deine Fantasie geht mit dir durch, aber um deine Frage zu beantworten: Die Hydra schläft natürlich nackt, aufreizend geschminkt, mit hochhackigen roten Lackschuhen. Zufrieden? Und du? Nur damit ich mich ebenfalls vorbereiten kann für alle Fälle?
Deine immer an dich denkende Hydra, alias w.M.

Liebste M.
Wünsche wunderschönen guten Morgen. Danke für die Info, die mich umgehauen hat, irre, ich wusste so wenig über Hydras. Wie ich schlafe? Rate mal! In Astronautenkluft, bis zum Kragen hochgeschlossen, allerdings ohne Helm, wir könnten also küssen.
Dein heute Morgen verspäteter r.D.

Als er das Lehrerzimmer betrat, saßen die Kollegen bereits am Konferenztisch und schienen ihn zu erwarten, der Raum bebte förmlich unter negativen Vibrationen. Zänker machte sich nicht die Mühe, seinen verschlagenen Gesichtsausdruck zu verbergen, Linde würdigte ihn keines Blickes und hielt den Kopf gesenkt. Zu seiner Verblüffung hatten alle Kopien der Anzeige und diskriminierenden Bilder vor sich liegen. Wutentbrannt steuerte er seinen Platz an, Baltus hüstelte nervös und forderte ihn auf, sich neben ihn zu setzen.

„Wir sind erschüttert über das, was wir lesen mussten, ich nehme an, das Pamphlet ist Ihnen bekannt, Herr Rhein."

Wäre der Anlass nicht so ernst gewesen, hätte Micha darüber lachen müssen, wie hölzern er sich das ‚Sie' und den ‚Herrn' abrang. In den Jahren ihrer, den anderen nicht verborgen gebliebenen Freundschaft, hatte er nie den Mut aufgebracht, sich zu ihr zu bekennen, aus Angst, seine ohnehin nicht vorhandene Autorität zu verlieren. Du armes Würstchen, dachte er in diesem Augenblick, fast wäre es ihm laut über die Lippen gekommen.

„Natürlich wissen wir alle, dass der Verdacht gegen Sie jeglicher Grundlage entbehrt." – Zänker wollte ihm ins Wort fallen, aber er verwies ihn mit unwirscher Handbewegung in die Schranken – „Und es sich um eine üble Verleumdung handelt, dennoch muss ich Sie bis zur sicher schnellen Aufklärung vom Unterricht suspendieren."

Es traf ihn wie ein Keulenschlag. Sollte man ihn tatsächlich solcher Taten für fähig halten? Er stellte die absurde Frage, betretenes Schweigen folgte, einige schüttelten kaum merklich den Kopf, da griff Zänker in seine Tasche und zog mit den Worten „und ob ich das glaube", ein Bündel Fotos heraus, die ihn in engerem Kontakt mit Schülern zeigten, Schnappschüsse von Schulfeiern und Sportfesten, die sich zufällig ergaben und von jedem hätten stammen können. Zänker hielt sie fächerartig in den Raum, damit jeder sie betrachten konnte; unter dem ausgestrecktem Arm wurden affenartige Haarbüschel sichtbar, die aus seinen Achseln quollen. Er hatte offenbar akribisch Beweise gesammelt, um ihm irgendwann etwas Zweifelhaftes anhängen zu können.

„Bedenken Sie, der Turnhallenvorfall ist noch ungeklärt und Kollegin Verfürth sich Ihrer Sache mit dem Alibi nicht mehr sicher", ergänzte er triumphierend. Die Bilder liefen um. Linde räumte ein, ihn damals nicht begleitet zu haben. Baltus versuchte krampfhaft, Michas Blick auszuweichen. Totenstille trat ein, sogar die Zimmerpflanzen schienen vorübergehend den Atem anzuhalten.

Micha schluckte, sein Hals fühlte sich an, wie mit Sand paniert, die Fingerspitzen zitterten. „Für alle Fotos gibt es eine harmlose Erklärung, die Polizei wird ihre Ermittlungen bald einstellen. Da im Interesse der Schule absolute Diskretion zugesichert wurde, frage ich, wie Sie an die vertraulichen Unterlagen gekommen sind? Nur über eine undichte Stelle bei der Kripo. Herrn Zänkers Bruder arbeitet bekanntlich dort, und ich liege sicher nicht falsch, anzunehmen, dass sie von unserem allseits geschätzten Kollegen stammen. Wie lange arbeiten wir schon zusammen?, frage ich Sie, ich bin beeindruckt von ihrer Menschenkenntnis, besonders von deiner, Hardy. Danke für das Vertrauen."

Er verließ den Raum und ließ die Tür krachend ins Schloss fallen. Zumindest tat es gut, Hardys lächerliches Versteckspiel aufgedeckt zu haben. Obwohl er sicher war, dass er ihn nicht verdächtigte, hatte er es verdient. Fürs Wochenende war er dort zum Essen eingeladen, da würde er Tacheles reden; beim bloßen Gedanken an Carolines leckeres Menü lief ihm schon seit Tagen das Wasser im Mund zusammen. Lammragout mit Thymian und Minze, Rotwein, Schwarzwurzeln und gestampfte Kartoffeln, in denen sie Trüffelbutter schmelzen ließ. Er fuhr direkt zum Präsidium, um seine Aussage protokollieren zu lassen.

„Wie ist es möglich, dass Sie Diskretion zusagen und meine Kollegen mich bereits heute Morgen mit der Anzeige in Händen empfangen?" Zehntmüllers Adern schwollen sichtbar an. Das traue ich nur Zänker zu, dachte er, der einzige, der ständig gegen den Strom schwimmt. War nicht sogar sein Bruder Lehrer an derselben Schule?

„Tut mir leid, Herr Rhein, die Sache sollte absolut unter Verschluss bleiben; wir prüfen natürlich sofort, ob das in unserem Haus geschehen sein kann."

„Um Ihnen Recherchen zu ersparen, konzentrieren sie sich auf den Mitarbeiter Zänker, dessen Bruder munter Kopien verteilt hat."

Er schloss die Tür unsanft, verließ das Gebäude, erledigte Einkäufe, aß lustlos zu Mittag und schlug den Weg zum Schachklub ein; ein Spiel würde ihn vielleicht auf andere Gedanken bringen. Carlo, der erste Vorsitzende, kam gleich auf ihn zu und nahm ihn zur Seite.

„Nicht, dass du es falsch verstehst Micha, im eigenen Interesse ist es besser, wenn du vorerst nicht hier spielst", dabei klopfte er ihm kumpelhaft auf die Schulter und drängte ihn zur Tür, „bis sich alles geklärt hat."

„Weiß nicht, wovon du sprichst?" Carlo zog die zusammengefaltete Anzeige aus der Tasche und hielt sie ihm vor die Nase. „Nur zu deinem Schutz, Micha."

„Ich bin für euch also schon verurteilt, nur weil irgendein Schmierfink, der zu feige ist, sich zu offenbaren, mich mit absurden Unterstellungen fertig machen will? Wie kommt das Ding überhaupt hierher?"

„Unter der Tür durchgeschoben, nimm Rücksicht auf die Jugendlichen im Klub."

„Und wer nimmt Rücksicht auf mich? Du fragst nicht mal, was ich dazu zu sagen habe. Feine Freunde seid ihr, verdammt nochmal!"

„Du musst mich verstehen, in dieser Situation ..."

Micha drehte sich auf dem Absatz um. Ihm war so unwirklich zumute, als sei er einer Luftspiegelung erlegen, er träumte doch nicht. Übel fühlte er sich, wie ein Geächteter, hoffte auf eine E-Mail von ihr, das Einzige, was ihn jetzt aufrichten könnte und beschleunigte seinen Schritt. Zuhause wartete man mit einem Durchsuchungsbefehl, durchschnüffelte Unterlagen und beschlagnahmte seinen Laptop mit dem privaten Schatz einander geschenkter Gedanken. Nachdem er die Aufstellung der mitgenommenen Gegenstände quittiert hatte und alle gegangen waren, ließ er sich erschöpft auf den Sessel fallen, den Tränen nahe. Unheil war über ihn gekommen wie ein unvorhersehbares Gewitter, unverschuldet, und was das Schlimmste war, niemand schien ihm zu glauben. Er schaltete das Radio an, um die Stille ertragen zu können, schloss für einen Moment die Augen. Nur Zänker konnte ihm das angehängt haben, schließlich hatte er die ganze Zeit Fotos gesammelt und offensichtlich darauf hingearbeitet. Er war früh im Besitz belastenden Materials? Oder gab es ein Komplott zwischen ihm und Linde? Eigentlich traute er es ihr nicht zu, obwohl ... sie im Gegensatz zu Zänker von dem Muttermal wusste. Damals, als sie ihm beim Duschen half, dürfte es ihr aufgefallen sein. Selbst wenn Zänker es nicht gewesen sein sollte, hatte er jedenfalls mit Eifer für Verbreitung gesorgt. Es muss eine Möglichkeit geben, den Widerling mit seinem debilen Dauergrinsen zur Rechenschaft zu ziehen, dachte er wütend. Im Radio kamen Nachrichten, kaum hatte er sie wahrgenommen, sprang er wie elektrisiert auf.

‚Der Lehrer einer Düsseldorfer Schule steht im Verdacht, Kinder auf Spielplätzen missbraucht zu haben. Der Aufmerksamkeit eines Spaziergängers ist es zu verdanken, dass er bei den Handlungen ge-

stört und identifiziert werden konnte. Sein Name ist der Redaktion bekannt. Wer ähnliche Beobachtungen gemacht hat oder über sachdienliche Hinweise verfügt, möge sich dringend melden ...'

Micha überkam Schwindel so stark, dass er sich vorübergehend festhalten musste. Sieht so Diskretion aus? Der hinterhältige Zänker hat es auch an den Sender lanciert, morgen würden es die Zeitungen übernehmen und kurz danach Reporter vor der Türe stehen. Das Telefon läutete, Hardy war am Apparat, sicher hatte er die Meldung gehört und wollte ihn seiner Solidarität versichern, der gute, ängstliche Hardy.

„Hallo Micha, tut mir leid, aber wir müssen für Samstag leider absagen, Caroline hat ihre furchtbare Migräne, du weißt ja, da geht gar nichts mehr. Wir holen es bald nach. Und wegen der Beurlaubung, nimm es nicht so schwer, bist bald wieder im Team, schrecklich die Sache mit den Kindern."

Das knappe Gespräch endete abrupt, bevor er Caro, der armen, gute Besserung wünschen konnte. Unschlüssig blieb er stehen, ging in die Küche, machte sich ein Brot, da er seit dem Mittagsimbiss nichts mehr gegessen hatte, trank etwas und fuhr, von Unruhe geplagt, zu Jan, der gerade zuhause eintraf. „Weißt du es schon? Ein Düsseldorfer Lehrer soll sich an Kindern vergriffen haben, starkes Stück, hab's gerade im Autoradio gehört", empfing er ihn, „kennst du das Schwein?"

„Das Schwein, wie du ihn netterweise titulierst, steht vor dir, deshalb bin ich gekommen." Jan sah so verdattert aus, als hätte Günther Jauch ihm die Millionen-Frage gestellt. Micha erzählte, was sich ereignet hatte. „Üble Sache sag ich nur, verdammter Mist, in sowas hinein zu geraten. Du musst dir einen Anwalt nehmen, sowas entwickelt sich schnell zum Selbstläufer."

„Aber warum? Ich bin völlig unschuldig, die müssen mir etwas beweisen, nicht umgekehrt?" Erregt diskutierten sie miteinander.

„Am besten machst du ein paar Tage Urlaub, da, wo dich niemand kennt, bis sich die Fronten geklärt haben. Ich buche ein Zimmer auf meinen Namen im *‚Bären'*, schön abseits gelegen, erinnerst du dich? Wo wir meinen Geburtstag gefeiert haben."

„Hm, überleg es mir", meinte er zerstreut, „das Erschreckendste ist, dass mir niemand glauben will; keiner ist an meiner Erklärung interessiert. Gegenüber einem pädophilen Täter genießt jeder Bankräuber gesellschaftliche Hochachtung." Jan nickte.
„Wie kam es überhaupt zu den Bildern?" Micha klärte ihn auf.
„Darf ich mal ins Internet bei dir?"
„Klar, tu dir keinen Zwang an."
Jessie hatte sich für seine Glückwünsche bedankt, geschrieben, wie froh sie morgens aufwache, im Bewusstsein, dass er an sie denkt und seine Stimme ihren Tag begleitet. Dass sie sich stark fühle, jedem Ärger trotze, alles mit ihm berede, seine Antworten höre, ohne die Stimme zu kennen. Für eine Weile wurde ihm leichter ums Herz, als er ihre Gedanken las. Er schrieb, ganz Ähnliches zu empfinden, kurzfristig verreisen zu müssen und nicht genau zu wissen, wann er sich von dort melden könne. Sie solle nicht beunruhigt sein, der Delfin beabsichtige keinesfalls, davonzuschwimmen.

Als er am nächsten Morgen die Zeitung aufschlug, schrie ihn der reißerisch aufgemachte Artikel förmlich an, vom pädophilen Lehrer ‚R' einer Düsseldorfer Realschule war die Rede, den man schon früher im Verdacht hatte, eine Schülerin belästigt zu haben. Mit flatterndem Blick überflog er den Text. Obwohl man vermied, ihn definitiv als Täter zu bezeichnen, ließ er keinen Zweifel daran, der Version des Anonymus vorbehaltlos zu glauben. Sofort teilte er Zehntmüller mit, in welchem Hotel er die nächsten Tage verbringen wolle, um sich aus der Schusslinie zu ziehen. Er war einverstanden, erbat die Handynummer, bedauerte die Veröffentlichung, deren Information keinesfalls von der Kripo stamme, die Schweinerei hätte es nicht geben dürfen. Was nutzte es ihm? Er legte auf und ließ für die nächsten Tage das Zimmer buchen. Sein Name sollte dabei nicht in Erscheinung treten. Abends ging er noch zum Sport, um den Frust hinaus zu schwitzen. „Noch ein Bier bei Rosi?" Nach dem Duschen freuten sie sich immer auf ein ‚Kühles' und den letzten Plausch vor dem Schlafengehen. Seltsamerweise hatte diesmal niemand Zeit. War es Zufall?

Zehntmüller kochte, Kriminalhauptmeister Zänker saß zusammengesunken vor ihm. Im Allgemeinen galt er als ausgeglichener Chef, der selten laut wurde, aber wenn das Fass überlief, wie gerade, war mit ihm nicht zu spaßen. Zänker räumte ein, dass sein Bruder die Informationen weitergeleitet habe, um Rhein zu treffen, sie aber anonym erhalten habe. Zu der Presse unterhalte er keinen Kontakt und sei schließlich nicht der Hüter seines Bruders. Er glaubte ihm kein Wort. „Ab sofort sind Sie raus aus der Sache, machen Sie sich auf ein Verfahren gefasst", mit donnernder Stimme verbannte er ihn aus dem Büro. Er hasste den widerlichen Schleimer mit dem hinterhältigen Charakter.

Micha checkte im ‚Bären' ein, man gab ihm die Schlüssel, fragte nicht nach dem Ausweis, nur nach seinen Wünschen. Im Zimmer öffnete er gleich die Fenster, wusch sich das Gesicht im Bad lange mit kaltem Wasser. Es war komfortabel ausgestattet, mit freundlichen Tapeten, Teppichboden, Doppelbett, keine Einzelkemenate, in der er garantiert Platzangst bekommen hätte. Der Blick ging zur Rückseite hinaus auf ein Wiesengelände, wo Pferde grasten, sicher gab es einen Reitstall in der Nähe. Die intensive Ruhe empfand er fast störend, denn sie ließ die hartnäckig bohrenden Gedanken lauter in den Ohren hallen; mit einer unwirschen Handbewegung wollte er sie verscheuchen, sich befreien, aber sie setzten sich fest wie lästige Fliegen an den Augen der Pferde, auf denen sein Blick gerade ruhte. Es drängte ihn hinaus, er griff nach der Wetterjacke und machte einen langen Spaziergang durch die umliegenden Felder. Als er zurückkam, hatte man für ihn und weitere Gäste gedeckt, ein älteres Ehepaar, das so abwesend wirkte, als hätte es sich hierher verirrt, zwei diskutierwütige Männer, von denen einer nervös mit den Augen zuckte und die Gabel bei jedem Satz, zur Bekräftigung des Gesagten, gefährlich in die Luft stieß, vielleicht Vertreter auf Kundenbesuch und ein Paar mit so krassem Altersunterschied, der, hätte sie nicht hingebungsvoll an seinem Arm geklebt, zwangsläufig die Frage Großvater und Enkelin aufwerfen musste. Die Woche über war hier nichts los; das Menü schien ausgezeichnet zu sein, wie er den Kommentaren entnahm, aber er hatte keinen Appetit und ließ das Meiste liegen, diskret unter Messer, Gabel und Serviette vergraben. Während die junge Geliebte ständig vor sich hin kicherte, um ihre Nervosität vor dem Kommenden zu verbergen, wanderten seine Gedanken zur ‚Magnolie' und verwoben sich mit ihren zu einem wärmenden Tuch der Zuneigung, das ihn in der Nacht bedecken und trösten würde.

Grommske hatte wieder den triumphierenden Klang in der Stimme, als er Jessie hinunterbat. Sie wusste, dass es nur Luca sein konnte, allerdings hatte er sich deutlich verfrüht, so dass sie einige Zeit brauchte, um ihren Arbeitstisch aufzuräumen und abzuschließen. Peter traf sich mit ehemaligen Kommilitonen, morgen würde sie ihn wieder sehen, wenn Luca auf dem Flug nach Bahrein wäre. „Gottseidank ein Abend für uns alleine", rief er lauter, als ihr lieb war, Grommske beließ es bei einem verständnisvollen Lächeln und verzichtete darauf, ihnen den betont schönen Abend zu wünschen. Sie aßen in der Bar gegenüber Jessies Wohnung ein paar Tapas, die nach Pappe schmeckten, sicher hatten sie die Sonne schon einmal untergehen sehen, tranken etwas und verfingen sich bald in einem hitzigen Gespräch. Luca gefiel nicht, dass sie ohne ihn nach London fahren wollte und ebenso, dass sie bereits verheiratet war, was er bis dahin nicht gewusst hatte.

„Scheinst ja wenig Vertrauen in mich zu setzen. Was glaubst du denn, dass ich in London tue? Mich Peter an den Hals werfen? Den Erstbesten in Gretna-Green heiraten? Selbst deinem Freund traust du nicht, tolles Verhältnis, kann ich da nur sagen."

Luca war sichtlich verärgert als sie das Lokal verließen und zu ihrer Wohnung gingen. „Kann ich bei dir übernachten? Dann trinke ich noch was und fahre erst morgen früh."

„Natürlich, meine Couch ist breit und bequem." Irritiert blickte er auf. Zuhause tranken sie noch ein Bier, sprachen über den vergangenen Abend und die Chancen der Ausstellung in Melbourne.

„Wie war der Typ eigentlich, den du geheiratet hast?", fragte er unvermittelt mit einer Miene, die gelinde Abscheu zeigte. Sie hatte keinen Anlass, Josy, den Taugenichts, zu rehabilitieren, aber Lucas Ton gefiel ihr nicht, seine beleidigende Geste hatte selbst Josy, der ihm unbekannt war, nicht verdient, darüberhinaus war es Kritik an ihr, als hätte sie sich mit der Syphilis persönlich eingelassen.

„Ein liebenswerter Chaot, das dürfte als Information reichen und eine Jugendsünde, die ich schnell korrigiert habe." Sie stand auf und bezog die Schlafcouch.

„Mach keinen Scheiß, du willst doch nicht wirklich, dass ich hier schlafe?"

„Würde ich mir sonst die Mühe mit dem Beziehen machen?

„Tu doch nicht so, als wenn du es nicht auch wolltest."

„Ach, das weißt du besser als ich?", sagte sie eisig.

„Bist total zickig heute, warum bin ich überhaupt mit dir gegangen?"

Er versuchte, sie an sich zu drücken, zu küssen, tat ihr weh, fest krallten sich seine Finger ins Fleisch, sie entwand sich den starken Armen, ging ins Bad, anschließend in ihr Schlafzimmer, wünschte gute Nacht, erhielt aber keine Antwort. Am nächsten Morgen standen sie früh auf, Luca war munter und witzig, als hätte es den Disput nie gegeben. Jessie aber sah ihn plötzlich mit anderen Augen. Nach dem Frühstück verabschiedete er sich mit Kuss und einem Klaps auf ihren Hintern.

„Bis bald, ich melde mich, wenn ich gelandet bin, ich liebe nur dich." Sie antwortete nicht, wartete am offenen Fenster, er winkte, bevor er in den Wagen stieg und wegfuhr. Schon mehrmals hatte sie diese Sprunghaftigkeit gespürt, die Veränderung seiner Persönlichkeit, wenn etwas gegen seinen Willen lief. Josy war die Gutmütigkeit in Person gewesen, nie hätte er gegen ihren Willen Wünsche durchgesetzt, obwohl er ein sexhungriger Versager war und hohl dazu – vornehmlich im Kopf. Sie musste an ihren ‚Delfin' denken; in der Art, wie er schrieb, erkannte sie Gefühl, Empathie und Rücksichtnahme, er hätte sich jedenfalls anders verhalten, davon war sie überzeugt. Sie hatte Sehnsucht, wünschte, sich in seine Arme zu schmiegen, Zärtlichkeit zu spüren. Wo mochte er sein? Wie hatte er geschlafen im fremden Hotelbett?

Ob er an sie dachte, jetzt beim Frühstück? Sie war sicher, dass er es tat.

Schnell sandte sie ihm einen lieben Gruß in der Hoffnung, dass er nicht wegschwimme, wünschte Glück für den Tag und die Aufgabe, die dort auf ihn warte. Dann machte sie sich auf zur Firma. „Seit Wochen bist du ein anderer Mensch, Jessie", meinte ihre Kollegin, „strahlend, flott, glücklich, seitdem dich dein Verehrer abends abholt. Hab ihn gesehen, ein Traummann, cooler Typ wie Tom Cruise, nur größer." Jessie schmunzelte vielsagend, freute sich natürlich, wenn Luca sie abholte, aber die Veränderung in ihr, Ausgeglichenheit, atemlose innere Freude, die verdankte sie dem heimlichen Liebhaber, der sie verstand und mit ihr auf kaum zu begreifender Wellenlänge lag. Seither hing der Himmel voller Versprechungen und der Wind flüsterte ihr überall geheime Botschaften zu.

Abends war sie mit Peter verabredet, sein letzter Tag, bevor er nach London zurückflog. Er wartete im selben Restaurant, in dem sie sich zum ersten Mal begegnet waren. Die Haare, wild wuchernd und jeder Bürste trotzend, die Augen strahlend, fröhlich lächelnd. Malerei und Fotografie spielten an diesem Abend eine Nebenrolle, die Gespräche rankten sich um sie selbst, vermeintliche Stärken, Schwächen, Gewohnheiten, die man liebte. Peter war ein Mann, der offen über Gefühle sprechen konnte, ein wenig erinnerte er sie an den heimlichen Partner, und so fiel es ihr leichter, das eine oder andere auch von sich preiszugeben.

„Wie verstehst du dich mit Luca?", es kam so unvermittelt, dass es ihr die Sprache verschlug und sie zunächst nicht antworten konnte.

„Du magst es vielleicht zu persönlich finden, okay, dann lassen wir das Thema, aber ich kenne Luca gut, vielleicht kann ich dir Erklärungen geben, wo du nach welchen suchst?"

„Wir kennen uns noch nicht lange, er ist charmant, witzig, hat sich direkt für mein Hobby begeistert und mich mit dir in Verbindung gebracht, wofür ich sehr dankbar bin. Allerdings habe ich das Gefühl, dass er sich schwer tut, tolerant zu sein." Peter nickte verständnisvoll.

„Wart ihr schon intim?" Die direkte Frage trieb ihr Röte ins Gesicht, sie wollte aufbrausen, aber er hatte ganz beiläufig gefragt, und in seinem Blick lag nichts Lauerndes oder Lüsternes. Sie schüttelte den Kopf, es schien ihn zu verwundern, denn er zog für einen Moment die Augenbrauen hoch.

„Wo fehlt die Toleranz?"

„Er ist ganz und gar nicht erfreut, wenn ich dich alleine in London besuche. Als ich ihm erzählte, früher verheiratet gewesen zu sein, hat er verärgert reagiert."

„Und den Mann vermutlich beschimpft, ohne ihn zu kennen." Jessie schaute erstaunt.

„Luca ist ein guter Freund, wir haben uns vor vielen Jahren kennengelernt, damals kam er zum Austausch nach England und hat ein Jahr bei uns gewohnt. Später war ich in Deutschland bei ihm untergebracht. Auch während meines Studiums, seine Eltern haben mich wie einen zweiten, unkomplizierteren, Sohn behandelt. Luca sieht blendend aus, wie du wohl festgestellt hast, das ist Glück und Fluch zugleich." „Verstehe ich nicht", meinte sie und trank einen Schluck, um Zeit zu gewinnen, das Gehörte nachwirken zu lassen.

„Glück, weil er überall ankommt und es besonders leicht hat, Frauen kennen zu lernen, Fluch, weil er sich nie bemühen muss, sie zu erobern, mit dem Herzen zu gewinnen, er nimmt einfach, pflückt sie wie Äpfel im Vorbeigehen vom Baum. Ein Mechanismus, ein Zwang, immer neue kennenzulernen, auf die er nicht eingeht und deren Wünsche oder Gefühle ihn kaum interessieren, weil er es gewohnt ist, nur nach eigenen zu fragen. Toleranz würde bedeuten, Konzessionen zu machen. Das kennt er nicht, hat nie gelernt, ein ‚Nein' zu akzeptieren, sein Wille muss respektiert werden."

Sie sah ihn an, er hatte es ohne Eifer, ganz neutral bemerkt, wie eine nüchterne Analyse im Labor, und sie musste ihm recht geben. Gewisse festgestellte Reaktionen passten hierzu.

„Ich mag Luca sehr, aber dich auch Jessie, sieh es nicht als schäbigen Klatsch über einen Freund an, sondern als Rat. Lass ihn spüren, dass du anders bist als die Willfährigen, die er kannte, dass er dich nicht nach seinem Willen biegen kann, ohne deinen zu respektieren. Darum geht es mir."

Er schaute mit einem Blick, der tief in sie drang, und sie war plötzlich sicher, dass er mehr empfand als bloße Sympathie und Begeisterung für ihre Kunst.

„Kennst du Sofia, seine Schwester, näher? Seid ihr eng befreundet?"

„Nein, eher lose, wir sind im selben Schachklub, warum fragst du?"

Er gab keine Antwort, schien für Augenblicke seinen Gedanken nachzuhängen.

„Komplizierte Sache die Verbindung zwischen Mann und Frau?", meinte sie scherzend, um die aufgekommene Stille zu überbrücken.

„Du sagst es", erwiderte er heiter, „Geschichte, Kunst, Literatur zeugen davon, Glück und ewige Dramen; Luca ist auf seine Art kompliziert."

„Dagegen wirkst du souverän, hast du die Lösung gefunden Peter?"

Er blinzelte: „Die Lösung glaube ich schon, nur nicht die richtige Partnerin."

„Und wie lautet sie?"

Er ließ Zeit verstreichen, als müsse er sich erst besinnen, die komplizierte Formel aufs Neue berechnen.

„Adorno sagt: ‚*Geliebt wirst du einzig, wo du schwach dich zeigen darfst, ohne Stärke zu provozieren.*'

Ein wichtiger Teil der Lösung, dem anderen das ‚Ich' zu belassen, nicht an ihm meißeln zu wollen, wie an einer Statue, deren Identität man hinterher nicht mehr erkennt."

Sie verabschiedeten sich mit einer Umarmung voneinander, wie gute Freunde, Jessie versprach, ihn bald zu besuchen. Der Abend hatte ihre Gefühle durcheinander gebracht, den Blick auf Luca geschärft und sie erkennen lassen, dass Peters Definition von Liebe immer in ihr war. Solange sie das Gefühl hatte, Stärke zeigen, eine andere spielen, sich wehren, provozieren zu müssen, war Liebe nicht vorhanden. Wie oft hatte sie diese Rolle gespielt und sich später klein und schwach gefühlt.

Sie brannte darauf, mit ‚ihm' darüber zu ‚sprechen', das Zitat würde er in seiner Sensibilität verstehen.

Das Hotel hatte Internetanschluss, kostenlos nutzbar, was er beim ohnehin günstigen Zimmerpreis entgegenkommend fand, so dass er ihre zu Buchstaben gewordenen Gedanken erhalten und teilen konnte. Es war wie eine Befreiung, liebevolle Worte zu lesen nach den vielen verleumderischen, die er sich zuletzt anhören musste. Seine Gemütsverfassung formte die Antwort zärtlicher und sehnsüchtiger als jede, die er zuvor geschrieben hatte. Als er nicht gleich eine Erwiderung erhielt, nahm er den Wagen und fuhr im Nieselregen ohne konkretes Ziel davon, es lenkte ab. Nach längerer Fahrt und etlichen Umwegen gelangte er absichtslos in die Nähe von Hardys Haus, der sicher Zeit haben würde, mit ihm zu sprechen, da Caro das Bett hüten musste. Langsam fuhr er an das Anwesen heran, das nicht direkt an der Straße lag, sondern zurückversetzt in einem großzügigen Garten. Alle Fenster waren erleuchtet, was ihn verwunderte, mehrere Karossen standen hintereinander am Bürgersteig. Er parkte entfernt, ging die kurze Strecke im Halbdunkel zurück bis in den Garten und spähte hinein. Im hellen Licht, das sich wie gelbe Farbe über die Büsche ergoss und sie wie Skulpturen wirken ließ, konnte er die fröhliche Tafelrunde erkennen, allein sein Platz war unbesetzt, animiertes Stimmengewirr drang nach außen. Gerade brachte Caroline eine dampfende Schüssel hinein, ging reihum und legte den Gästen vor. Er fühlte sich wie mit heißem Öl übergossen, dem ein fröstelndes Zittern folgte. Caroline war alles andere als krank, putzmunter, das Essen fand wie geplant statt. Ihn hatte man ausgeladen, hinterhältig ausgebootet mit einer Lüge, für die sie herhalten musste, weil er, der bloß Verdächtigte, schon als verurteilt und nicht mehr vorzeigbar galt.

„Du armselige Kreatur von Freund", stöhnte er auf und schlug mit der Faust auf den rauen Putz, bis sich Blutstropfen zeigten, seiner Brust entrang sich ein lauter gequälter Schrei. Erschrocken hielt er den Atem an, niemand schien ihn gehört zu haben, regungslos blieb er stehen, lauschte, konnte nur die lebhaften Stimmen, die nach außen drangen, vernehmen. Es hatte aufgehört zu regnen, aber aus Büschen und Efeu, das sich an der Hauswand hochrankte, tropfte es auf ihn, er merkte nicht, dass ihm Wasser über das Gesicht lief und er nass wurde bis auf die Haut. Auf dem kurzen Weg zurück glaubte er, sich übergeben zu müssen. Schwer ließ er sich in den Sitz des Wagens fallen; alles roch nach Feuchte, sein Körper fühlte sich kalt und klamm an, getroffen wie von einem Tritt in den Magen. Weit lehnte er sich zurück und schloss die Augen. Jahrelang hatte er Hardy in jeder Situation beigestanden, Ideen geliefert, den Vorsitz im Verein ermöglicht, der ihn repräsentieren ließ, und nun wurde er von einer auf die andere Sekunde belogen, fallengelassen, verleugnet.

Minuten später nahm er ein Geräusch am Wagenfenster wahr, erschrocken richtete er sich auf, da stand Elise, Hardys fünfzehnjährige Tochter, die er von klein auf kannte. Sicher hatte sie ihn gehört, ihr Fenster lag auf derselben Hausseite. Sie bedeutete ihm mit schnellen Handzeichen, zu öffnen, krabbelte auf den Beifahrersitz und schlang die Arme um seinen Hals. „Es ist gemein, was Papa mit dir macht Micha; dich mit sowas in Verbindung zu bringen, lächerlich. Er ist ein Riesen Heuchler, und du musst es noch mit ansehen." Micha schluckte und drückte Elise fest an sich, beiden kamen Tränen. „Du musst deinen Vater verstehen, die Situation ist heikel, und er ist keiner mit besonderem Mut; vor der Meinung anderer knickt er direkt ein. Er hätte es mir offen sagen sollen, mich aber nicht belügen dürfen."

„Dabei hast du immer zu ihm gestanden, ich verachte ihn. Mama war nicht einverstanden, sie haben heftig gestritten. ‚Mach dich doch einmal gerade', hat sie gesagt." Wieder fiel sie Micha um den Hals. „Am liebsten würde ich mit dir nach Hause fahren. Die scheinheilige Verlogenheit kann ich nicht mehr aushalten." „Keine gute Idee Elise, zu einem, der verdächtigt wird, Kinder zu missbrauchen und Schülerinnen zu begrapschen." „Aber du doch nicht, das weiß jeder, der dich kennt, Mama auch." „Du musst jetzt wieder rein, sag bitte keinem, dass ich hier war." Sie nickte und lief zum Haus zurück, erst jetzt merkte er, dass sie im Schlafanzug, mit blanken Füßen nach draußen geeilt war. „Sie ist ein wunderbares und für ihr Alter reifes Mädchen", murmelte er gerührt, er mochte sie sehr, sie war anders, charakterstärker als ihr labiler Vater, aber zuletzt von Traurigkeit umgeben, die sie in sich zurückziehen ließ. Noch vor kurzem hatte er mit Caro darüber gesprochen. „Sie macht eine Entwicklungsphase durch", meinte sie ratlos, achselzuckend. Als er näher in Elise dringen wollte, hatte sie gleich abgewinkt, das bilde er sich nur ein. Es überzeugte nicht. Elise, Jan und ‚Magnolie' waren tatsächlich die einzigen, die zu ihm standen, das gab ihm Halt, aber die geheimnisvolle Partnerin hatte auch nicht erfahren, wessen man ihn verdächtigte. Wie benommen fuhr er ins Hotel zurück, duschte und ging gleich zu Bett.

Erst ließ ihn das Gesehene nicht zur Ruhe kommen, dann war er den blutrünstigen Angriffen insektöser Kamikaze ausgesetzt, die ihn mit infernalischem Gesumme stundenlang am Einschlafen hinderten und etliche Einstichstellen, zum Beweis erfolgreicher Attacken, hinterließen. Entweder schien man ihn zurzeit zu meiden oder hinter ihm her zu sein. Als er am Morgen mit schweren, betäubten Lidern erwachte, fehlte jede Orientierung. Wieso kam das Licht von links, statt von rechts wie an jedem Tag, seit wann war die Tapete plötzlich gemustert? Da erinnerte sich sein brummender Schädel, dass er in einem Hotel auf der Flucht vor der Meute war, die ihn jagen wollte und vor sich selbst. Halb aufgestützt, sah er das Licht zögernd in den Raum sickern, farblos fast, aus einem ausdruckslosen Himmel, der noch um Konturen kämpfte. Bleierne Glieder krochen mühsam aus dem Bett, in seinem Mund nistete unangenehmer Metallgeschmack. Nach dem Frühstück, das ihn notdürftig revitalisierte, meldete sich Jan. „Gute Nachrichten, du bist so gut wie gerettet", schrie er in den Hörer, „was tätest du nur, wenn du mich nicht hättest?" Micha stellte sich vor, wie er feixend in seinem Sessel saß und sich auf den Schenkel klopfte, so wie er es bei gelungenen Abschlüssen tat. „Ich habe keine Ahnung, was du meinst."

„Bin nicht umsonst Journalist, hab meine Beziehungen spielen und das Foto als Aufruf in die Zeitung setzen lassen."

„Welches Foto?"

„Das mit dem nassen Kind natürlich. Und jetzt kommt der Moment, wo sie in den Kinos die Taschentücher voll schnäuzen ... die Frau hat sich eben gemeldet und ist auf dem Weg zur Polizei. Was sagst du dazu, bist rehabilitiert? Hab schon verzweifelt versucht, dich zu erreichen."

Micha konnte es zunächst nicht fassen, dann spürte er, dass sich ein Hoffnungsstrahl, wie gespritztes Calcium, warm in seinem Blut ausbreitete und augenblicklich Kräfte mobilisierte. „Das ist ...", die Stimme versagte, „... die erste gute Nachricht seit langem, danke Jan, wann höre ich von der Polizei?" „Gut Ding will Weile haben, bleib noch in Deckung, bald ist die Schlacht geschlagen."

Seine Hände zitterten beim Auflegen des Hörers, was ihm während des Gesprächs nicht aufgefallen war. Er spürte die Belastung wie Gewichte abfallen, konnte tiefer durchatmen. Noch waren die Ermittlungen nicht abgeschlossen, aber es deutete sich ein schnelleres Ende an, als befürchtet. Zwei Tage danach erhielt er Zehntmüllers Anruf. Die Anhörung der Mutter habe seine Aussage bestätigt, die Auswertung des Computers nichts ergeben, Zänkers Fotos seien unerheblich, so dass er die Einstellung des Ermittlungsverfahrens vorgeschlagen habe.

Er bezahlte das Hotel, fuhr in seine Wohnung, fühlte sich wie ein entlassener Sträfling, der nach langer Haft ins fremd gewordene Umfeld zurückkehrt. Als er die Tür öffnete, trat er auf ein Blatt Papier mit dem Gefühl, etwas Heißes berührt zu haben. Schnell überflog er die fetten Zeilen, eine Resolution der Mieter, ihn nicht mehr in der Hausgemeinschaft zu dulden, es sei unzumutbar, mit einem Kinderschänder unter einem Dach zu wohnen. Alle hatten unterschrieben, selbst der alte Kattus, der schon dort wohnte, als er mit Viola einzog und mit dem er sich immer nett unterhalten konnte. Wieder war es da, das schmerzhafte Gefühl, getroffen zu werden, von der kalten Reaktion anderer, wie von spitzen Pfeilen. Keiner schien an seiner Version interessiert zu sein. Sie nahmen den üblen Klatsch mit erschreckender Selbstverständlichkeit als Fakt, reagierten reflexartig, ohne Nachdenken, Zweifel, Anhören, obwohl man sich jahrelang kannte. Leute, die sonst für Menschenrechte und gegen Willkür auf die Straße gingen. Ihre Kälte und Inkonsequenz ließen ihn frieren. Nie hätte er für möglich gehalten, wie schnell man chancenlos abgeschrieben wird, wenn er es nicht am eigenen Leib erfahren hätte. Er stellte sein Gepäck ab, öffnete seine Fenster weit, um die klebrig, heuchlerische Luft entweichen zu lassen und verließ die Wohnung, um ein Internetcafé in der Nähe aufzusuchen.

Geliebte Magnolie!
Delfin wieder in heimischen Gewässern. Enttäuscht hat er festgestellt, dass seine Artgenossen oberflächlich, egoistisch und herzlos sind, aber davon irgendwann mehr. Deine zu Zeilen gewordenen Gedanken haben mich sehr berührt und geholfen, unschöne Tage zu ertragen. Adornos Spruch trifft den Kern; heute verstehe ich ihn und weiß, dass man einen Menschen nicht lieben kann, weil er so ist und gleichzeitig überzeugt sein, ihn ändern zu müssen. Früher verstanden, hätte ich manche Fehler nicht begangen. Toleranz, Vertrauen, Zuhören, sind unverzichtbare Elemente der Liebe. Ich umarme dich und genieße das wundervolle Gefühl, nicht alleine zu sein. Danke, dass es dich für mich gibt.
Dein verliebter r.D.

Weihnachten und die Tage davor verbrachte er bei seiner Mutter, Jessie vermisste die kleinen Botschaften, die zum täglichen Ritual geworden waren, schmerzlich; obwohl sie wusste, dass er keine Gelegenheit zum Schreiben haben würde, schaute sie mehrmals nach, ob sich nicht doch eine eingefunden haben könnte. Gerade in der adventlichen Stimmung fehlte ihr seine Nähe besonders, wo die geschmückte Stadt in funkelndem Glanz erstrahlte, alle mit Geschenken aus Geschäften strömten, die Luft nach brennenden Kerzen, Tannenharz, Zimt und Nelken roch und unvermeidbar in den Herzen Alter und Junger kindliche Hoffnung auf ein Wunder hinter der geheimnisvoll verschlossenen Tür entstehen ließ.

Liebste Magnolie!
Schreibe schnell aus einem Internetcafé, wünsche dir entspannte Festtage und denke gaaanz intensiv an dich. Habe meiner Mutter eben einen Weihnachtsbaum besorgt, war gedanklich bei dir und nicht sonderlich konzentriert. Ehrlich gesagt, nahm ich den Erstbesten. Was meinte sie wohl, als ich zurückkam? „Soll das vielleicht ein Tannenbaum sein? Diese terrestrische Antenne, die kannst du gleich aufs Dach stellen." Jetzt weißt du, wie ich leide.
Bis bald!
Dein tannengrüner Delfin, der so gerne bei dir wäre.

Liebster Delfin!
Ein außergewöhnliches Jahr, in dem ich dich finden und unerwartetes Glück erleben durfte, geht zu Ende; 2012 beginnt mit dir und der bangen Hoffnung, dass unsere kostbare Liebe auch der Wirklichkeit standhält, der wir uns bald stellen werden. Danke für die übermütig flatternden Schmetterlinge, deine Gedanken, die mir galten, Worte, mit denen du dich in mich hinein fühltest, und die mich froh machten. Nie habe ich so tiefe Gefühle erfahren, liebevoll in Poesie verpackt. Du bist fähig, Geschenke zu machen, die man auch mit noch so viel Geld nicht kaufen könnte. Morgen ist Silvester, lass uns Punkt 24.00 Uhr so intensiv aneinander denken, dass die Welt für eine Sekunde lang still steht? Ich freue mich schon darauf und wünsche dir ein glückliches, aufregendes neues Jahr.
Deine sehnsüchtig verliebte w.M.
P.S. Dein „Antrag" hat beste Chancen auf Bewilligung.

Aufgeregte Magnolie!
Es war ein Augenblick unglaublicher Intensität, in dem ich, von deinem Magnetismus angezogen, die Entfernung überbrücken und dich nah neben mir spüren konnte. Unter dem farbenprächtigen Funkenregen explodierender Raketen, stellte die Erde tatsächlich ihre Rotation ein und ließ mich für unseren exklusiven Moment die aufgehobene Schwerkraft spüren. Was lässt das Herz jauchzend

froh, sehnsüchtig und den Sekt im Glas süß und bitter zugleich schmecken, im Wissen, dass wir uns nur ahnen und nicht zusammen sind?
Wer bin ich, dem solch berührende Worte gelten, mir, dem Unbedeutenden mit Fehlern und Schwächen, der nie mehr geglaubt hätte, Gefühle zu empfinden, wie ein heißblütiger Jüngling. Ich frage nicht, was dich verklärt und von der Wirklichkeit abgelenkt hat, genieße hemmungslos diesen Moment glücklicher Verwirrung, ohne ihn in Frage zu stellen, was ich vernünftigerweise tun müsste. Gefühle zwischen Glückseligkeit und maßregelnder Vernunft, meinem Käfig für die übermütigen Schmetterlinge. Nie war mein Wunsch größer, dich zu umarmen. Ich fühle Leichtigkeit in mir, wie man sie nur aus Träumen kennt. Ein glückliches neues Jahr für dich und uns!
Dein dich liebender r.D.

Das Ermittlungsverfahren wurde eingestellt, Unterlagen und Computer erhielt er zurück, mit dem erniedrigenden Gefühl, dass Fremde in intime Gedanken eingebrochen waren, darin geschnüffelt, sich womöglich lustig gemacht hatten. Wie gut, dass ‚sie' es nicht wusste und erfahren würde.

Der Polizeisprecher informierte, die Ermittlungen gegen den mutmaßlichen Sexualtäter seien eingestellt, der Verdacht eines vorschnell handelnden Zeugen habe sich als unbegründet erwiesen. Die Zeitung druckte die Notiz, der Radiosender schwieg.

Michas Suspendierung wurde aufgehoben, er begegnete betretenen, argwöhnischen Blicken, Zänkers Wut bildete weißen Schaum vor dem Mund, ließ die Bartspitzen in Permanenz zittern, nur Hardy ertränkte seine Verlegenheit in einem Meer jovialer, gestenreich vorgetragener Worte. Er nahm sie nicht zur Kenntnis, suchte sofort seine Klasse auf. In der Pause kam Hardy zu ihm.

„Schön, dass du wieder da bist, ohne dich macht die Arbeit keinen Spaß, hast überall gefehlt."

„Was du nicht sagst."

„Nun spiel nicht den Beleidigten, ich musste dich vorläufig suspendieren."

„Das ist es nicht, es geht um Ehrlichkeit und Vertrauen, war irgendjemand an meiner Version interessiert? Für euch war ich doch verurteilt, ohne überhaupt den Mund geöffnet zu haben."

„Jetzt übertreibst du, alle waren geschockt, dass man dir so etwas anhängen wollte, wir sind eine Schule, Micha, für uns gelten andere Maßstäbe, wenn wir nicht strengstens auf Moral und Ordnung achten, wer dann?"

„Hätte es nicht gerade Moral und Ordnung geboten, mich anzuhören und von meiner Unschuld auszugehen, bis das Gegenteil bewiesen worden wäre?" Hardy wand sich und hielt ihn an der Schulter fest als er sich anschickte, zu gehen.

„Caroline lässt dich schön grüßen, es tut ihr so leid, dass sie unpässlich war und das Essen ausfallen musste. Mir ist beim bloßen Gedanken daran das Wasser im Mund zusammen gelaufen, die guten Flaschen mussten verschlossen bleiben. Wie wäre es mit einem Treffen am übernächsten Samstag? ... Äh, das ist der ..." Micha gab ihm keine Antwort, diesem Heuchler.

„Überleg's dir, ach da ist noch was, man hat uns zu einer Podiumsdiskussion eingeladen, du weißt schon, dein ... äh, unser aktuelles Reizthema ‚Schulreform'. Ich habe zugesagt, werde mich auf die Moderation beschränken, wenn du die Statements abgibst. Bist ja besser in der Materie drin, geht doch klar, oder?" Er nickte. „Okay, übermorgen 19.00 Uhr, da treten wir wieder als starkes Tandem auf, du wirst dich schnell eingewöhnen nach deinem geruhsamen Urlaub." Er klopfte ihm kumpelhaft auf den Rücken, Micha sandte ihm einen vernichtenden Blick. „Bete, dass du einen solchen nie erleben musst."

Die Pause war vorüber, Hardy ging erleichtert zurück, jetzt musste er sich nicht in die Sachfragen einarbeiten und konnte der Diskussion gelassen folgen; die Geschichte hatte ihm schwer im Magen gelegen, denn ohne Micha, das war klar, wäre er restlos aufgeschmissen.

Alle Teilnehmer waren eingetroffen, zu Hardy Baltus Überraschung sogar Vertreter der Presse und des Kultusministeriums, um die erwartete emotionale Diskussion zu verfolgen, der große Saal füllte sich. Nervös lief er auf und ab, in wenigen Minuten musste er die Begrüßung vornehmen, was wäre, wenn Micha nicht käme? Noch nie hatte er ihn im Stich gelassen, keinen einzigen Tag wegen Krankheit gefehlt, wirklich mustergültig, der Gedanke beruhigte ihn vorübergehend. Vielleicht brauchte er wegen des gerade fallenden Schnees länger für den Weg, wer hätte so spät noch mit einem Tanz der weißen Flocken gerechnet? „Herr Direktor, für Sie." Unwillig drehte er sich dem Schüler zu, der einen Umschlag mit den Worten „sehr eilig" hochhielt und sofort verschwand. Sein dunkles Haar war gänzlich mit Schnee bestäubt. Auf dem Weg zum Rednerpult riss Baltus das feuchte Couvert auf und entfaltete hastig das darin liegende Schreiben:

„Lieber Hardy, muss leider für heute absagen, tut mir leid. Eine üble Migräne, du kennst es ja, da geht gar nichts mehr. Aber du schaffst es spielend, wie immer. Gruß Micha

(PS. Sag Caroline Dank für die Einladung, es passt nicht, sie wird es verstehen.)"

Hardy glaubte, auf der Stelle einem Kollaps zu erliegen, sein Herz setzte für Sekunden aus, flatterte wie bei Vorhofflimmern. Was sollten die sibyllinischen Andeutungen? In all den Jahren hatte Micha nie über Kopfschmerzen geklagt. Jetzt stand er da, bar jeglicher Information. Wie versteinert hielt er das Papier in der Hand, wusste in seiner Verzweiflung nicht, was er tun sollte, der Raum begann sich langsam zu drehen, seine Füße schienen am Boden festgeklebt. „Ich sehe, Sie haben ein Manuskript vorbereitet, Herr Kollege, bin gespannt auf ihre Ausführungen, sehr gespannt", der Schulrat klopfte ihm aufmunternd auf die Schulter. Baltus schreckte zusammen, antwortete zerstreut, wankte zum Pult wie ein Verurteilter zum Schafott mit butterweichen Knien.

Micha faltete die Zeitung akribisch Falte auf Falte zusammen, so wie es von jeher seine Art war und spülte die Reste des Frühstücksbrötchens mit Kaffee hinunter. Er war erschrocken, so schlimm hätte er es nicht erwartet. Der Artikel ‚*Desaströser Auftritt, Schulleiter verwirrt?*' über die gestrige Veranstaltung barst vor Häme über den hilflosen, von Sachkenntnis ungetrübten Schulvertreter, der eine Lachnummer statt sachlicher Beiträge bot. Süffisant schloss der Artikel mit der Frage an die Verantwortlichen, wie es möglich gewesen sei, einem klassischen Vertreter aus dem ‚*Tal der Ahnungslosen*' die Leitung einer Schule anzuvertrauen. Obwohl Hardy die Schmach verdient hatte, schmerzte Micha das negative Bild, das mittelbar auch auf die Schule und die gute Arbeit der Kollegen fiel, das lag nicht in seiner Absicht. So extrem hätte er sich den Ausfall nie vorgestellt.

Am nächsten Tag erschien Hardy nicht, erkrankt sei er, verkündete die Sekretärin. Abends, als Micha gerade eine E-Mail-Botschaft versenden wollte, klingelte es an der Tür. Elise.

„Komm herein, Elise, das ist aber eine liebe Überraschung."

„Hallo, Micha, hab nicht viel Zeit, wollte nur sagen, wie froh ich bin, dass sich alles geklärt hat. Du und der Verdacht, das passte doch wie die Schlange zur Maus."

„Okay, da müssen wir nur noch klären, wer die Maus und wer die Schlange ist", sagte er gut gelaunt und gab ihr einen Kuss. Sie lächelte zaghaft. „Zuhause ist Qualm unterm Dach!" Sie warf ihre Jacke locker über den Stuhl. „Papa macht auf krank, hat sich bis auf die Knochen blamiert, jetzt sieht er endlich, was er an dir hat. Mama sagt das auch, aber der Heuchler ist so borniert. ‚Ich bin dein moralischer Gehstock, Elise'", äffte sie ihn nach. „Heute haben sie mich in der Schule aufgezogen, trotzdem, ich gönne ihm die Pleite von Herzen."

Micha schaute sie nachdenklich an: „Da ist doch etwas Elise, das dich bedrückt? So hast du früher nicht über ihn gesprochen, willst du es mir nicht sagen?" Sie schien aufbrausen, es abstreiten zu wollen, aber als sie seinen bittenden Gesichtsausdruck sah, beruhigte sie sich.

„Ich habe etwas zuhause entdeckt, aber ich kann nicht darüber sprechen", sofort traten ihr Tränen in die Augen. Er nahm sie tröstend in den Arm. „Kann ich verstehen, nur manchmal schafft man es nicht, alleine damit fertig zu werden. Wenn es soweit kommt, dann weißt du jedenfalls, wer dir zuhört und vielleicht einen guten Rat geben kann." „Danke Micha, lieb von dir." Schnell fuhr sie sich übers Gesicht und trank das Glas Saft, das er ihr hingestellt hatte. „Muss wieder los, bin mit dem Rad da." Er brachte sie zur Tür und winkte aus dem Fenster, bevor sie losfuhr. Was belastet sie nur?, grübelte er.

Liebster Delfin!
Danke für deine Worte – ich spüre, dass dich etwas bedrückt, aber ich will nicht fragen, wenn du es noch nicht sagen möchtest. Ich stehe zu dir, will dir helfen, das allein ist wichtig. Auch meine Artgenossen haben mich oft enttäuscht, gehänselt, weil ich früher hinkte. In Paris suchte ich Beschäftigung als Kellnerin. Nach vielen Absagen nahm man mich im ‚Coeur de Lion'. Der Patron war freundlich, übersah die schwachen Sprachkenntnisse, ich hatte Vertrauen zu ihm, war glücklich, verdiente etwas. Als ich auf die eindeutigen Angebote seiner alkoholisierten Gäste nicht einging, nannte man mich plötzlich ‚Boncale' (Krüppel) oder ‚Putain' (Schlampe), obwohl sie nichts von mir wussten. Keiner verteidigte mich, er fiel in ihr dreckiges Lachen ein, griff mir unter den Rock, als sei eine Hinkende Freiwild für alle. Sie können grausam und ungerecht sein, die Artgenossen, ich kann dich gut verstehen.
Ich nehme deinen Kopf in meine Hände, du schließt die Augen, und ich puste alle Sorgenfalten von deiner Stirn. Heute wache ich über deinen Schlaf, damit du beide Augen schließen kannst.
In **Liebe** d.w.M.

Als sie die letzten Silben schrieb, auf ‚senden' drückte, wurde ihr bewusst, dass sie dieses Wort zum ersten Mal gebrauchte. Was sie für ihn empfand, war so übermächtig, mitreißend, dass sie wieder an das Tagebuch ihrer Mutter erinnert wurde. War es wirklich zwei

Jahre her, dass sie es gelesen und die verunsichernde Rastlosigkeit erfahren hatte? Inzwischen fühlte sie mehr Ruhe in sich, war Viola näher gekommen und verspürte das Bedürfnis, die Aufzeichnungen noch einmal zu lesen, die sie damals so aufgewühlt hatten. Sie hatte Zeit, Luca war zu einem Pilotentest in den USA, blätterte die ersten Seiten, die den Japanaufenthalt beschrieben, durch und begann dort weiter zu lesen, wo Viola ihre Schuleindrücke schilderte, nachdem die Familie gerade aus Japan zurückgekehrt war.

ERINNERUNGEN

Viola, September 1977
Ich habe immer gedacht, wenn ich älter werde, wird alles einfacher, setze ich meinen Willen durch, werde ausgehen, Neues probieren, einen Freund haben, die Schule schmeißen, niemand wird mir mehr etwas verbieten können. Und nun bin ich fünfzehn, war zwei Jahre in einer anderen Kultur, wo solche Gedanken für Mädchen unvorstellbar sind, und ... alles ist schwerer geworden. Ich weiß nicht, wo ich stehe, als hätte ich meinen Kompass verloren, bin kein Kind und auch nicht erwachsen, gehöre weder dahin, noch dorthin. Jedes Mal, wenn ich versuche, mich einer Gruppe anzuschließen, ist es falsch, verkrampft oder gekünstelt und ich werde ausgeschimpft. Trotz aller Fremdheit war es in Japan leichter, weil ich wusste, wohin ich gehöre.

November
In mir scheint alles durcheinander geraten, mal bin ich so glücklich, dass ich mich zusammenreißen muss, nicht jeden, den ich mag, zu umarmen, dann so traurig, als wäre mein Leben ein hoffnungsloses Verlies, aus dem es kein Entrinnen gibt, in der fürchterlichen Gewissheit, nie mehr Sonne oder Blumen sehen zu dürfen. Bin ich normal? Heute ärgere ich mich, dass

Papa mich wie ein Kind behandelt, fühle ich mich doch
erwachsen und morgen möchte ich mich auf seinem
Schoß kuscheln und gestreichelt werden wie das Kind,
dem er tröstend vorlas. Beim Essen sagte Mama etwas,
ich weiß es nicht mehr, da bin ich aufgesprungen, „du
liebst mich nicht, hast mich nie gemocht", und weinend
in mein Zimmer gelaufen. Warum tue ich das? Warum
Widerspruch? Ich verstehe mich nicht mehr.

Dezember
Es ist schwer, mich in die neue Schule einzufinden,
nicht wegen der Anforderungen, da bin ich sogar weiter.
Bin nicht gewohnt, wie direkt man mit mir umgeht, laut
und derb. Als ich mich mit den Händen vor der Brust
verbeugte, haben alle gelacht. Am liebsten wäre ich
nachhause gelaufen. Ich werde dann still und ziehe
mich ganz zurück.

Januar 1978
Bin inzwischen vier Monate hier und glaube, dass sie
mich angenommen haben. Manchmal spotten sie über
Angewohnheiten, die sie nicht kennen, akzeptieren aber
meine Art. Deutsch, Englisch und Bio gefallen mir am
besten, alles über Blumen und Pflanzen lernen, würde
mich als Studium interessieren. Mein gutes Englisch,
das ich in Japan ständig gebrauchte, kommt mir zu
Gute, ich spreche schnell wie ein Intercity, sagt Mr.
Brown, nur beim Schreiben hakt's ein bisschen.

Februar
Sport ist furchtbar, habe als Einzige Brüste, die man
unter dem Trikot sehen kann, schlimm! Die anderen
Mädchen sind noch ziemlich flach. Die Jungs feixen blöd,
am liebsten würde ich die Stunde schwänzen. Sonst
trage ich weite Pullover. Micha gefällt mir mit seinen

lockig schwarzen Haaren und der ruhigen Art. Ob er mich auch mag, obwohl ich so mager und eckig bin mit vorstehenden spitzen Knien? Manchmal schaut er zu mir, aber direkt wieder weg, wenn er merkt, dass ich es gesehen habe. In seiner Nähe fühle ich es ... wärmer werden, weiß nicht, wie ich es anders ausdrücken soll. Einmal habe ich von ihm geträumt, was Verrücktes, kriege es nicht mehr zusammen. Rita die Banknachbarin pendelt, angeblich hat es noch nie versagt, danach soll ich ihm gefallen und wir beide ein Paar werden. Eine Mark wollte sie dafür haben, na ja, die gute Nachricht war's wert.

März
Heute gab es was Aufregendes. Die Schlingenfitz nahm mich in ihre Theatergruppe auf, ausgerechnet mich, die Schüchternste. Probesprechen! Erst ging gar nichts, dann zog sie mir ein Jackett über, setzte Hut und Brille auf, ich sei der widerspenstige Hans, und plötzlich floss der Text aus meinem Mund, laut, wütend, listig, leise, ließ mich aufstampfen, mit den Augen rollen und Galle speien, so dass niemand mich mehr erkannte. Ich war es auch nicht, ich konnte in eine andere Figur schlüpfen, musste nicht Viola sein. Zum ersten Mal habe ich mich selbst vergessen und glaube, dass ich in einer Rolle all das tun könnte, was mir sonst nie möglich wäre. Die Schlingenfitz war so gerührt, dass sie feuchte Augen bekam. „Du bist ein Naturtalent, Viola, wirst der Star unserer Truppe." Den Satz habe ich mir gemerkt. Vielleicht werde ich später wirklich Schauspielerin, die Vorstellung reizt mich, womöglich eine weltberühmte?

Jessie schmunzelte über die kindliche Fantasie, verglich das Gelesene mit den eigenen zerrissenen Gefühlen, die sie in diesem Alter hatte und las dort weiter, wo sich Violas erste Liebe anbahnte.

Oktober
Micha hat mich geküsst, es war unglaublich! Der erste, der gespielte Theaterkuss, ließ mich schon in seinen Armen zittern, aber diesmal war er echt. Ich spürte seine Lippen mit meinen verschmelzen, das Tosen des aufgeregten Bluts in den Ohren und seine streichelnden Hände, die so schüchtern waren. Ahnt er überhaupt, was sie in mir auslösen? Brennende Hitze, bebende Erregung, Schweben wie im Gleitflug und den Wunsch, nie mehr losgelassen zu werden. Alle Gedanken kreisen nur noch um ihn, ich sehe sein Gesicht, wohin ich schaue, im Fensterkreuz, auf der ersten Buchseite, die ich aufschlage, in meinem Teller, den ich, so abgelenkt wie ich bin, vergesse aufzuessen, in meinen Träumen. Seine Gesten und Gebärden begleiten mich durch den Tag, den ich jetzt viel heiterer erlebe. Ob es ihm genau so geht? Ob er ähnlich intensiv an mich denkt und es nicht abwarten kann, mich wieder an sich zu drücken? Ich will tanzen, drehe mich mit blanken Füßen so schnell im Zimmer, dass ich schwindlig werde und das Gleichgewicht verliere. Ich könnte die ganze Welt umarmen, denn ich bin v e r l i e b t.

Januar 1979
Micha fühlt genau wie ich, wir haben dieselben Gedanken und Sehnsüchte, wir lieben uns. Gestern bin ich siebzehn geworden, wir haben zum ersten Mal miteinander geschlafen, in meinem Bett, es war wunderbar, seine zärtliche Lust zu spüren, sein Mund unerfahren, seine Zunge schüchtern. Er hat ein lustiges Muttermal auf dem linken Po, wie ein Käfer; ich habe es ‚Skarabäus' genannt, Pillendreher, den die Ägypter dem Gott der aufgehenden Sonne weihen. Darüber kann er sich nicht beschweren. Ich musste kichern bei den altmodischen Unterhosen. „Warum trägst du

keine Shorts?" Er wurde verlegen: "Weiß nicht, sind so schlabbrig, ‚er' fühlt sich darin nicht geborgen." ‚Er' und geborgen, ist das nicht süß? Warum hat er sich gerade in mich verliebt? Sind wir füreinander bestimmt, ist es meine Art, still wie ein See, mein Lachen, mein Singen, sind es die Augen, von denen er so oft spricht? Mama hat es gemerkt, zeigt aber Verständnis, sie freut sich, dass ich glücklich bin.

Die nächsten Eintragungen waren den letzten Schuljahren, der anhaltenden Liebe gewidmet und nicht mehr regelmäßig. Sie spielte mit Begeisterung Theater, folgte Micha zum Studium nach Köln, wo sie eine kleine Wohnung bezogen, brach es später ab, bestritt den Lebensunterhalt mit ihrer Ausbildungsbeihilfe als Industriekaufmann und dem Verdienst aus der Kellnertätigkeit. Micha nahm es sorglos hin, statt für einen Zusatzjob, entschied er sich lieber für Sport und Schach in der Freizeit. Viola gönnte es ihm, großzügig wie sie war, hätte sie jedes Opfer gebracht. Jessie blätterte weiter, die Stelle kam, an der sie über einen Autounfall schrieb. ‚Anton', einen gebrauchten VW, hatte sie sich zugelegt, mit dem sie die Umgebung erkundeten und Micha unbedingt fahren wollte, ohne Führerschein. Resultat der Spritztour: Auto verendet am Alleenbaum und Viola mit angebrochenem Lendenwirbel im Krankenhaus, fest liegen, ohne aufzustehen.

März 1984
Für Micha, meinen Skarabäus, war es ein harmloser Streich, der nichts bedeutet, dabei kostete mich der Unfall meine Gesundheit, ich habe Schmerzen, gegen die nichts hilft. Er blendet es aus, ohne Schuldgefühl. ‚Der Baum hätte da nicht stehen dürfen', meinte er schulterzuckend. So lieb er ist, hier bringt er kein Verständnis auf. Die Polizei schnüffelte später herum, stellte Fragen, untersuchte Antons Wrack, wer weiß warum? Ich sei gefahren, sagte ich, wegen des

Führerscheins, damit er keinen Ärger bekommt. Ich will nicht klagen, Micha ist mein Lebensglück, ich arbeite wieder und bediene abends, so gut es mit den Schmerzen geht. Kann zur Zeit nicht auf die Bühne – fehlt mir wahnsinnig. In andere Personen zu schlüpfen, andere Leben, so wie als Kind in meiner Fantasie, hinter dem Schutzschild der Maske meine Gefühle ausbrechen zu lassen, das möchte ich gerne.

Dezember
Ich habe dich schon lange gekannt Micha, bevor ich dich zum ersten Mal erblickte und war in deinem Leben, als hättest du den Platz immer für mich reserviert; jetzt kann ich nicht mehr sein ohne dich. Heute hast du von Heirat gesprochen, ich bin überglücklich, vielleicht im Sommer nächsten Jahres? Ich werde Frau Rhein, habe heimlich schon geübt, den Namen zu schreiben. Bin ich verrückt? Ja, und wie, alle Verliebten sind es.

April 1985
Die Welt, die ich liebte, gibt es nicht mehr; die Sonne ist erloschen, wie der Zauber unserer Liebe, ich bin ausgestoßen, verzweifelt, erstarre vor Kälte. Das Leben hat seinen Sinn verloren. So sehr hatte ich mich auf das Jubiläumsfest gefreut, Micha war über das Wochenende bei seinen Eltern, ich würde ihm erst am nächsten Tag berichten können. Die Stimmung war ausgelassen, unerwartet traf ich Fabian, unseren Schulfreund, den ich Jahre nicht gesehen hatte. Mit einer Kabarett-Truppe trat er auf, gab noch immer den großen Schauspieler. Wir erinnerten uns der Schulstreiche, Theaterepisoden, unbefangen ließ ich mich zu einem Abschiedsglas in der Bar seines Hotels einladen. Sie war geschlossen, die Minibar musste

herhalten. Auf dem Bett prosteten wir uns zu, alberten miteinander, als er plötzlich über mich herfiel, mich küssen und ausziehen wollte. Nie hätte ich damit gerechnet, wehrte mich, schrie, das Kleid riss, deutlich habe ich das grelle Geräusch in den Ohren, fühlte mich bleischwer werden. Als er sich auf mich warf, hörte ich das verräterische Knacken im Rücken, spürte den glühendheißen Stich, die Lähmung meines Körpers und verlor das Bewusstsein. Fabian vergewaltigte mich rücksichtslos. Als ich wieder zu mir kam und die Blockade nachließ, stieß er mich aus dem Zimmer wie eine Hure, der er überdrüssig wurde. In mir war nur Scham und Schmerz, die Beine, wie mit Eisenringen umspannt, versagten den Dienst. Sima, meine liebste Kollegin, sah mich über die Straße wanken, nahm mich mit zu ihr.

Am nächsten Tag wollte ich nur in Michas Arme, alles erzählen. Ich kann nicht begreifen, dass er die Tür zuschlug, mich aus der Wohnung, die ich unterhalten habe, warf, wie eine aussätzige Bettlerin. Alle Versuche, mit ihm zu sprechen, meine Unschuld zu beweisen, zu versichern, dass ich nur ihn liebe, waren nutzlos. Erneut wurde ich operiert, wieder waren Wirbel angebrochen, drohte Lähmung. Im Krankenhaus rief ich ihn an in meiner Not, aber er legte sofort auf. Briefe kamen ungeöffnet zurück. Würden Sima und Willi mich nicht unterstützen, wäre ich völlig ohne Hilfe.

Mai

Ich habe mit dem Gedanken gespielt, mir das Leben zu nehmen. Hat nicht jeder Schwerverbrecher das Recht, angehört zu werden? Nur mir, die ihn über alles liebt, gesteht er es nicht zu. Ich existiere nicht mehr für ihn, er hat unser großes Glück entwertet, mich getötet, also vollziehe ich es nur nach.

Juni
Die Entscheidung ist mir abgenommen, gestern habe ich erfahren, schwanger zu sein, ich trage das Kind eines Vergewaltigers in mir, der mich höhnisch auslachte: ‚Wer weiß, wen du alles vögelst, so wie du still gehalten hast; hab damit nichts zu schaffen, dein Problem, mach es weg und belästige mich nie wieder!' Was soll ich nur tun? Ich weiß, dass ich ihn nicht anzeigen kann, die schmachvolle Tortur halte ich nicht durch. Er würde ohnehin nie für sein Kind aufkommen. Wie sehr habe ich mich täuschen lassen, er ist nicht mehr wert als ein zusammengeknülltes, weggeworfenes Blatt Papier.

Oktober
Inzwischen bin ich im siebten Monat und froh, mich für meine Jessie entschieden zu haben, ich spüre ihr energievolles Leben und denke, dass sie kein scheues, stilles Kind werden wird, wie ich es war. Willi kümmert sich rührend um mich, ist rücksichtsvoll, ein lieber, wertvoller Kollege. Ich glaube, dass er mir schon lange etwas sagen möchte, sich aber nicht traut, was mich an Michas sehnsüchtige Blicke erinnert, denen damals keine Taten folgten. Ich habe ihn gern, kann aber nicht mehr lieben, vermisse Micha jeden Tag. Die Leere, die er in meinem Herzen hinterlassen hat, ist durch nichts zu füllen.

Sie las weiter, Viola heiratete Willi Weiß, die kleine Jessie kam mit seinem Namen zur Welt. Ihr zuliebe hatte sie der Ehe zugestimmt, sie sollte nicht ohne Vater, sondern in einer geordneten Familie aufwachsen. Dafür stellte sie ihre eigenen Gefühle zurück, konnte das gutgehen?

April 1986
Ich möchte das Kind lieben, das ich mit Schmerzen geboren und auf das ich mich gefreut habe. Aber ich kann es nicht, statt jubelnd oder euphorisch zu sein, schreit meine Seele, als wäre mir größtes Unglück widerfahren. Statt medizinischer Hilfe bekomme ich Ratschläge wie, das geht vorüber oder stellen Sie sich nicht so an. Traurigkeit hüllt mich ein wie kalter, zäher Nebel, den weder Licht noch Wärme durchdringen können. Ich bin erschöpft, alles lastet auf mir. Liegt es an meiner zusammengebrochenen Welt, die Willi mit dem blinden Optimismus des Liebenden verzweifelt reparieren möchte, oder daran, dass Jessie die Frucht eines heimtückischen Verbrechens ist, das Mutterliebe verbietet? Ich will um sie kämpfen, eine gute Mutter und Ehefrau sein, auch wenn ich Willi nicht lieben kann. Er hat mir großzügig die Hand gereicht, als ich verwundet und von allen verlassen auf der Erde lag, auf die ich ohne Schuld gestoßen wurde. Er ist so froh und lebenstrunken im Gegensatz zu mir.

März 1988
Mir geht es besser, fast hätte ich nicht mehr daran geglaubt, und schon scheint sich mein Körper wieder an die Schmerzen zu erinnern, die nicht verschwunden, aber vom Nebel der Schwermut gefiltert waren. Das Schauspiel fehlt mir sehr, es würde mich befreien, andere Frauen zu spielen, hinter dem Schutz der Rolle meine Qual herauszuschreien, aber ich werde keine Gelegenheit mehr dazu haben, es würde mich zu sehr an die glückliche Zeit mit ihm erinnern. Ich liebe mein Kind, drücke es innig, streichle über die zarte Haut, erfreue mich an seinen Fortschritten, aber es sieht mich an, als wollte es sagen: ‚Bemüh dich nicht, ich komme ohne zurecht', als könnte es

das noch unsichere Tapsen meines gerade erwachten Gefühls spüren und gebe sich deshalb so robust und widerspenstig.

Ich mache mir Sorgen um sie, mit der Hüfte stimmt etwas nicht, war bei Ärzten, hoffentlich nichts Bleibendes. Willi ist ein liebevoller Vater, wie es der leibliche nie hätte sein können, es scheint, als fühle sie sich mehr zu ihm, als zu mir hingezogen. Er ist rücksichtsvoll, hofft, dass ich ihn mit der Zeit lieben könnte, so ausschließlich, wie er mich, aber ich empfinde nur Taubheit, als habe Micha mich mit der zugeschlagenen Tür von allem Fühlen und Sehnen, das in mir war, ausgesperrt. Ich mag seine Nähe, erfülle meine Pflichten, aber er spürt, dass mein Himmel bedeckt bleibt und ich bei aller Zärtlichkeit, die ich aufbringe, innerlich gestorben bin, nur durch den Willen funktioniere, wie ein Läufer, der die letzten Meter in Trance zurücklegt.

Auf weiteren Seiten beschrieb sie wie Willi ums Leben kam. Jessie war fünf, fast sechs, Großmutter hatte sich das Bein gebrochen, Vater zog für drei Wochen zu ihr, um Großvater bei der Pflege und Obsternte zu unterstützen. Sie unterhielten einen stattlichen Garten mit Kirschen, Äpfeln, Birnen, Mirabellen. ‚Ich spreche mit dem Geist der Mirabelle', sagte er scherzend, wenn er sich ein Glas des Selbstgebrannten genehmigen wollte; ob er jemals Siegfried Lenz gelesen hatte oder in Bollerup war? Vater pflückte, weit bis zum Ende eines Astes gereckt, als das morsche Holz plötzlich brach und er von der Leiter zu Tode stürzte. Ein neuer Schicksalsschlag, der zu verkraften war, neben hartnäckiger werdenden Schmerzen. Einen letzten Kontaktversuch unternahm Viola jetzt. Sie hatte herausgefunden, an welcher Schule Micha unterrichtete, wartete mit Jessie an der Hand auf dem langen Gang vor dem Lehrerzimmer, fragte mit klopfendem Herzen nach ihm, nannte den Mädchennamen. „Ich schaue nach, ob er da ist", sagte die Sekretärin freundlich, kurz darauf kam sie verlegen zurück, er sei leider schon gegangen. Viola konnte ihn durch die geöffnete Tür sehen, er hatte sich verleugnen lassen. Danach versuchte sie es nie wieder.

Ihr Reihenhaus, das Willi gebaut hatte und in dessen Garten sie sich wie in einem kleinen Paradies fühlten, gab sie auf, zog in eine Wohnung nach Leverkusen, die Onkel Alois günstig anbot. Ängste begleiteten sie, ihr Vertrauen auf Glück war verloren, die triste Bleibe vermochte ihre Stimmung nicht aufzuhellen. „Die Sippe muss zusammenhalten gegen die Hyänen draußen", meinte Alois, ein mürrisches, mageres Männchen, säbelbeinig, mit streng gescheiteltem Weißhaar, der über alles meckerte, seine Frau in regelmäßigen Abständen züchtigte und das ohne jeden Anlass. Er habe es jahrelang getan, sie brauche es, war seine lakonische Begründung, der Ehe habe es nur gut getan. Drei Monate nach ihrem Einzug erlitt er einen Herzinfarkt beim Reinigen des Vogelkäfigs und zerquetschte im Todeskrampf Fridolin, den Wellensittich, der sich unglücklicherweise gerade in seiner Hand befand, den Einzigen, zu dem er je freundlich war. Seine Frau war untröstlich, trauerte fürchterlich, ebenso wie Jessie, denn sie liebte Fridolin über alles.

Als Jessie das Tagebuch zum ersten Mal gelesen hatte, legte sie es an dieser Stelle zur Seite, zu viel war auf sie eingestürmt, was verkraftet werden musste. Das windschiefe Gebäude ihres ‚ichs', in dem Kindheit und Geborgenheit wohnten, war zusammengefallen. Dass ihr liebevoller Vater nicht der wirkliche, der Name nur geliehen, ihre Existenz einer rücksichtslosen Straftat zu verdanken und der Erzeuger ein charakterloser Phantast war, der sie wie Unrat behandelt hatte, schmerzte brennend. In welch innerer Not musste sich Mutter befunden, wie sehr darum gekämpft haben, Liebe für sie empfinden zu können, wie sehr von dem Mann, den sie über alles liebte, enttäuscht gewesen sein. Die ganzen Jahre hatte sie es von einer falschen Warte aus betrachtet. Nie hatte Viola darüber gesprochen, verschwiegen, dass Willi nicht ihr Vater war. Sie wollte ihn lieben, gab, was sie zu geben imstande war, um ihr eine Familie zu bieten, und sie dachte, Violas Lieblosigkeit hätte ihn aus dem Haus getrieben, von ihr getrennt, als er zu den Großeltern ging, von wo er nie mehr zurückkehrte. Sie hatte es ihr zum Vorwurf gemacht, in vielem Unrecht getan und das immer stärkere Verlangen gespürt, Wiedergutmachung zu leisten. Erst das Tagebuch ließ sie erfahren, welch lebenstrinkende, selbstlos liebende Frau Viola einmal war, bevor sie von zwei Männern, Fabian und Micha, zerbrochen wurde. Jessies Hass auf diese hatte sich zu einem schwelenden Feuer entwickelt, mit glühender Gier, zu brennen, zu vergelten.

Auch diesmal beschloss sie, die Lektüre hier zu beenden, wieder konnte das Gelesene sie aufwühlen und verwundert fragen lassen, wieso sie ebenso wie Viola den Vergleich des zusammengeknüllten Blatt Papiers für Oliver gebraucht hatte. Von ihr konnte sie ihn nicht gehört haben, Gedankenübertragung?

Erfreut las sie ‚seine' Nachricht und schrieb gleich zurück.

Geliebter Delfin!
Du hast geschrieben, meine Zeilen vorzufinden, sei, wie mit offenen Armen empfangen oder nach einer Reise am Bahnhof abgeholt zu werden. Habe das gerade bei deinen Worten empfunden, wohltuende, beglückende Heimeligkeit. Ich bin ein wenig traurig, habe im Tagebuch meiner Mutter geblättert und frühere Ansichten revidieren müssen. Sie hat Schlimmes erlebt, ich möchte die Zeit gerne zurückdrehen, mehr für sie tun. Zu spät, leider. Jetzt träume ich mich hinein in deine Arme, spüre deine Liebe und weiß, dass du zu mir halten würdest, wenn ich in Not wäre. Ich decke dich mit Küssen zu, schlaf gut.
D.w.M.

Schöne, traurige Magnolie!
Mach dir keine Vorwürfe, nicht das, was wir getan oder versäumt haben, zählt alleine. Entscheidend ist, dass ihr euch wichtig wart, keiner den anderen aufgegeben hat. Es bedarf nicht immer der

Worte oder Taten, um das zu wissen und Verbundenheit zu spüren. Das verbindende Seil war immer gespannt, zur Hilfe bereit. Auch das Bewusstsein, dem anderen etwas zu bedeuten und seiner sicher zu sein, ist Glück. Denk einmal darüber nach!
Ich bin mit dem Herzen bei dir, lasse dich nie im Stich. Tausend Küsse,
dein r.D.

Danke lieber Delfin,
dein Verständnis hat mir geholfen, Mutter und ich gaben uns nie auf, haben immer um uns gekämpft, da hast du recht. Ich frage mich, wie lange ich es noch ertragen kann, auf dich zu verzichten. Vielleicht ist unerfüllte Liebe die stärkste und reizvollste? Ich habe Sehnsucht nach dir, einerseits quält sie mich, lässt mich andererseits aber auch so lebendig fühlen. Es war wunderbar, mit dir zu ‚sprechen', jetzt lasse ich meine Seele zu den vertrauten Tönen unserer Gedankenmusik tanzen.
Eine Frage: Wie liebst du eigentlich? Küsst du gerne? Ich finde Küssen himmlisch.
Deine w.M.

„Direktor Baltus fällt längere Zeit aus, Herr Zänker wird mit der kommissarischen Leitung betraut", ließ sich der spitznasige Vertreter der Schulverwaltung vernehmen, die Mitteilung war so verblüffend, dass selbst Zänker vor Überraschung erstarrte. Linde verschluckte sich und versteckte ihr Erstaunen hinter einem hastig hervorgezauberten Taschentuch, in das sie, wenig damenhaft, laut schnäuzte. Erneut bereute Micha, die Migräne vorgeschoben zu haben, um Hardy eine Lektion zu erteilen. Nach Schulschluss fuhr er zu ihm. Caroline begrüßte ihn herzlich: „Schön dich zu sehen, Hardy hat sich eingeschlossen und gießt seinen Frust wie eine Sonnenblume, damit er ständig wächst." Sie rief hinauf, sein Freund sei gekommen, erhielt aber keine Antwort. Micha erzählte von der desaströsen Wahl Zänkers zum Abwesenheitsvertreter. „Hätte es nicht die blöde Anzeige gegen dich gegeben, wärst du es natürlich geworden, aber so muss erst wieder Gras über die Geschichte wachsen. Herrgott, in welcher Welt leben wir? Hardy wird mir immer rätselhafter, verschwindet stundenlang, ohne ein Wort zu sagen, ich weiß nicht, wo er ist; seit dem Eklat bei der Podiumsdiskussion hat er sich ganz zurückgezogen, schließt sich ein, raucht plötzlich wieder, ich hoffe, dass er bald in den alten Trott zurückfindet. Glaubst du, dass er versetzt wird?"

Micha zuckte mit den Schultern: „Schon möglich, durch die Anwesenheit der Ministerialen und den gallebitteren Artikel ist man aufgescheucht worden da oben. Ich hätte jedenfalls nie gedacht, dass es so schlimm kommen würde. Er kannte doch die Materie, wenn auch nicht in allen Details."

„Ich glaube, dein Fehlen hat ihm einen solchen Schock versetzt, dass er sogar seinen Namen vergessen hätte, wäre er danach gefragt worden." Micha lächelte schwach, ihm war nicht wohl zumute.

„Wie geht's Elise?" „Respektlos ist sie gegenüber Hardy, okay, man hänselt sie wegen der Sache, aber das ist kein Grund, ich weiß nicht, was ich machen soll." „Zeig ihr mehr Verständnis, sie wälzt etwas mit sich herum, was nicht einfach zu sein scheint, hab Geduld!"

Er gab ihr die Flasche Wein, die er für den ‚eingebildeten Kranken' mitgebracht hatte und verabschiedete sich. „Grüß den Frustrierten, er soll bald wieder kommen, allein schon wegen Zänker, ich mag gar nicht daran denken, was der anrichten wird mit seiner Gefühlsstruktur eines Fleischerhundes." Seine Miene zeigte ärgste Besorgnis. Sie unterdrückte ein Lachen, brachte ihn zur Tür.

„Ich glaube, deine Essensabsage richtig verstanden zu haben Micha, die Einladung neulich fand statt, ich hatte keineswegs Migräne."

„Danke Caro, dass du es mir gesagt hast." „Wusstest du es?" Er nickte stumm.

Abrechnung

Damals, als Jessie die Aufzeichnungen ihrer Mutter las, fand sie keinen Schlaf, das Unrecht, das Viola widerfahren war und unter dessen Auswirkungen sie selbst leiden musste, lastete schwer auf ihr. Wochenlang schmiedete sie Rachepläne, hatte die Adresse von Micha Rhein herausgefunden, der noch in der selben Wohnung lebte, deren Betreten Viola so gnadenlos verwehrt wurde. Josy könnte ihr helfen, für Bares war er zu vielem bereit. Diesem Rhein sollte am eigenen Leibe widerfahren, was er Viola erleiden ließ. Josy sollte den Wagen manipulieren, der Verlust des Autos und ein paar deftige Schrammen war das Ziel. Aber sie hatte Josys Intellekt über- und die Bequemlichkeit unterschätzt; statt sich unter dem Wagen zu schaffen zu machen, legte er sich auf die Lauer, fuhr fasziniert dem Aston-Martin nach, in den Rhein mit einem Bekannten stieg, bis er sich wieder seines Auftrags erinnerte. Hinter einer Steilkurve wartend, blendete er den Wagen rücksichtslos, als er ihn zurückkommen sah. Der bequemste aller Pläne gelang, Auto Schrott, Insassen verletzt. Natürlich war nicht vorgesehen, ein anderes Auto, als das von Rhein, zu beschädigen und schon gar nicht seinen Begleiter, aber für Josy spielte der ‚Kollateralschaden' keine Rolle; er hatte das Zielobjekt anvisiert und wie gewünscht getroffen.

Die Suche nach Fabian Quadflick gestaltete sich schwieriger, als sie dachte. Sein Name stand in keinem Telefonbuch oder Melderegister. Als sie nach vorsichtigen Recherchen schließlich herausgefunden hatte, wo er arbeitete, lauerte sie ihm an seinem Theater auf.

Sie hatte keine Ahnung, wie er aussah, außer Violas Beschreibung des Jugendlichen, und doch erkannte sie ihn sofort, als er mit Kollegen den Bühnenausgang verließ. Sein Weg führte nicht nach Hause, wie sie es erwartet hatte, sondern in eine düstere Kneipe, der das Prädikat ‚Spelunke' zur Ehre gereicht hätte. Dem verrotteten Namenschild auf abgeblättertem Putz waren ein paar Buchstaben abhanden gekommen, ‚The Klau' stand noch da, spärlich beleuchtet, was wenig einladend wirkte und sie nach dem wahren Namen rätseln ließ.

Da sie fror und den Wagen nicht in Sichtweite abgestellt hatte, blieb ihr nichts anderes übrig, als das zweifelhafte Lokal zu betreten, wollte sie ihn nicht aus den Augen verlieren. Es roch nach ranzigem Fett und war mit Arbeitern gefüllt, die auf dem Weg in den Heimathafen noch für ein Bier den Anker geworfen hatten. Von einem Ecktisch konnte sie die schmuddelige Theke beobachten. Bald kam der Wirt mit verschlagenem Feixen, wischte übereifrig über die Tischplatte, nicht ohne ungenierte Blicke in ihren Ausschnitt zu werfen. Das lange verblichene Weiß des Lappens, Heimat von Milliarden obdachloser Bakterien, war keineswegs zur Säuberung, bestenfalls zur Schmutzverteilung in der Lage; am liebsten hätte sie ihre Hände zentimeterweit über dem Holz schweben lassen. „Ein Bier, bitte in der Flasche." „Sehr wohl Madame", echote er mit hölzerner Verbeugung, sie war sicher, dass er die Redewendung in den letzten zwanzig Jahren nicht mehr verwendet hatte. Plötzlich kam ihr der Geistesblitz, *‚Theater-Klause'*, wie bei einem Kreuzworträtsel entschlüsselten sich die fehlenden Silben. Einige der Männer blickten unverhohlen zu ihr hinüber, taxierten die Chancen, in Kontakt zu treten, sie hielt den Blicken stand, obwohl ihr nicht wohl dabei war. Als das Bier kam, wischte sie den Hals der Flasche sauber, ignorierte das mitgelieferte Glas, das sich trüber Optik erfreute und setzte sie an den Mund. Es hinterließ Verwunderung, passte es so gar nicht zu der damenhaften Erscheinung des Gastes. Langsam wandten sie sich wieder ihren Gläsern und Gesprächen zu.

Das also war ihr Vater, der aufschneiderische, selbstverliebte Versager in der Mitte, der die guten Zeiten seines Aussehens genutzt hatte,

Frauen zu blenden und von sich zu stoßen, wenn ihre Bewunderung nachließ. Dieser verkommene Mann, der viel älter wirkte, als er sein konnte, unrasiert, mit fliehendem Kinn, schmieriggrauen Haaren, denen hanfgelber Schimmer anhaftete. Sein Mund war verächtlich herabgezogen, wenn er sprach und sich zum Wortführer des illustren Publikums aufspielte, das seine Zoten gelangweilt über sich ergehen ließ. Sicher war es schon hunderte Male in ihren zweifelhaften Genuss gekommen. Er rühmte die weltbekannte Kabarettnummer ‚Bunte Kuh auf Stöckelschuh', die das ‚Kom(m)ödchen' oder die ‚Berliner Stachelschweine' locker in den Schatten gestellt habe.

Was hatte sie erwartet? Dass ihr Herz plötzlich wild schlagen, Tochter-Vatergefühle empfinden würde? Nein, eher Angst, sein Anblick könnte den Hass auf ihn mildern und sie an der Ausübung ihres Vorhabens hindern. Aber das war nicht der Fall; im Gegenteil, er musste büßen, was er Viola und ihr rücksichtslos angetan hatte und das für den Rest seines erbärmlichen Lebens. Jetzt hatte er sie entdeckt oder war auf die unpassende Besucherin aufmerksam gemacht worden, bahnte sich einen Weg durch den Pulk, wankte unsicher zum Tisch, baute sich vor ihr auf mit der geblähten Brust eines mageren Truthahns. Die Kleidung hatte Löcher, war notdürftig geflickt und stank beißend nach Schweiß. Wut überkam sie, am liebsten hätte sie ihn angeschrien, angespuckt, die lächerliche Karikatur mit Fäusten traktiert. In einer Schnelligkeit, die sie ihm nicht zugetraut hätte, fasste er unter ihr Kinn, hob es an und beugte sich zu ihr. „Hübsches Täubchen, wie wär's mit 'nem richtigen Mann?" Den von Fuselgeruch umwobenen Worten folgte eine obszöne Geste. Sie hatte das Geld für die Zeche bereits auf dem Tisch liegen, sprang so schnell auf, dass der angetrunkene Mime erschrocken rückwärts taumelte und unter lautem Gegröle aufgefangen werden musste, um nicht auf dem öligen Boden zu landen.

Augenblicklich verließ sie das Lokal, dessen Schmutz ihr weniger Übelkeit bereitete als Quadflicks Anblick. Sie zitterte am ganzen Körper, unkontrolliert kam es über sie, so stark dass ihre Zähne aufeinander schlugen. Sie hielt sich versteckt, bis sie ihn nach einer

Weile herauskommen und laut deklamierend auf seine Wohnung zusteuern sah. Wäre es nach seinem Wunsch gegangen, würde sie gar nicht existieren, wäre als lästiges Relikt seiner ungezügelten Gier einfach ausgekratzt worden. Am liebsten hätte sie es ihm entgegengeschleudert, ihm gesagt, seine Tochter zu sein, von der er nie etwas wissen wollte, Violas Leben rücksichtslos zerstört zu haben und sich an ihm zu rächen. Sie folgte der schwankenden Gestalt in gebührendem Abstand, trat, erst als sie im Eingang verschwunden war, näher; auf der Klingeltafel stand sein Name. Das Haus war alt und unverputzt, zwischen den Ziegeln wucherte Unkraut, die Scheiben in brüchigen Fensterrahmen blickten blind, einige waren zerbrochen, mit Pappe ausgebessert und wirkten wie erloschene Augen. Es roch erbärmlich nach Urin, altem Schutt und Moder.

Sie stolperte zurück zum Wagen, fiel erschöpft in die Polster, ließ die Heizung laufen, da sie noch immer fror und zitterte, aber es war nicht mehr die kühle Temperatur, sondern eine Kälte in ihrem Inneren, die sie umklammert hielt. Zuhause handelte sie rasch, als Chemikerin fiel es ihr nicht schwer, den Anschlag vorzubereiten, arbeitete mit Handschuhen, um keine Spuren zu hinterlassen. Nur wenige Tage nach der denkwürdigen Begegnung detonierte die Briefbombe in seinem Schoß und bestrafte ihn stellvertretend für viele, die er ins Unglück gestürzt hatte. Mit Genugtuung las sie die kleine Pressenotiz und schmunzelte über die Spekulationen mafiöser oder geheimdienstlicher Racheakte.

Zu dieser Zeit nutzte sie einige Urlaubstage, um auch Micha Rhein aufzusuchen, den Mann, den ihre Mutter so bedingungslos liebte, dass mit dem Ende seiner Zuneigung, ihr Leben erlosch. Sie war überrascht, für sein Alter wirkte er jugendlich, was selbst aus der Distanz zu erkennen war, die Vorstellung fiel nicht schwer, dass Viola sich in ihn hatte verlieben können. Er war schlank, relativ groß, mit schwarzem lockigem Haar, trug weder Bart noch Brille. Als sie ihn aus dem Haus kommen sah, war sie ihm bis zur Schule nachgegangen, in deutlicher Entfernung, damit es nicht auffiel, und er nicht bemerken konnte, verfolgt zu werden. Noch gab es keinen Plan, nur Gedankenspiele. Am nächsten Tag wartete sie nahe der Schule auf ihn, er schlug nicht den Weg nachhause ein, sondern zu einer Bank unter alten Bäumen eines Spielplatzes. „Ob er auf seine Kinder wartet?", fragte sie sich. Er entnahm seiner Tasche ein Buch, von dem sie gerne den Titel gewusst hätte und begann darin zu lesen. Währenddessen vertrat sie sich in der Nähe die Beine, einige Kinder spielten, zwei Frauen waren übers Stricken eingenickt, eins kletterte auf die Schaukel, stieß sich mit schnellen Schritten vom Boden ab. Micha las unverändert weiter. Sie nahm die kleine Kamera, tat so, als wolle sie die Kinder aufnehmen und schoss unbemerkt Fotos. Dabei fiel ihr das faszinierende Spiel von Licht und transparentem Blattwerk auf, was sie bedauern ließ, ihre Spiegelreflex-Kamera mit unterschiedlichen Objektiven nicht mitgenommen zu haben. Die Motive nahmen ihre Aufmerksamkeit so in Anspruch, dass sie fast den Anlass ihres Hierseins vergessen hätte, ihn in irgendeiner Weise zu bestrafen.

Der Zufall spielte ihr in die Hände, das Mädchen war vom schwingenden Schaukelbrett gerutscht und mit gellendem Schrei auf den steinigen Boden gestürzt. Er sprang gleich auf, nahm es auf den Arm, besah sich die Wunde, blies kühlenden Atem darüber und tröstete die Kleine, bis die Tränen versiegten. Wie von selbst betätigte sich der Auslöser. Trotz allem konnte sie nicht umhin, gewisse Sympathie für ihn zu empfinden, der sich sofort um das Kind gekümmert hatte.

Sie wollte den Platz gerade verlassen, als das Gezeter eines Jungen ertönte, der sich lautstark und mit allen Kräften sträubte, in die Büsche gezerrt zu werden. Er hatte seinen Ball hineingeschossen und Angst, das Gestrüpp zu betreten, in dem er wilde Tiere vermutete. Rhein wollte offenbar gemeinsam mit dem Jungen hinein, um ihm die Furcht zu nehmen. Wieder ein Foto im Kasten. Auch am nächsten Tag hatte sie Erfolg, als er einen anderen Weg einschlug, und sie ihn bis in den Nordpark verfolgte. Obwohl kalter Wind wehte und kräftig an den Bäumen zerrte, saß er auf einer Bank, las und betrachtete zwischendurch die ästhetischen Wasserspiele, die wunderschöne Regenbogen zauberten. Jessie näherte sich vorsichtig; um sich zu setzen, war es zu kühl, deshalb drehte sie kleine Runden. Sie war vielleicht dreißig Meter entfernt, als ein kleines Mädchen – unbemerkt von der Hand ihrer eifrig schwatzenden Mutter gelöst – kopfüber in das Fontänenbassin fiel. Er reagierte am schnellsten, sprang auf, fischte es aus dem Wasser, bevor es untergehen konnte, zog die nasse Oberbekleidung aus und hüllte es in seine warme Jacke. Fürsorglicher Mann, dachte sie, den Sucher am Auge, unbegreiflich, dass er sich Mutter gegenüber so unbarmherzig verhalten hatte.

Zuhause entwickelte sie die kompromittierenden Fotos und wählte die aus, auf denen sein Gesicht einigermaßen zu erkennen war. Wilde, böse Schadenfreude hatte sie überkommen, heimzahlen würde sie ihm, was er Viola angetan hatte, auf Heller und Pfennig. Harter Glanz war in ihren Augen, als sie die anonyme Anzeige verfasste, nicht ohne auf das im Tagebuch erwähnte Muttermal hinzuweisen, von dem man normalerweise nur wissen konnte, wenn man das Körperteil gesehen hatte. Auch diesmal vermied sie, Spuren zu hinterlassen. Die Information würde wie eine Granate in das spießige, unbescholtene Leben des selbstgerechten Rhein einschlagen, von Schülern und Eltern geachtet und als mustergültig empfunden. Er würde die Verzweiflung auskosten müssen, mit einem ungeheuerlichen Vorwurf konfrontiert zu sein, bis die Dinge irgendwann geklärt wären. Das gönnte sie ihm von Herzen, ruhelose Tage der Ungewissheit, die Pein, sich verteidigen zu müssen, Zweifel in den Augen anderer zu sehen, die nicht zuhören oder glauben wollen, zu erleben, wie sie sich abwenden, wie sich Ächtung und Verlassenheit ausbreiten, Flächenbränden gleich. „Schach dem König!", rief sie, dem ‚Matt' würde er sich selbst entziehen müssen.

Sie schloss das Tagebuch, nein, dachte sie, ich bereue nicht, was ich damals getan habe, es ist wieder Ruhe in mir, seitdem ich weiß, dass er, unschuldig wie Viola, gleiche Gefühle erleiden musste. Ich konnte etwas für sie tun, für Gerechtigkeit sorgen, fühle mich freier, seit ich ohne diesen Schatten lebe. Sie legte das Buch zur Seite. Eine neue Nachricht vom unbekannten Freund war eingetroffen.

Geliebte Magnolienblüte!
Heute Morgen bin ich mit einem Lächeln erwacht. Seit wir uns kennen, fühle ich Geborgenheit, die ich nicht mehr missen möchte und frage mich, wie ich so lange ohne sie leben konnte. Was hat sie mit mir angestellt, diese geheimnisvolle Frau, die mir so nah ist, dass ich sie besser zu kennen glaube, als alle anderen? Hat ein virtueller Zaubertrank die glückliche Unruhe in meinem Herzen bewirkt? Wie ich liebe, fragst du? Vielleicht findest du es langweilig: Zärtlich. Ich küsse leidenschaftlich gern, denn mit dem Kuss beginnt ein Gespräch ohne Worte, das ich am liebsten mit dir führe. Wie siehst du eigentlich heute deine Trennung von Josy? Richtig? Was für ein Mensch war er überhaupt? Ich denke unentwegt an dich, jedes Wort von dir ist eine Umarmung. D.r.D.

Geliebter unentwegter Denker!
Vielleicht war es Donizettis Liebestrank, der unser Herz in Sensationen versetzte, lass uns die Musik gemeinsam hören und viele ‚Gespräche ohne Worte' führen.
Meine Heirat war Protest, die Trennung überfällig. Josy, ein chaotisch verträumter Klarinettist, stolpert in alle Situationen hinein, statt sie zu planen. Damals in Paris, wir hatten keinen Sou, streifte er nachts durch die Rue de la Paix, als ein Landrover in das Schaufenster von Mellerio raste und Diebe sekundenschnell Schmuck stahlen. Er vermutete allen Ernstes einen Unfall, eilte zur Hilfe, um mit einem wuchtigen Schlag auf den Schädel begrüßt zu werden. Das Tollste, im ‚Le Chat qui danse', wo er spielte, hatte er Bouletten unter dem Hut hinausschmuggelt. Für den größten Hunger bestimmt, dämpften sie nun den Schlag und retteten wohl sein Leben. Bevor die Flics kamen, kroch er in einen Hausflur, verbrachte die Nacht im Schwindel. Als er morgens erwachte, stach ihn die Nadel einer Brosche, die den Dieben heruntergefallen war, ein diamantenstrotzendes Stück. Da es sich auf Anhieb nicht verhökern ließ, brachte er es zu Mellerio und erhielt ansehnlichen Finderlohn, von dem wir eine Weile hätten leben können, wenn er das Meiste nicht am selben Abend mit Kumpanen verjubelt

hätte. ‚La broche' war die teure Auftragsarbeit für ein europäisches Herrscherhaus. Bei Josy war eben alles nur Zufall.
Es liegt so weit zurück, dass ich mich uralt fühle. Wünsche reizvolle Träume, deine dich in Gedanken zärtlich küssende w.M.

Liebstes Mellerio-Juwel!
Eine unglaubliche Geschichte, wow! Josy scheint im Gegensatz zu dir reichlich weltfremd zu sein, es wäre auf Dauer sicher nicht gut gegangen mit euch.
Ich finde es toll, dass wir Schach miteinander spielen, dein letzter Zug hat mich ziemlich in Bedrängnis gebracht, aber jetzt ziehe ich das Pferd auf ... ein netter Gabelangriff, bin gespannt, wie du reagierst.
Die Angst vor der Wirklichkeit weicht. Mein Vorschlag: Ich halte bald einen Vortrag, weiß aber nicht, wie nah du wohnst. Vielleicht eine Gelegenheit, uns unverbindlich zu treffen? Zu verfehlen bin ich nicht, der Einzige, der spricht. Ich werde aufgeregt warten, ob du dich zu erkennen gibst und wir den Abend gemeinsam verbringen können.
In freudiger Unruhe D.d.l.r.D.
(nähere Einzelheiten im Anhang)

Ihr Herz klopfte rasend, als sie die Zeilen las, wie immer, wenn sie aufgeregt war. Weit entfernt lag Düsseldorf nicht, sie hätte tatsächlich die Chance, ihn zu sehen, könnte selbst entscheiden, sich zu outen oder nicht. Wer war er? Wie würde er sein? Ihre Erinnerung an die flüchtige Begegnung im Zug war zu schemenhaft. Mit Jugendlichen schien er zu arbeiten. Sozialpädagoge? Lehrer? Doch wohl nicht von der Kripo? Bei der Vorstellung lief ihr sofort ein Gruseln über die Haut, aber dann, fiel ihr ein, hätte er nichts mit Chemie zu tun. Aussehen? War es nicht egal? Hatte sie sich nicht in seine Art, seine Worte verliebt? Sie würde über den Vorschlag nachdenken, vielleicht war es wirklich an der Zeit, alles Realität werden zu lassen, den Boden wieder zu berühren. Sie überlegte sich den nächsten Schachzug und schrieb zurück:

Über alles geliebter, unruhiger D!
Zunächst die Antwort auf deinen Zug. Hast nicht erwartet, dass ich meinen Turm bewege? Überrascht? Dein Brief hat mich sehr verwirrt; erstmals hätten wir die Möglichkeit zum Kennenlernen, uns Wirklichkeit werden zu lassen. Gefallen wir einander? Sind wir ernüchtert? Zerplatzt eine Luftblase? Ich weiß noch nicht, wie ich mich entscheide. Enttäuscht? Gehe erst mal zu Bett, höre die ‚Sternennacht' von Claude Debussy mit dir, werde lesen und mit dem glücklichen Gefühl einschlafen, dich neben mir zu wissen. Seit wir uns kennen, habe ich mich nachts nie mehr einsam gefühlt. Einen großen Wunsch habe ich, mit dir nach Paris zu fahren, alle Stellen zu zeigen, wo ich war und dich meinem alten Freund Maurice zu präsentieren. Das wäre ein Traum.
Deine dich liebende, noch unentschlossene w.M.

Sie blätterte weiter im Tagebuch, um sich abzulenken; alles drehte sich um das Verhältnis Mutter/Tochter, das Rebellische in ihr, die Auflehnung gegen jeden Versuch, diszipliniert zu werden, Violas Angst, keinen Zugang zu finden, und dass ihr Bein sie lebenslang zum Krüppel machen würde. Viola wollte Liebe geben, spürte, dass sie nicht angenommen werden würde, was sie verzweifeln ließ. Hinzu kamen Schmerzen und Schwermut, die sie nicht mehr verlassen wollten. Sie fürchtete, ihre Tochter könnte aus purem Widerspruch an falsche Freunde geraten. So reifte der Plan, sie zu den Großeltern zu geben, aufs Land, wo weniger Gefahren drohten. Dass es ein paar Jahre werden würden, war nicht abzusehen, ebenso dass Jessie glaubte, sie sei ihrer überdrüssig, wolle sie loswerden. Das tat weh. In den Nächten sah sie Fabians lustverzerrte Fratze über sich, spürte das verräterische Knacken mit brennendheißem Schmerz im Rücken, bevor sie aufwachte, mit kaltem Schweiß auf der Haut, dem unbarmherzigen Tau der Angst. Dann folgte ein Kapitel, von dem Jessie nie etwas geahnt hatte.

Viola hatte die Stelle in der Gewandschneiderei angetreten. Die Arbeitsatmosphäre war angenehm, der seriöse Kundenkreis diskret, fast anonym, denn diejenigen, deren Maße vorlagen, bestellten meist telefonisch Talare und suchten das Geschäft erst wieder auf, wenn zunehmender Körperumfang Anpassungen erforderlich machte. Hier lernte sie René Winter kennen, einen schüchternen Theologen, Anfang dreißig, knapp zehn Jahre jünger. Sein blondes Haar war so fein, dass es beim kleinsten Luftzug durcheinander wirbelte, was ihm das Aussehen eines zerzausten Jungen verlieh und den schier unbezwingbaren Wunsch aufkommen ließ, ihm über den Kopf zu streicheln. Zwischen den Anproben unterhielten sie sich, er hatte eine angenehm weiche Stimme, helle Augen und für einen Mann ungewöhnlich zarte Züge im blassen Gesicht. Unwillkürlich stellte sie sich die Frage, welche Frauenrollen er auf der Bühne verkörpern könnte. Er teilte ihre musikalische Vorliebe, kannte fast alle klassischen Werke. Nachdem sie sich einige Male begegnet waren, erhielt sie plötzlich einen Brief, in dem er ihr seine Zuneigung gestand. Sie war überrascht, nichts hatte das Beben seiner Seele angekündigt, konnte nicht verhehlen, dass seine Gefühle ihr schmeichelten, das verletzte Herz berührten und gleichzeitig erschrecken ließen. Sie antwortete, neutral wie sie glaubte, postlagernd. Bald kamen weitere Briefe, die seine Verehrung deutlicher offenbarten. Schließlich trafen sie sich weit entfernt von Geschäft und Pfarrei, wo man hoffen konnte, nicht erkannt zu werden, gingen Hand in Hand lange Wege, sprachen über ihre Empfindungen und Zweifel. Seit langem gab es wieder beglückende Momente für sie, eine leichte Unruhe des Herzens.

Viola, Juli 2001
Heute war ein Tag, an dem das Glück mich einfangen wollte; auch wenn es ihm nicht ganz gelang, habe ich gespürt, davon gestreift zu werden. Seit langem eine schöne Erfahrung. René hat mich aus meinem Verlies befreit, mir die Hand gereicht und ans Tageslicht verholfen, das mir so lange verschlossen blieb. Er ist ein ganz besonderer Mann, um ein Haar hätte ich ‚Junge' geschrieben, denn so kommt er mir vor, mit seinem wilden Schopf, der ernsten Überzeugung

und schüchternen Unerfahrenheit. Zum ersten Mal besuchte er mich, schlich hinein wie ein Dieb, der sich nicht erwischen lassen darf, während der innere Kampf, lieben zu wollen oder entsagen zu müssen, in ihm tobte. Ich fuhr über seine wirren feinen Haare, wir küssten uns.

Seine Lippen berührten mich sanft wie Augenwimpernschläge, öffneten sich zaghaft, als seien sie noch unentschlossen, das, was immer stärker in ihm drängte, zuzulassen, nur tastend schienen sie sich an die ungewohnte Berührung heranzuwagen. Vorsichtig wie weiche Pinsel malten seine Finger über meine Haare, das Gesicht, streiften Hals und Nacken, lösten mit ihrer ängstlichen Zärtlichkeit Gefühle aus, die ich seit dem Bruch in meinem Leben nicht mehr empfunden habe. Ich spürte seinen Atem schneller werden, die Küsse leidenschaftlicher, Taumel hatte uns ergriffen, ein wolkiges Gefühl zeitlosen Schwebens. Ich wand mich aus den Kleidern, ließ ihn zum ersten Mal Brüste berühren, streichelnd ihre Erregung erleben, meine Haut an seiner spüren. Ich fühlte das ungeduldige Zittern in seinem Leib, die Spannung aus Erregung und Beherrschung, hörte förmlich das berstende Geräusch des rissigen Damms tugendhafter Vorsätze, der dem Druck aufgewühlter Gefühle nicht standhalten würde. Meine Gedanken waren ausgeschaltet, Vernunft, Mütterlichkeit vertrieben. Ich bot ihm meinen Nacken, den Leib, mein ganzes gebrochenes ‚Ich'. Dann gab es nur noch einen Körper, einen gemeinsam keuchenden Atem, das Zusammenfließen unseres pochenden Blutes. Ich half, den Moment höchster Verzückung zu verzögern und hineinzufinden in den Fluss der Bewegungen. Erschöpft lagen wir später nebeneinander, schweigend. Es war rührend, ihn zum ersten Mal eine

Frau erleben zu lassen, der mich an den schüchternen Versuch Michas an meinem siebzehnten Geburtstag erinnerte, wo er zum Mann wurde, und ich begann zu weinen, haltlos in seinen Armen zu schluchzen, während er unentwegt zart meinen Rücken streichelte, in dem sich Schmerzen quälend in Erinnerung brachten. Es gab keine Sekunde in dieser Nacht, in der wir uns losließen.

Jessie legte das Buch auf den Schoß und schloss ergriffen die Augen. Nie hätte sie gedacht, dass ihre Mutter so frei und gefühlvoll über Empfindungen schreiben würde, und ihr wurde bewusst, dass sie solch intensive Zärtlichkeit bisher nicht erfahren hatte. Im tiefsten Inneren war sie sicher, sie mit dem fiktiven Delfin erleben zu können. Es war einer der wenigen Lichtblicke in Violas Lebenskerker, in den Micha sie gesperrt hatte und aus dem sie sich nicht zu befreien wusste. Knapp zwei Jahre währte die Liebesbeziehung, von Höhen und tiefen Gräben begleitet, Gräben, ausgehoben von Gewissensnöten, Vernunft und gebrochenen Vorsätzen. René spielte mit dem Gedanken, sich als Priester entpflichten zu lassen, eine Entscheidung, die Viola nicht verantworten wollte, fühlte sie, auch ihm nicht die uneingeschränkte Liebe geben zu können, die sie einst für Micha empfunden hatte. Wieder schien das Glück an ihm zu scheitern, jedes Treffen war von dem belastenden Gefühl begleitet, das endgültig letzte zu sein, vom nagend schlechten Gewissen René, aber auch der heranwachsenden Tochter gegenüber, dem Wichtigsten in ihrem Leben, die nichts vom gestohlenen Glück ahnte.

Ein Mal machten sie gemeinsam Urlaub, Violas erster und einziger überhaupt. René hatte vier Wochen zur Verfügung, sie bewältigten die lange Strecke durch Frankreich und Spanien in Etappen bis zur portugiesischen Algarve. Nahe Alvor, zwischen Lagos und Portimao, nicht weit von der spanischen Grenze entfernt, mieteten sie ein Fischerhäuschen, bunt gekachelt, mit dem Motiv gekreuzter Fische über der Tür, das ihn an Petrus erinnerte. Erholsame Stille umgab das Fleckchen, von dem sie nur wenige Kilometer bis zum

Fischerort Alvor hatten, mit zauberhafter Altstadt, lebenssprühendem Fischmarkt und der Praia de Alvor, dem breiten, muschelübersäten, fast menschenleeren Strand. Im Osten ging der weißpulvrige Sand in bizarre Felsformationen über, von reißender Atlantikbrandung zu verwunschenen Grotten ausgehöhlt. Es war eine Zeit, in der Tage und Nächte verschmolzen, in der sie ihre Identität vergaßen, Problemen keine Chance gaben, Schatten zu werfen und alle Zweifel von starken Winden davongetragen wurden. Sie gaben sich Meer, Sonne und verbotener Liebe hin, grillten Sardinen über Feuer, aßen sie wie Einheimische mit bloßen Fingern und tranken übermütig kühlen Vino Verde. Entlang der Küste entdeckten sie Buchten vor blutroten Felsen, hübsche Orte mit bunt gekachelten Häusern in maurischem Stil, obenauf Zinnen, verspielte Türmchen und Kamine.

Als sie bei kochendheißen Temperaturen am Cabo de Sao Vicente, dem westlichsten Zipfel Portugals und dem Ende Europas ankamen, staunten sie über die an langen Tischen verkaufen Pullover, Mützen, Jacken. In der Tat blies ein so kalter, rauer Wind, dass sie sich sofort in wärmere Kleidung flüchten mussten. Es war ein Fleckchen Erde, das Gott im Zorn erschaffen zu haben schien, unwirtlich, stürmisch und vom beängstigenden Gefühl begleitet, Naturgewalten hilflos ausgesetzt zu sein. Nichts gab es hier oben außer dem wehrhaften Leuchtturm, unaufhörlich donnernden Brandungsgeräuschen, die jedes Gespräch im Keim erstickten, gewaltigen Wellen, die sich am Fuß der nackten Felsen brachen und ihre weiße Gischt meterhoch nach oben katapultierten. Ein Naturerlebnis, das selbst Hartgesottenen einen Hauch von Demut und Gottesfurcht abringen musste. „Früher dachte man, hier sei die Welt zu Ende, als man noch glaubte, es gäbe nur Europa", schrie René ihr zu, um das laute Rollen zu übertönen. Er stand hinter ihr, dicht an sie gepresst, hatte die Arme um sie gelegt und vor ihrer Brust verschränkt. Viola nickte als Zeichen, dass sie es verstanden hatte.

„Ich bleibe für immer bei dir", rief er ihr weiter ins Ohr mit Gefühlen, ähnlich aufgewühlt wie der schäumend grollende Wellenkessel unter ihnen. In diesem Augenblick war er sich seines Entschlusses ganz sicher.

Entsprach ihr Empfinden seinen heißen Gefühlen? Wäre sie jemals wieder in der Lage, zu lieben wie bei der ersten, grenzenlosen? Sie wünschte sich nichts mehr, als ein neues, unbelastetes Leben. Aber würde der dumpf pochende Schmerz in ihrem Herzen jemals vergehen? Ist er nicht zu jung für mich? Wie lästige Fliegen verscheuchte sie die quälend zweifelnden Gedanken, als hätten sie es darauf angelegt, sie zu peinigen, ihr Fallen zu stellen, wollte sich in den wenigen Stunden, die ihnen noch verblieben, nicht mit der Zukunft auseinandersetzen. Sie hatten Tage unvergleichlicher Intensität erlebt, die für manches entschädigten, aber sie gingen zu Ende, die unbarmherzige Realität lauerte gierig darauf, wieder Überhand zu gewinnen und Erinnerungen daran auszulöschen.

Ausgerechnet in Violas stabilster Phase erhielt René den Ruf nach Rom, in dem er einen Fingerzeig Gottes für seinen wankelmütigen Diener sah. Nach langem innerem Kampf verabschiedete er sich, verließ Deutschland und Viola. Wochen später schrieb er ihr, dann im Abstand von Monaten. Keinen der Briefe öffnete sie, wollte nicht wissen, ob er seine Entscheidung gutheißt oder bereut, wollte weder sich, noch ihn erneut in Versuchung bringen. Sie zwang sich, alle ungelesen zu zerreißen. Ein Jahr später traten leichte Lähmungserscheinungen auf, zunächst in einem Bein, später in den Armen; der schleichende Prozess, sich in Einsamkeit, Schmerz und Wahnvorstellungen über ihre Kräfte zu flüchten, Realität nicht mehr wahrzunehmen, hatte begonnen. Gegen die Folgen eines Virus, wie man vermutete, war wenig auszurichten. Medikamente halfen kaum. Der letzte Eintrag im Tagebuch lautete:

April 2006
Ich lebe nur noch von Tag zu Tag, Lähmung und Schmerzen meines Körpers konkurrieren mit denen der Seele, und ich leide unter ihrem verbissenen Wettkampf, in dem keiner nachgeben will. Der Gedanke ans Sterben macht mir keine Angst, es wäre Erlösung für mich,

denn ich habe den Tod der Sonne gesehen und den Geschmack der Liebe gekostet. Der Tod wäre der letzte Liebhaber, der mich umarmt.

Ich hätte in dieser Zeit für sie da sein müssen, warf Jessie sich vor, sie hatte immer mehr von Viola erwartet, aber selbst nicht mehr gegeben. Das erkannte sie als großen Fehler, den auch die späte Rache an beiden Männern nicht beheben konnte, es blieb ihre persönliche Schuld, und sie hatte neue auf sich geladen, die sie zu belasten begann.

Gerade hatte sie das Licht gelöscht, als Luca sich meldete, von dem länger nichts zu hören war, in wenigen Tagen sei er wieder da, freue sich, sie zu sehen und halte eine tolle Überraschung bereit. „Du kannst schon mal raten, bis ich zurück bin, ich liebe dich."

Jessie rang bis zuletzt mit sich und beschloss schließlich, ihren virtuellen Partner kennenzulernen. Den Nachmittag und darauffolgenden Tag hatte sie sich freigenommen, erinnerte sich des Parks mit dem herrlichen Baumbestand, in dem sie damals die kompromittierenden Fotos aufgenommen hatte. Beim Entwickeln waren die schönen Spiegelungen und ihre Eignung für außergewöhnliche Aufnahmen noch deutlicher geworden, weshalb sie sich geärgert hatte, nicht professioneller ausgerüstet gewesen zu sein. Deshalb entschied sie, zunächst den Park und anschließend den Vortrag aufzusuchen. Es herrschte ideales Licht, sie ließ sich Zeit, Motive auszusuchen und Einstellungen zu probieren. Ruhe strahlte er aus, ganz anders als beim ersten Besuch. Leichter Wind bewegte die Blätter, was wie helles Flüstern klang und ließ die Baumkronen sich aneinanderschmiegen. Ein einzelnes Mädchen spielte mit großen Holzklötzen, die es zu einem Haus aufschichtete. Es mochte vielleicht acht Jahre sein, Jessie wunderte sich, dass es ohne Begleitung auf dem abseits gelegenen Platz war. Die Sonnenstrahlen fokussierten sich auf sie, spielten Versteck im lockigen Haar, ließen es rotgolden leuchten. Es schaute versonnen, war so in sein Spiel vertieft, dass es weder die Frau bemerkte, die es als Motiv auswählte, noch das Klicken des Kameraspiegels. Jessie bannte Momente sonnendurchfluteter Friedlichkeit mal mit Weichzeichner, mal im Gegenlicht auf den Film, einzigartige Schnappschüsse, die für Augenblicke vergessen ließen, dass die Welt auch böse Seiten besitzt.

Die Fotos waren gemacht, sie hatte ein gutes Gefühl, dass einige für die Ausstellung in Melbourne infrage kommen würden. Da sie sie selbst in ihrer behelfsmäßigen Dunkelkammer entwickelte, konnte sie Besonderheiten per Vergrößerung oder Auswahl des Papiers hervorheben. Bis zur Veranstaltung blieb noch Zeit; deshalb schlenderte sie langsam zurück und trank einen Kaffee an der Rheinpromenade. Urplötzlich durchfuhr sie ein Zittern ohne Grund, als hätte sie elektrisch geladenen Draht berührt, ließ sie den Kaffee verschütten, der sich wie schwarzes Blut auf dem Tisch ausbreitete. Sie erschrak, Ähnliches war ihr noch nie widerfahren.

Lag es am bevorstehen Vortrag, den er zum ersten Mal halten musste oder an der möglichen Begegnung mit dem Menschen, an den er Tag und Nacht dachte, ohne ihn bisher kennengelernt zu haben, dass Micha den ganzen Tag über höllisch aufgeregt war? Wie mochte sie aussehen, ihr Haar tragen, lachen, die Straße überqueren mit schwingendem oder hastig eiligem Gang? Sie hatte offengelassen, wie sie sich entscheiden würde. Obwohl die Anregung, das Inkognito bald aufzugeben, von ihr kam, zweifelte er, dass sie schon dazu bereit war und tatsächlich erscheinen würde. Unruhe trieb ihn hinaus, er schaute auf die Uhr, es blieb noch Zeit, zu seinem Meditationsplatz zu fahren, zu dem Ort, wo das Lachen wohnte, um die nötige Besinnung zu finden, das Referat anhand fixierter Stichworte aufzusagen. Mit dem Rad machte er sich auf den Weg. Der Platz war menschenleer als er ankam, umso besser für meine Konzentration, dachte er und setzte sich auf seine Lieblingsbank. Der Fuß stieß an eine verschmutzte Eisenstange, ein abgebrochenes Stück, wer kam nur auf die Idee, so etwas auf einem Spielplatz wegzuwerfen? Er hob sie auf, schob sie, da er ohne Tasche war, hinter sich ins Gebüsch. Nicht auszudenken, wenn Kinder damit aufeinander losgingen. Er atmete einige Male durch, spürte wie er sich entspannte und probte den ganzen Vortrag. Ein Blick zur Uhr schreckte ihn, unbemerkt war es spät geworden, er musste sich beeilen, um noch rechtzeitig anzukommen. Ob sie unter den Zuhörern säße? Fast wäre er mit zwei Frauen und plärrenden Kindern zusammengestoßen, die den Platz gerade betraten. Das hätte noch gefehlt, ein Sturz mit zerrissener Hose als Gipfel der Dramaturgie.

Jessie schüttelte sich, bezahlte, zog den Kragen ihres Mantels hoch, bis er ihr Kinn versteckte. Warum fröstelte sie, war es die Aufregung, ihn nach so vielen innigen Briefen endlich sehen zu können? Langsam füllte sich der Saal, das Thema schien zu interessieren, offenbar nicht nur Erwachsene, denn auch zahlreiche Jugendliche hatten sich eingefunden. Sie hatte einen Platz direkt am Gang gewählt, weil sie es nicht mochte, in der Mitte zwischen anderen zu sitzen. In diesem Augenblick betrat ein Mann die kleine Bühne, nahm die randlose Brille ab, wischte sich über das Gesicht und den dichten schwarzen Bart, fuhr noch schnell mit einem Kamm durchs Haar, wirkte, als sei er gelaufen. Jessie konnte ihn aus der Ferne undeutlich wahrnehmen. Sympathisch wirkte er, fast hatte sie den Eindruck, ihn schon einmal gesehen zu haben, aber das war unmöglich. Sollte er ihr Delfin sein? Ein Herr mit grauem Haar kam hinzu, klammerte sich an den Seiten des Pults fest, als könne er ohne Halt nicht aufrecht stehen, begrüßte die Anwesenden mit einer kurzen Einführung. Jessie achtete nicht darauf, hatte den Blick auf ‚ihn' gerichtet, seine sportliche Figur, das schwarze Haar, von erstem Grau durchzogen. Sie war angenehm überrascht.

„... deshalb freue ich mich, Ihnen als Referenten Herrn Studienrat Michael Rhein vorstellen zu dürfen. Herr Rhein ...." Die letzten Worte, die ans Ohr drangen, gingen im heftigen Rauschen ihres Kopfes unter, sie hatte das Gefühl, sämtliches Blut werde aus dem Körper herausgezogen, um sich in den Füßen zu sammeln, der Saal drehte sich wie ein schleuderndes Karussell, Übelkeit bahnte sich bedrohlich ihren Weg nach oben, formte einen würgenden Knebel. Kalter Schweiß brach aus den Poren, alles wurde schwarz, sie glitt vom Stuhl, die Kamera fiel scheppernd auf den Boden. Zwei Helfer, die hinter der Bühne saßen, zogen sie hinaus, legten sie im Foyer mit hochgelegten Beinen auf eine Decke. Die fürchterliche Übelkeit zog sich behäbig zurück wie der Kopf einer Schildkröte in den Panzer, das Blut schien sich entschlossen zu haben, nicht länger in den uninteressanten Füßen verweilen zu wollen, so dass sie das Geschehen um sie undeutlich wahrnehmen konnte. Man prüfte den Blutdruck, der sich nur langsam stabilisierte, flößte ihr süßliche Lösung ein, vielleicht gegen Unterzuckerung und richtete den Kopf mit einem Kissen auf. „Sie bekommt Farbe." Man schien es als Zeichen der Gesundung zu nehmen, aber sie fühlte sich nach wie vor elend und zittrig. Wieder kam knisternd die Blutdruckmanschette, presste ihren Oberarm zusammen, ließ dann pfeifend die Luft entweichen, sie registrierten die Werte mit Befriedigung. Ein Transport in die Klinik schien nicht von Nöten. Jessie rappelte sich auf, zog sich hoch auf den Stuhl vor dem geöffneten Fenster, atmete tief ein und versuchte im abgestürzten System ihres Hirns zu ordnen, was geschehen war.

Ihr virtueller Partner, den sie liebte, von dem sie sich ebenso geliebt und verstanden fühlte, war der verhasste Mann, der ihre Mutter so schnöde behandelt und ins Unglück gestürzt hatte. Der, den sie verfolgt, angezeigt und mit Fotos kompromittiert hatte, damit er dieselben peinigenden Gefühle wie sie erleiden sollte. Deshalb kam er ihr bekannt vor, damals, als sie ihn fotografierte, war er noch ohne Bart. Innerhalb einer Sekunde hatte sich der Mann, nach dem sie sich in ihrem Alleinsein verzehrte, und den sie heute kennenlernen wollte, als janusköpfiger Unhold entpuppt, der, ohne es zu wissen, Mutter und Tochter gleichermaßen enttäuschte. Schmerz und widerstreitende Gefühle tobten in ihr. Sie kannte ihn doch so gut, die sensible, liebevolle Art, seine Schwächen, die er gestanden hatte, mochte ihn mehr, als sie für möglich gehalten hätte, und gerade ihm hatte sie so Übles angetan. Ein einziges fürchterliches Grauen. Sie war nicht in der Lage, zurückzufahren, wartete noch eine Weile, bis sie sich stabiler fühlte, ließ sich in ein Hotel bringen, wo sie mit den Kleidern aufs Bett sank. Tränen schwemmten ihr

Erschrecken fort, bis sie spät in einen erschöpften Schlaf fiel, der nicht der ihre war.

Micha verspürte Nervosität, wie er sie sonst vor Auftritten nicht kannte. Schon der Auftakt geriet nicht nach Maß, als eine Frau, wahrscheinlich von der Presse, mit ihrer Kamera zusammensackte und aus dem Saal gebracht werden musste; hoffentlich war ihr nichts Schlimmeres passiert. Der Gedanke begleitete ihn wie ein Verfolger sein auserwähltes Opfer. Immer wieder ließ er seinen Blick über die Zuschauer schweifen, in der Hoffnung, ‚Magnolie' unter ihnen auszumachen. Einige gab es, die im gleichen Alter hätten sein können, aber bei keiner schlug sein Herz, von plötzlicher Eingebung stimuliert, höher. Der Vortrag war zu Ende, Zuhörer kamen nach vorne, hatten Fragen, dann war der Saal verlassen, das Licht bis auf eine schwache Leuchte gelöscht und er der letzte, der den Heimweg antrat, enttäuscht und erleichtert gleichermaßen. Ernüchtert, weil sie nicht gekommen war und, falls doch, sich nicht gezeigt hatte. In diesem Falle hätte er ihrer Vorstellung nicht entsprochen und könnte sich auf ein Ende der E-Mails einstellen. Er wagte gar nicht, daran zu denken. Erleichtert, weil keine der Anwesenden seiner hochgeschraubten Erwartung entsprach. Nicht ohne Grund hatten sie die Befürchtung, die Realität könnte die kostbare Korrespondenz und vertraute Harmonie platzen lassen. Er würde ihr noch heute Abend schreiben, um Näheres zu erfahren, ein Leben ohne sie konnte er sich nicht mehr vorstellen. Und wenn sie zusammen kämen – würde sie ihn auch irgendwann betrügen wie Viola und Lilith? Nein, er glaubte es nicht, sie war anders, bei ihr hätte er die Hoffnung, dass alles gut ginge.

Als Jessie am Morgen erwachte, fühlte sie sich benommen und krank; das Gesicht war geschwollen, sah aus, wie von Allergie befallen. Ihr Magen rebellierte, gestern hatte sie nichts mehr gegessen und musste sich zum Frühstück zwingen, um den Kreislauf nicht erneut zu provozieren. Ausgehöhlt war sie, in ihrem Empfinden erblindet, wünschte, die damalige Zugfahrt nicht gemacht oder den verdammten Zettel nie aufgehoben zu haben. Kraftlos ließ sie sich in die Kissen zurücksinken, der Blick ging ins Leere, verloren in der eigenen Verlorenheit. Und doch wollte sie keinen einzigen seiner Briefe missen, keinen der Gedanken, die sie geborgen fühlen ließen, keinen Tag aufgeregten Herzklopfens, an dem sie die Wohnung betrat, in der frohen Erwartung, von ihm ‚begrüßt' und von seinem Humor angesteckt zu werden. Jetzt war alles zu Ende, wie sollte sie sich verhalten? Sie hatte keine Ahnung, spürte wieder, dass sich Tränen in den Augen sammelten. Nicht hier vor allen Leuten, nicht in diesem Speiseraum. Sie griff nach einem Taschentuch und schnäuzte sich geräuschvoll. Das Marmeladenbrötchen, das sie sich verordnete, schien ihren Magen besänftigt zu haben, sie nahm noch ein zweites, belegte es mit Käse, bestrich ihn in Gedanken mit Honig, merkte es aber erst beim Hineinbeißen. Die ungewollte Kreation war gar nicht übel. Nach dem Frühstück legte sie sich aufs Bett, verschränkte die Arme unter dem Kopf und dachte nach. Sie war froh, den Tag noch frei zu haben.

Geliebte Magnolie!
Du warst nicht da? Und wenn doch, habe ich dich nicht erkannt in meiner Aufregung, obwohl ich sicher war, dich unter Hunderten erspüren zu können. Vielleicht habe ich deine imaginäre Vorstellung enttäuscht, vielleicht konntest du nicht kommen und es besteht weiter Hoffnung für uns wie auch für die blauen Flecke auf meiner Seele, die sich wie ein flügelloser Schmetterling anfühlt. Ich sehne mich nach einer Zeile von dir. Die Gedanken an dich geben den Takt des Tages an, sind der Sextant meines schlingernden Schiffs auf unruhigem Wasser. Jedes Blatt, das sich in diesem Frühling aus den Zweigen schält, ist ein Wunsch für dich, jede Blüte, die sich öffnet, ein Gruß von mir. Paris mit dir wäre wunderbar!
Bitte melde dich! Ich liebe dich.
Dein erwartungsvoller r.D.

Er hatte auf die E-Mail keine Antwort erhalten, was ihn verwunderte, sie musste doch davon ausgehen, dass er sehnsüchtig wartete. Verstimmt warf er Nudeln vom Vortag in die Pfanne, ließ Butter aus und streute geriebenen Käse darüber, stocherte lustlos mit der Gabel darin und grübelte, ohne Antworten zu erhalten. Auch am nächsten Morgen war keine Nachricht eingetroffen. Missmutig machte er sich auf den Weg zur Schule, brachte die ersten Stunden lustlos hinter sich. Es war ein schwüler Tag, die Luft zäh wie angerührter Brei, schon das bloße Atmen wurde zur schweißtreibenden Anstrengung. War sie wirklich da und hatte das Ende ihrer ‚Gespräche' beschlossen? Ein ungutes Gefühl beschlich ihn. Im Lehrerzimmer bereitete er sich auf die vierte Stunde vor, als Zänker, mit abfälligem Blick, den Kopf weit vorgeschoben, eintrat, zwei Polizisten im Schlepptau, von denen einer unschwer als sein Bruder zu erkennen war. Der Anblick ihrer Doppelausgabe war für ein normales menschliches Auge schier unerträglich. Er versuchte, sich abzuwenden. „Herr Rhein, würden Sie uns bitte zum Präsidium folgen?" Linde, die am Fenster in ihrer Tasche kramte, blickte erstaunt auf. „Wird das jetzt zur Daureinrichtung, weil Sie mich ins Herz geschlossen haben oder wie soll ich das verstehen? Die Sache von damals ist doch längst abgeschossen", sagte Micha ungehalten.

Zänker II. grinste breit, er werde alles Weitere im Präsidium erfahren. Schüler, die Nasen an den Fensterscheiben, verfolgten interessiert, wie er von Polizisten eskortiert, vom Schulhof fuhr. Im Präsidium musste er vor eine venezianische Spiegelwand, ein Nummerntäfelchen in der Hand. Kurz danach erneut in anderer Formation, Erklärungen erhielt er nicht.

Wieder saß er Zehntmüller gegenüber, der seinen hasserfüllten Blick unverhohlen auf ihn richtete. „Wo, meinten Sie, haben Sie die Zeit am gestrigen Nachmittag verbracht?"

„Wie ich sagte, bis 16.00 Uhr zuhause, wo ich mich vorbereitet habe, dann an meinem Lieblingsplatz, der Ihnen ja bekannt ist. Ich bin eine gute Stunde da geblieben und von dort zum Vortragssaal geradelt, da traf ich kurz vor 18.00 Uhr ein. Das können alle bezeugen. Darf ich endlich erfahren, was mir eigentlich vorgeworfen wird?"

„Und wer hat Sie auf dem Platz gesehen?", fragte er in verächtlichem Ton, der Micha aufhorchen ließ.

„Niemand diesmal, keine Menschenseele, so dass ich mich voll auf meine Rede konzentrieren konnte."

„Ihre Rede? Sie meinen auf die kleine Katharina. Es kam plötzlich über sie, als Sie sie haben spielen sehen, mit dem weichen langen Haar, in aller Ruhe, wie weggetreten, keine Menschenseele, die Sie hätte beobachten können, die ideale Gelegenheit. Die kann man sich doch nicht entgehen lassen, es war ein Zwang, viel stärker als Sie, ohne sich dagegen wehren zu können und dann ...", er war aufgesprungen, hatte ihm die Worte wie Messerwürfe entgegen geschleudert.

Micha wankte der Boden unter den Füßen, er wurde kalkweiß.

„Sie glauben doch nicht, dass ich ein unschuldiges Kind umbringe, ich liebe Kinder, das ist völlig absurd. Ich töte und halte anschließend entspannt ein Referat über Gewaltprävention. Dass ich nicht lache", er ließ ein hysterisches Krächzen hören.

„Das Lachen wird Ihnen noch vergehen, wie kommen Sie darauf, dass das Kind umgebracht wurde? Hab nichts davon erwähnt, es hätte entführt, belästigt oder vergewaltigt worden sein können, aber Sie wussten sofort, dass es getötet wurde."

Micha geriet ins Stottern, Schweiß rann seinen Rücken hinunter: „Ich ... ich habe es angenommen bei Ihrem dramatischen Vortrag. Keine Ahnung, was passiert sein soll."

„Welche Marke rauchen Sie, Herr Rhein? Darf ich Ihnen eine Zigarette anbieten?" Es hörte sich gefährlich freundlich an. „Nein, ich rauche nicht." „Aber in Stresssituationen schon, wie jetzt? Greifen Sie zu." „Nein, verdammt nochmal, warum sollte ich, ich hasse den Qualm."

Das Verhör wurde bis zur Erschöpfung fortgesetzt, man nahm Haare für genetische Tests, brachte ihn in eine Zelle. Langsam realisierte er, wessen man ihn verdächtigte, eines Kapitalverbrechens, eindeutig hatte sich Zehntmüller immer noch nicht ausgedrückt, sich den Ablauf der Stunde präzise schildern lassen, jede noch so unbedeutende Kleinigkeit. Am Schluss war ihm die abgebrochene Eisenstange eingefallen, die auf dem Boden lag, und die er im Gebüsch entsorgt hatte. Regelrecht gierig war er darauf abgefahren, ließ es ihn mehrmals wiederholen. Welchen Sinn konnte das haben? Verzweifelt hockte er auf der Pritsche, dachte: *einmal verdächtig, immer verdächtig,* und er spürte, wie sich plötzlich beängstigende Gefühle ausbreiteten, vom Magen kommend, krochen sie nach oben, so drängend, einer Riesenblase gleich, als wollte etwas in ihm ausbrechen, Platzangst in seinem Körper erzeugen, so unerträglich, dass er sich in Panik das Hemd aufriss, nach Luft hechelte und in Todesangst schrie, wie er sich noch nie gehört hatte.

Zehntmüller sprach zur gleichen Zeit mit dem Polizeipräsidenten. „Eine Pleite, wie beim letzten Mal darf es unter keinen Umständen geben, interne Informationen, die an die Presse gelangten und wir als Ente zurücknehmen mussten. Nicht noch einmal mit mir Herr Zehntmüller."

Er fasste die Fakten zusammen, die neunjährige Katharina Boll, vergewaltigt und mit einem Eisen niedergeschlagen, schwebe in Lebensgefahr, dringend verdächtigt, Michael Rhein, der sich zum Tatzeitpunkt dort aufgehalten und zwei Frauen beim Verlassen umgerannt habe. Kurz danach hätten diese das schwerverletzte Mädchen im Gebüsch entdeckt und Rhein bei Gegenüberstellungen eindeutig identifiziert. Außerdem weise die Tatwaffe seine Fingerabdrücke auf.

„Die Sache scheint klar zu sein, gute Arbeit."
„Danke, zwar hat sich der damalige Tatverdacht gegen Rhein nicht bestätigt, Herr Präsident, aber Fragen offen gelassen, wegen des Muttermals und eines Vorkommnisses in der Schule. Eine Kollegin gab ihm aus falsch verstandener Solidarität ein Alibi. Möglicherweise war es damals schon eine Vergewaltigung, die niemand angezeigt hat. Deshalb kam Rhein für mich direkt als Verdächtiger infrage."

„Worauf warten Sie noch?" „Auf letzte Spurenauswertungen. Am Tatort fanden wir Zigarettenkippen mit Speichelresten und Spuren an der Kleidung." „Sperma?" „Keine Erkenntnisse, Kondom, was weiß ich?"

"Wir geben an die Presse, derzeit einen Verdächtigen zu verhören, keine weiteren Informationen, keine Einzelheiten zum Tathergang. Zeugen werden gebeten, sich zu melden, das Übliche."
Auch diesmal erhielt die Presse heimlich Zusatzinformationen, dass es sich bei dem Verdächtigen um den schon einmal angezeigten, mutmaßlichen Kinderschänder ‚R' handle, einen Lehrer, der sich bereits früher Schutzbefohlenen genähert haben soll. Präsident Hollmann schäumte. Unter der Hand sickerte Michas Name durch.

Jessie hörte am nächsten Tag die Nachricht im Radio, die Tat war dort geschehen, wo sie fotografiert hatte, unfassbar. Es war keine Zeit angegeben, aber sehr wahrscheinlich, dass es sich um die lichtumhüllte Kleine auf dem Platz handelte, vielleicht nur Minuten vor dem Überfall. Kalte Schauer liefen ihr über den Rücken, und sie erinnerte sich mit Grauen an das plötzliche Zittern, das sie im Café befallen hatte. Man suchte Zeugen, die Verdächtiges gesehen haben oder Zeitangaben machen konnten. Sie teilte ihre Beobachtungen mit, beschrieb das Aussehen des Mädchens und gab die Uhrzeit durch, zu der sie den Platz verlassen hatte. Allem Anschein nach war Micha Rhein, den sie selbst zum Kinderschänder ‚gekürt' hatte, der ominöse Verdächtige. Hatte sie ihn mit der grundlosen Anzeige wieder in den Fokus der Kripo und damit in noch ernstere Schwierigkeiten gebracht? Oder sollte er tatsächlich mit der abscheulichen Tat in Verbindung stehen? Ihr war hundeübel.

Luca wartete vor der Wohnung, umarmte sie ungeduldig fordernd. Sie machte sich los, spürte unendliche Schwäche, sprach stockend von der schrecklichen Tat an der Kleinen, die sie kurz zuvor fotografiert hatte. Er zwang ihr Küsse auf, die sie nicht mochte, nicht jetzt, sie reagierte unwillig, wollte nur reden, brauchte jemanden, mit dem sie ihr Entsetzen teilen konnte. Er merkte, wie mitgenommen und geistesabwesend sie war, verspürte aber weder Lust, zu trösten, noch sich Klagen anzuhören. Deshalb hielt er sich nicht länger auf und versprach, sie am nächsten Tag abzuholen, wenn sie in besserer Verfassung sei.

Im Laptop sah sie Delfins Nachricht, die er nach dem Vortrag gesandt hatte. Sie vergrub ihr Gesicht in den Händen, konnte nicht zurückschreiben, was hätte sie auch sagen sollen, weinte, bis die Zeilen vor den Augen wegschwammen ins graue Nichts. In der Nacht schlief sie nicht, immer wieder vagabundierten seine zärtlichen Worte durch ihren Kopf, ließen sie fragen, ob ein Mann, der so fühlt und mit der Art, die Viola beschrieben hatte, zu solchen Verbrechen in der Lage sein könnte? Sie fühlte sich miserabel; zum ersten Mal seit sie in der Firma arbeitete, meldete sie sich krank. Luca erfuhr es am nächsten Tag vom besorgten Grommske und fand sie im Bett liegend vor.

„Du fühlst dich schlecht, alles hat dich zu sehr mitgenommen, überarbeitet, meinte der Alte an der Pforte." Während er sprach, tastete seine Hand unter der Decke nach ihrem Körper, sie drehte sich zur Seite und blickte ihm streng ins Gesicht.

„Ich habe eine Überraschung mitgebracht: Zwei Freiflüge nach Sardinien, den nächsten Einsatz habe ich erst in zwei Wochen, wir könnten ein paar Tage von allem abschalten." Er wedelte mit den Flugscheinen und bedachte sie mit verführerischem Lächeln. Zwar hatte sie kaum zugehört, so brummte der Kopf, aber die Worte ‚von allem abschalten' fraßen sich wie eine magische Formel in ihr Bewusstsein. Auch wenn ihr nicht nach Reisen war, der Gedanke, alles, was sie gerade belastete, hinter sich lassen, weit weg sein zu können, wo nichts mehr an die Horrortage erinnern würde, erschien wie ein leuchtender Hoffnungsstrahl. Auch an den nächsten Tagen blieb sie zuhause. Wider Erwarten war man in der Firma mit dem gewünschten Spontanurlaub einverstanden; zerstreut stopfte sie Sachen in den Koffer, das Gehirn schien auf Fragen, was sie einpacken solle, nicht reagieren zu wollen und war offenbar mit dem schnellen Entschluss überfordert.

Vier Tage später starteten sie nach Cagliari, fuhren im Mietwagen die imposante Küstenstraße entlang, vorbei an idyllischen Buchten zu ihrem Domizil, einem hübschen Hotel im sardischen Baustil an der türkisblauen Costa Rei. Auf dem Weg nach Olbia zweigte Luca zum Hafen ab, zeigte ihr die bizarren Felsen von

Arbatax, als blutrote Porphyrspitzen aus dem einladenden Blau des Meers ragend, die sie an Kathedralendächer, aber auch an Violas Reiseschilderung von der portugiesischen Algarve erinnerten. Die faszinierenden Landschaftseindrücke hellten ihre trüben Gedanken auf, sie fühlte sich wohler im Sonne verwöhnten Naturparadies. Fahrten durchs Landesinnere ließen sie keiner Menschenseele begegnen, außer wilden Ziegen oder Ringelnattern, die sich träge auf dem morgendlichen Asphalt wärmten. Kork- und Steineichen wechselten sich ab mit undurchdringlicher Macchia, von intensivem Myrtenduft begleitet, bis sie den gebieterisch auf einem Felsfuß thronenden Punta Marmora, Sardiniens höchsten Berg, erreichten. Sie entdeckten verträumte Buchten mit kristallklarem Wasser, nutzten sie wie Privatstrände, wuschen sich die Tageshitze von den Körpern und überließen sich nackt den friedlichen Wellen.

An einem der herrlichen Tage, das Meer gab sich gezähmt, der tiefblaue Himmel grenzenlos, hatte Jessie Decken auf dem hellen Sand ausgebreitet; wie eingerahmt lagerten sie zwischen Felsbrocken, die sie vor Blicken schützten, genossen die schmeichelnde Wärme, das unaufhörlich sanfte Rollen der Brandung als entspannende Begleitmusik. Ob ich Luca gefalle? Inzwischen war sie selbstbewusst genug, zu wissen, dass sie über einen reizvoll, sportlichen Körper verfügte, kannte aber seine Vorlieben nicht. Langsam zog sie ein Knie an, streifte mit dem Fuß lasziv am Bein entlang und blinzelte aus halb geschlossenen Augen zu ihm hinüber. Sie wusste, dass er sie beobachtete, der schöne Mann mit tadelloser Figur, prallen Muskeln, die unter gebräunter Haut spielten, dessen Gesichtszüge allerdings erste Spuren seines Lebenswandels nicht verbergen konnten, durchwachte Nächte, zu viel Alkohol, Sonne und Spaß. Ihr zugewandt lag er auf der Seite, betrachtete Jessies hüllenlosen Körper, leicht bronziert, wie eine hingehauchte Tönung, die festen Brüste, eine wenig größer als die andere, von regelmäßigen Atemzügen angehoben, schmale Hüften, gut geformte lange Beine. Seitlich am Oberschenkel verlief eine dünne Narbe als zarte Linie, unter der Bräune kaum mehr zu erkennen. Das hellbraune Haar, das in langen Kaskaden auf die Decke fiel, hatten Sonne und Salz gebleicht, es schimmerte ins Blonde. Ihre Augen blickten aus fast geschlossenen Lidern smaragdgrün. Er streckte seinen Arm aus, um sanft über die glatte, sonnengeheizte Haut zu streicheln. Eine attraktive Frau mit Niveau und anmutigen Bewegungen, dachte er, kein Wunder, dass ich gleich auf sie abgefahren bin, sexuell ein bisschen verklemmt, ganz anders als Sofia oder die freizügige Evita, mit der er drei heiße Tage verbracht hatte, während Jessies Unpässlichkeit. Evi war eine Rakete im Bett, aber leider von ordinärem Goût umgeben, der sie nicht dafür prädestinierte, öffentlich mit ihm gesehen zu werden. Er stöhnte leise bei der Vorstellung. Jessie empfand die Berührung angenehm elektrisierend, wie von einer Feder, unterstützt von lauer Meeresbrise, die sie wandernden Fingerspitzen gleich, sanft umschmeichelte und Salzgeschmack auf den Lippen hinterließ. Wie warmes Öl floss Sonne über ihren Körper.

Die paradiesische Atmosphäre verzauberte, ließ sie das Belastende vorübergehend vergessen und mit geschlossenen Augen an Violas gefühlvolle Beschreibung von Renés Zärtlichkeit denken. Bei der Vorstellung, dass es die streichelnden Hände des ‚Delfins' wären, spürte sie Erregung aufkommen, schämte sich ihrer geheimen Gedanken und hatte leichtes Unbehagen, als würde sie Luca verraten. Seine Finger zogen weiter feine Bahnen, hinterließen unsichtbare Wege auf ihrer Haut, besuchten Stellen, die das Gefühl ausbreitender Wellen verstärkten, so dass sie sich zu ihm drehte, die Beine angewinkelt, damit er sie besser erreichen konnte. Er küsste Mund, Brüste, Bauch, sagte rau, dass er sie liebe. Sie mochte Küssen, das Gespräch ohne Worte, intimer als Sex, einer sagt etwas durch seine Lippen, der andere antwortet mit Zungenspielen oder zärtlichen Bissen. Von je her waren ihre Lippen besonders sensibel. Sinnlich streiften die Hände Gesicht, Stirn und Mund, glitten über ihre Brüste, kneteten sie vorsichtig, massierten sanft die lachsfarbenen Spitzen, bis sie sich selbstbewusst aufrichteten und die Haut sich mit einem leichten Schauer zusammenzog, tasteten über den Bauch, hinunter zum seidig schwarzen Dreieck, geschlossen wie ein Mund. Die kreisenden Bewegungen erzeugten

Sehnsucht, ließen von Erfüllung träumen; er stützte sich auf die Arme, schwang seinen geschmeidigen Körper über sie, um gleich einzudringen. Gerne hätte sie die Zärtlichkeiten länger genossen, sich auf ihren Schwingen davon tragen lassen, aber seine Geduld schien erschöpft, sie öffnete sich, lange hatte sie keine körperliche Liebe mehr erlebt. Schnell ging ihr Atem, sie spürte, wie das Sehnen ihren Leib zusammenzog, wie es warm aus ihr strömte, bereit zu werden. Die Empfindung verstärkte sich, aber dann verschwand sie von einem auf den anderen Moment wie Sonnenstrahlen hinter aufgetauchten Wolken, wenn sie plötzlich Kühle hinterlassen, unter seinen rücksichtslosen Bewegungen.

Es gab keine Zärtlichkeit mehr, kein Anpassen an ihren Rhythmus, kalte Gier stand in seinen Augen. Wie ein Tier war er über ihr, warf sie herum, würgte die Kehle bis zur Atemnot, schlug sie mit der flachen Hand, in wilder Zügellosigkeit, als Spielball seines Willens. Die Hände, eben noch streichelnd Erregung versprechend, gruben sich schmerzhaft in Brüste und Fleisch, ließen sie zu Materie werden. Sie fühlte, dass sie ihr ‚Ich' verlor, jede andere benutzte Frau hätte sein können, eine Prostituierte, die darauf gefasst gewesen oder X-Beliebige, die ihm wie eine räudige Katze zugelaufen wäre. Erniedrigt, entwertet, Gefühle, wie Viola sie bei Fabian empfunden haben musste, obwohl es hier nicht gegen ihren Willen geschah. Als er sich von ihr rollte, lief sie taumelnd hinein in die Brandung, hatte den Wunsch nach Reinigung, wieder zu werden, was sie vorher war, schwamm weit hinaus, bis man sie nur noch als hüpfenden Punkt, einer Boje gleich, ausmachen konnte und teilte die glitzernde Wasserfläche mit kräftigen Armschlägen auseinander.

Luca schien es normal zu finden, vielleicht war es das für ihn, der, wie sie von Peter wusste, nie nach Wünschen anderer fragte. Er verlor kein Wort, als sie zurückkehrte und sich abtrocknete, obwohl es ihr erstes Zusammensein war, machte weder Komplimente noch eine Bemerkung über ihren Körper, der offensichtlich Gefallen gefunden hatte. „Worüber denkst du nach?", wollte er wissen, nachdem ihm die lange Stille störend bewusst geworden war.

„Dass du mir Angst machst." Darauf entgegnete er nichts. Den Abend verbrachten sie auf einem kleinen Bauernhof im Landesinneren, weit ab der Küste. Jessie wäre lieber im Hotel geblieben, aber der Ausflug war bereits gebucht. Sie aßen Zicklein, ‚Porcheddu', über Myrtenholz gegrilltes Spanferkel, köstlich gereiften Pecorino zum hauchdünnen Hirtenbrot ‚Pane Carasau', das sie ‚Carta di musica' – Notenblatt – nennen. Aus rustikalen Gläsern trank man ‚Monica di Sardegna', kräftigen Rotwein einer autochthonen Rebsorte. Die eindrucksvoll ursprüngliche Atmosphäre am prasselnden Lagerfeuer, die lebhaften Gespräche mit den freundlichen Sarden rückten das demütigende Erlebnis in den Hintergrund. Ihr Blick richtete sich in den dunklen Nachthimmel, den sie sternenreicher als den heimischen empfand und suchte ‚ihn', mit dem sie gerne hier sein würde, hier, wo die Zeit stehenzubleiben schien, aber ohne dass er Micha, der frühere Geliebte ihrer Mutter wäre. Wie mochte es ihm wohl ergehen?

Peter

Zehntmüller konnte die Uhrzeit des Verbrechens nach Jessies Aussage exakter bestimmen. Einem anderen Täter als Rhein hätte nur die Zeitspanne einer guten halben Stunde zur Verfügung gestanden, nachdem sie gegangen und bevor Rhein gekommen war, ihm dagegen eine ganze. Der Mediziner konnte den Zeitpunkt nicht präzisieren, länger hatte das Kind besinnungslos im Gebüsch gelegen, bevor es gefunden wurde. Was ihm sehr mißfiel, die Zigarettenkippen stammten nicht von Rhein, so wenig wie die Haare an der Kleidung des Kindes. Es hätte die Beweiskette totsicher geschlossen. Sie mochten möglicherweise nicht mit dem Täter in Verbindung stehen. Auch, dass Rhein bei der Befragung spontan von Tötung gesprochen hatte, passte schwerlich ins Bild, vielleicht wusste er tatsächlich nicht, was sich ereignet hatte, oder es war nur Taktik. Dumm schien der Mann keineswegs, obwohl er nichts Raffiniertes, Verschlagenes in den Augen hatte, da konnte er sich auf seine Menschenkenntnis verlassen. Ebenso irritierte, dass er anschließend einen Vortrag gehalten hatte, ungewöhnlich nach einer solchen Tat. Sollte er wirklich so kalt und abgebrüht sein? Zweifel, die er nicht abschütteln konnte, was ihn wurmte. Andererseits hoffte er auf die Aussage des Kindes, dessen Zustand sich besserte, wie man ihm berichtete, vielleicht hatte es den Täter erkannt.

Micha wurde das quälende Gefühl innerer Platzangst nicht los, Medikamente sollten ihn beruhigen und schlafen lassen, aber kaum erwacht, war er den schlimmen Empfindungen wieder ausgesetzt, schwindlig, mit zugeschnürtem Magen. Er wusste sich nicht zu erklären, was über ihn hereingebrochen war, zermarterte sich das Hirn, warum er wieder im Blickpunkt einer Straftat stand, ohne die geringste Ursache erkennen zu können. Hatte sich alle Welt gegen ihn verschworen? Schmerzlich vermisste er ihre Worte, die ihm Zuversicht und Liebe hätten geben können, mal tiefgründig heiter, mal beschwingt wie ein klingendes Windspiel. Diese lebensfrohe Frau, die ihm nah, so gleichtickend war, wie nie eine andere. Was mochte sie denken, warum keine Mails mehr kommen? Was würde sie sagen, wenn sie wüsste, dass er dieser schrecklichen Tat verdächtigt wird? Einzig der Gedanke an sie gab ihm Hoffnung. Verzweifelt barg er sein Gesicht in den Händen, spürte den Drang, gegen die Wände des kargen Raums zu rennen und seinen Kopf daran zu schlagen wieder und wieder. Die Stimmen darin wollten nicht verstummen.

Niemand besuchte ihn, keiner reagierte auf den himmelschreienden Vorwurf, weder Jan, Hardy noch Freunde, die ihn so gut kannten, dass ihnen die Absurdität bewusst sein musste. Selbst wenn sie nichts zu seiner Entlastung beitragen könnten, ihr Zuspruch, Solidarität, Glaube an ihn, würden helfen, die Tortur durchzustehen. Viola würde die Tat ganz sicher für ausgeschlossen halten, sie kannte ihn von Grund auf. In den quälenden Stunden schlafloser Nacht verführte ihn der wahnwitzige Gedanke, zuzugeben, was er nicht begangen hatte, etwas einzuräumen, von dem er bis zur Stunde nicht wusste, was genau es gewesen sein sollte, nur um trügerische Ruhe vor den unablässig peinigenden Fragen zu finden. Begann er ernsthaft irre zu werden? Könnte er doch nur mit ‚ihr' sprechen, der er sich wie keiner geöffnet hatte. Ihre Worte könnten trösten und stärken. Seine Ex-Frau hatte sich als Einzige gemeldet und Unterstützung versprochen, Lilith, die ihn oft wie ein Kind behandelte, Schach grässlich fand, Jan nicht mochte und in Hardy, dem labilen Pädagogen, ein dunkles ‚Ich' vermutete ... wie weit war er inzwischen von ihr entfernt?

Zehntmüller hatte die Augenbrauen hochgezogen wie Dächer, die sich über seine Augen wölbten. Der endgültige Durchbruch stand bevor. Zänker hatte das Tatumfeld noch einmal untersuchen lassen, übertriebener Aktionismus, wie er fand, nachdem alles akribisch kontrolliert und ihm der Fall entzogen worden war. Aber wider Erwarten erwies sich der Einfall als Treffer. Ein Kamm lag unweit der Stelle, an der das Mädchen gefunden wurde und wies nicht nur Rheins, sondern auch Haare des Opfers auf, wie die Untersuchungen ergaben. Offenbar hatte der Perverse zunächst die Haare des Mädchens gekämmt, um sich zu erregen und dann die Tat verübt. Da spielte es fast keine Rolle mehr, dass das Kind ihn im behutsamen Gespräch mit Kollegin Schneider und Zänker erkannt zu haben glaubte. Zänker, den er so oft zum Teufel wünschte, hatte mit seinem Riecher tatsächlich den letzten Mosaikstein zur Klärung beigetragen, er war ihm dankbar, spürte riesige Erleichterung, denn die Lösung des brisanten Falls in so kurzer Zeit würde die angemessene Anerkennung für seine Arbeit bedeuten und den sehnsüchtig erhofften Aufstieg beschleunigen.

Mit federnden Schritten suchte er das Büro des Präsidenten auf, der ihn bereits mit dem Staatsanwalt erwartete. Gegen Micha Rhein wurde Anklage erhoben.

Der Sardinienurlaub war vorbei, grauer Alltag wieder eingezogen und mit ihm die unaufhörliche Gedankenkaskade an ‚ihn', sein Verhältnis zu Viola und die Verstrickung in ein Verbrechen, von dem Jessie überzeugt war, dass er es nicht begangen haben konnte. Auch Luca beschäftigte sie, der Vorfall am Strand war nicht der einzige geblieben, bei dem sie sich als austauschbares Mittel zum Zweck empfand. Hatte jahrelanges Fordern und Nehmen zur Verrohung geführt? War das der Grund, warum seine Freundschaften nie länger überdauerten? Hatte Peter das zu ihrer Vorbereitung andeuten wollen? Sie wartete Lucas nächsten Trip nach London nicht ab und flog auf eigene Faust, obwohl sie wusste, dass er es missbilligen würde. Hatte er sich nicht ebenso über ihren Willen hinweggesetzt?

Peter holte sie in Heathrow ab, freute sich unbändig über ihr Kommen, führte sie in seinen Club, wo sie vorzüglich aßen und sich in den gemütlichen Gesellschaftsräumen, eingerichtet als Bibliothek, ungestört unterhalten konnten. Eine Gruppe Portwein schlürfender Engländer, angeregt schwatzend in wuchtigen Ledersesseln, nahm keine Notiz von ihnen. „Wie läuft's?", fragte er und blitzte sie an, als erwarte er die Antwort auf ein Scharadespiel. Sie ahnte, was er meinte, tat aber so, als habe sie den Sinn der Frage nicht verstanden.

„Ich meine mit Luca, wie war der Urlaub?" Sie erzählte von der individuellen Schönheit Sardiniens, besuchten Attraktionen, dem unvergleichlichen Blaugrün des Wassers, dem durchdringenden Licht. Er hörte geduldig zu, während sein Blick sie zu durchbohren schien, bis zu verborgenen Gedanken.

„Es freut mich, dass es dir gefallen hat und ihr harmonische Tage genießen konntet. Hast du Aufnahmen gemacht?"

„Wenige, ich war von vielen Gedanken abgelenkt und froh, einmal ganz abschalten zu können." Er sah sich die mitgebrachten Fotos aus dem Park an; eins begeisterte ihn so sehr, dass er es gleich für die Ausstellung behielt. Über die Bilder mit lichtdurchfluteten Blättern von Ahorn-, Linden- und exotischen Bäumen diskutierten sie eifrig, er fand die eingefangene Atmosphäre ausdrucksvoll, war aber mit den Ausschnitten nicht zufrieden. Sie ärgerte sich, nicht alle Fotos mitgebracht zu haben, wusste jetzt aber, wonach er suchte, worauf es ihm ankam. Sie würde die anderen daraufhin prüfen und geeignete Ausschnitte vergrößern.

Den nächsten Tag hielt er für sie frei, machte sie mit den Mitarbeitern der Galerie bekannt, die brav ihre Bilder lobten, besuchte die Ausstellung ‚*Picasso and Modern Art*' im Tate Britain. Wie selbstverständlich streiften sie Hand in Hand an den Exponaten vorbei, sprachen über Picassos kritischen Ruf in England und den politischen Status, den er durch seinen Auftritt auf dem Friedenskongress 1950 in Sheffield begründet hatte.

Abends, im Atelier, die Mitarbeiter waren längst gegangen, erzählten sie bei bernsteinfarbenem altem Single Malt in massiven Gläsern auf der Besuchercouch von ihren Kinderjahren.

„Was hast du dir damals gewünscht zu sein?" Sie überlegte kurz. „Du wirst lachen, Malerin, ich wollte immer große Blumenbilder malen." Mit weit ausgestreckten Händen beschrieb sie die überdimensionalen Maße.

„Und, hast du es getan?" „Wo denkst du hin? Es waren ja nur Träume, kindische Wunschträume."

„Kinderträume sind nicht kindisch, erwachsen werden, heißt doch nicht, sie aufzugeben ... wenn ich es mir so überlege, wird es höchste Zeit, sie endlich wahr zu machen."

Wie von der Feder geschnellt, sprang er auf, lief in den Keller hinunter, kam mit lausbubenhaftem Grinsen und einem Farbkasten unter dem Arm wieder, klappte ihn auf, drückte ihr zwei Pinsel in die Hand.

„Malen ist mein heimliches Hobby, und jetzt erfüllen wir Träume." Er quetschte einen dicken Farbenstrang leuchtenden Rots aus der Tube, zog den ersten grellen Strich quer über die Wand und deren jungfräulich unschuldiges Weiß.

„Jetzt du! Reicht die Fläche für die Größe deiner Blumen?"

„Bist du von allen guten Geistern verlassen?", rief sie erschrocken, kaum fassend, was vor ihren Augen geschah, „du kannst doch nicht dein edles Atelier beschmieren?"

„Um Träume wahr werden zu lassen, muss man alles können."

Er drehte das Radio auf Höchstlautstärke und griff erneut zur Farbe. Von seinem Übermut angesteckt, überboten sich beide unter den schmetternden Klängen von *Land of Hope and Glory* im Bemalen des weißen Untergrunds, zauberten bizarre Blumenornamente in schillernden Farben, lachten so frei wie früher über die Schmierereien, tupften einander ausgelassen Punkte ins Gesicht und ließen sich wie Kinder erschöpft auf den Boden fallen. Sie betrachtete das bunte Chaos innerer Befreiung wie eine Fata Morgana. Wann hatte sie jemals solchen Spaß erlebt? Es tat so gut, wenn das Glück schon einmal Überstunden macht, dann sollte man es wirklich ausnutzen und genießen.

„Du musst völlig verrückt sein, Peter."

„Wir haben Träume erfüllt, Träume erfüllt", posaunte er laut und hüpfte wild um sie herum; sie wischte andauernd Tränen aus den Augen, Rumpelstilzchen schien als neuer Hundertwasser wieder auferstanden.

Am nächsten Abend holte er sie an ihrem Hotelzimmer ab.

„Willst du mit dem Karton ausgehen?", lachte sie, an spleenige Engländer-Ideen erinnert, als sie das sperrige Ding unter seinem Arm sah. Sie hatte für die drei Besuchstage kaum Kleidung mitgenommen, sich sportlich angezogen und war irritiert, als sie seine festliche bemerkte.

„Wo gehen wir eigentlich hin? Du hast gar nichts gesagt", fragte sie verunsichert mit zunehmend unwohlem Gefühl. Er hatte inzwischen ihr Zimmer betreten und die voluminöse Schachtel auf das Bett gelegt.

„In die Royal Opera Covent Garden", warf er so leicht dahin, als handle sich um die Stippvisite bei einer McDonald Filiale im Londoner Westend Soho. Ihr stockte der Atem.

„Oh ..."

„Ich hätte es nicht besser formulieren können", grinste er.

„Aber ich habe ..."

„Kein aber, ich weiß, dass du Puccini liebst, und wenn du meinst, die passende Garderobe nicht dabeizuhaben, look here please!" Er öffnete die Schachtel, hob vorsichtig ein Jadefarbenes Abendkleid mit goldenen Applikationen hoch, in das sie sich sofort verliebte, fischte ein Paar farblich passender Schuhe heraus und hängte sich zum Spaß ein zierliches Handtäschchen um die Schulter, worauf sie in Lachen und ungewollte Tränen ausbrechen musste.

„Ich glaube es nicht", stammelte sie, „wunderschön und exakt meine Größe ... Covent Garden Opera ist ein Traum, ich weiß gar nicht, was ich sagen soll." Sie war so durcheinander, dass sie ihm einen Kuss gab, stolperte und sein Gesicht überall mit Lippenstift dekorierte. Gottseidank war nichts auf das blütenweiße Hemd geraten.

„Dann belass es bei der Sprachlosigkeit, probier es an, du findest mich an der Bar, muss dringend etwas trinken."

Mit diesen Worten war er verschwunden, ließ sie verwirrt und aufgeregt zurück. Das Kleid saß perfekt, harmonierte mit ihrem braunen Haar, sogar der Augenfarbe, schien wie für sie gemacht. Der Mann hat Geschmack, dachte sie immer noch fassungslos, während sie sich vor dem Spiegel drehte und von der tief ausgeschnittenen Rückseite begutachtete. Die eleganten Schuhe waren eine Spur zu groß, aber da konnte man mit kleinen Tricks abhelfen. Sogar an das passende Täschchen hatte er gedacht, sie war gerührt und beschämt.

Als er sie in der Bar auf sich zukommen sah, konnte er sich von ihrem Anblick nicht losreißen, er hasste abgegriffene Vergleiche, aber sie sah wie eine Königin aus, etwas Originelleres fiel ihm nicht ein. Ihr Gesicht erschien noch schöner und weicher, wenn sie glücklich war, wenn ihre Wangen sich mit zartem Rot überzogen, wie in diesem Augenblick. Langsam schritt sie näher, der elegante, schwungvolle Gang war ihm bisher nicht aufgefallen. Das Haar trug sie aufgesteckt, was einen Blick auf ihren zarten, schlanken Hals erlaubte und sie größer wirken ließ. Die Lippen waren dezent geschminkt, die Augen von tiefgründigem Glanz. Er ging ihr entgegen,

„Sorry, ich bin mit Frau Klarin verabredet, Sie ist Ihnen nicht zufällig begegnet?"

Sie errötete augenblicklich. Er umfasste ihre Hüften und drehte sie einmal ganz herum.

„Du siehst phantastisch aus, nichts verdient den Namen ‚schön' mehr als du."

Ihre attraktive Erscheinung verunsicherte ihn geradezu, er zog sie an sich und gab ihr einen Kuss auf die Stirn.

‚La Bohème' war an diesem 19. Juni 2012 eine mitreißende Aufführung im beeindruckenden Ambiente des weltberühmten Theaters, die sie ergriffen mit den Akteuren fiebern ließ, vor allem mit Angela Gheorghiu als großartige Mimi. Ihr entging auch nicht die Art, in der Peter die Oper verfolgte, auf magische Weise bewegt. Oft gab er sich so unbekümmert, lustig, scheinbar oberflächlich, dabei war er ernsthaft, tiefgründig und feinfühlig, ebenso wie sie bemüht, die empfindsame Seite nicht zu zeigen. An kleinen Gesten spürte sie seine Empathie, Gedanken, die er sich machte, allein der Einfall, ihren Kindheitstraum zu erfüllen und sie für diesen einmaligen Abend angemessen auszustaffieren. Sie mochte ihn sehr, den sensiblen Mann mit unattraktivem Äußerem, sein Inneres machte ihn schön.

Es waren Momente, die Zänker wie Pralinées genüsslich auf der Zunge zergehen ließ, und die ihn tief befriedigten. Durch seinen Bruder war er über die polizeilichen Ermittlungen genauestens informiert. Er hatte die Kollegen in den Konferenzraum gebeten, um sie über die aktuelle Lage zu unterrichten; auch Hardy Baltus, nach wie vor krank geschrieben, hatte sich dazu eingefunden.

„Wenn noch irgendwelche Zweifel an Rheins Täterschaft bestanden haben sollten, sind sie nun endgültig ausgeräumt. Das arme Kind hat ihn wiedererkannt, außerdem hat er dort seinen Kamm verloren, als er durchs Haar der Kleinen gefahren ist. Alle Indizien sprechen gegen ihn. Die meisten von Ihnen hielten ihn für sympathisch, integer, mit Leidenschaft für die Jugend. Ich hatte seine Maske von Beginn an durchschaut, jetzt wissen wir, worin seine wahre Leidenschaft bestand. Ich hoffe auf lebenslange Verwahrung, er hat den guten Ruf unserer Schule gründlich ruiniert. Es soll ja ...", meinte er mit süffisantem Blick in Richtung des Direktors, „... Kollegen geben, die sich um seine Freundschaft geradezu gerissen haben." Baltus hockte mit verkniffener Miene auf seinem Stuhl und hob abwehrend die Hände, als wolle er einen Geist verscheuchen, ohne etwas zu entgegnen. Gemurmel breitete sich aus, Linde Verfürth hatte eine Frage.

„Bitte, Frau Kollegin." „Habe ich recht verstanden, dass es sich bei dem gefundenen Kamm um das vorsintflutliche blaue Ding handelt, das Kollege Rhein vor jeder Schulstunde zum Einsatz brachte?"

„Exakt", grinste er und nickte heftig, „das affige Corpus delicti und Rheins Eitelkeit sind uns allen ja bestens bekannt. Jetzt wird es endgültig Besitz der Asservatenkammer." Dabei ließ er ein blökendes Lachen folgen. „Noch Fragen? Nein? Dann sollten wir wieder an unsere Aufgaben gehen." Zufrieden verließ er das Gebäude, fühlte sich in Hochstimmung und seinem Ziel nah. Den Rest des Tages gab er sich großzügig frei.

Seit Tagen hatte er sie beobachtet, immer fuhr sie denselben Weg, nur die Uhrzeit differierte manchmal um eine Stunde. Das rote, auffällige Fahrrad war schon von weitem wie ein Signal zu erkennen, das ihn aufwühlte und sein Herz höher schlagen ließ. Sie trug nie einen Helm, obwohl sie einen mitführte und auf dem Gepäckträger festgeschnallt hatte. Das lange blonde Haar wehte im Fahrtwind wie eine Fahne hinter ihr, und wenn die Sonne darauf schien, leuchtete es golden, fluoreszierte. Sie hatte er ausgespäht, viele hätten es sein können, aber nur sie erfüllte alle Voraussetzungen, ihm zu gefallen, seine schwarzen Träume zu erhellen, wie kaum eine andere, an denen er sich bisher erfreut hatte. Sie genoss das Privileg, eine Auserwählte zu sein. Birthe hieß sie, ihren Namen hatte er am Briefkasten gelesen und jetzt blieb er wie süßer Belag auf seinen Lippen haften. Seit er sie zum ersten Mal gesehen hatte, war er wie vernarrt, liebte sie mittlerweile, davon war er überzeugt, denn keine Stunde am Tag verging, an der er nicht an sie gedacht, sich den zarten, noch nicht erwachten Körper ihrer Jugend vorgestellt hätte. Keine Nacht, in der sie es versäumte, ihn in seinen Träumen zu besuchen. Wunderbar war sie, von unschuldiger Reinheit und Anmut, würde aber seine Liebe leider nie erwidern, denn … Birthe war erst zehn.

Die Strecke von ihrer Schule bis zum Haus, wo sie allein mit der berufstätigen Mutter wohnte, hatte er mehrmals abgeschritten. Zuletzt mündete sie in einen kaum befahrenen Weg mit kurzer steiler Passage, vorbei an einem Gehölz, da musste sie vom Rad steigen und es ein paar Meter schieben. Diese Stelle würde sich eignen, die dichten Büsche jeden Blick verhindern, eine perfekte Tarnung. Heute war der Tag, an dem er sie heiraten, sie lieben würde, nur ein einziges Mal war es ihm vergönnt, und das wollte er bis zum letzten Atemzug auskosten. Nichts durfte schiefgehen, er hoffte inständig, dass sie die Haare nicht zusammengebunden hatte, das würde der Inszenierung schaden und ihren Reiz schmälern. Schon die fünfte Zigarette hatte er geraucht, vor Aufregung zitterten seine Hände wie Pappelblätter im Wind, die Hände, die sie bald berühren und durch ihre weichen langen Haare gleiten dürften. Es würde ihm so viel Glück schenken, und das hätte er redlich verdient. Schon von weitem sah er das rote Signal und die golden schimmernden Haare wehen. Sein Herz raste zum Zerspringen, er spürte die Erregung unbarmherzig fordernd werden, ein Hochgefühl, wie er es noch nicht erlebt hatte. Hastig streifte er die dünnen Handschuhe über. Nur noch wenige Meter war sie von ihm entfernt, ihr Atmen, ihr Trällern, sie sang tatsächlich, es klang wie das betörende Rufen einer Elfe. Jetzt stieg sie vom Rad, kam langsam auf ihn zu, fröhlich, vollkommen, unberührt, eine lebende Unschuld. Dann sprang er hinter dem Gebüsch hervor.

Jessie war aus London zurückgekehrt und von Peter herzlich verabschiedet worden, wie von einem langjährigen guten Freund. Sie war ihm dankbar für die unvergesslichen Tage und hatte das Gefühl, ihn schon ewig zu kennen, eine ähnliche Vertrautheit, wie bei Micha zu empfinden. Luca wollte lückenlos jede Einzelheit des Besuchs wissen; wie sie erfuhr, hatte er sogar in ihrem Hotel nachgefragt, ob sie tatsächlich dort wohne und nicht etwa zu Peter gezogen sei.

„Was würdest du sagen, wenn ich dich über jedes Detail deiner Abwesenheit ausfragen und allem misstrauen würde?"

„Das ist was völlig anderes."

„Was soll daran anders sein? Vertrauen gegen Vertrauen, warum sollten Männer andere Rechte für sich in Anspruch nehmen können? Oder legst du die Erfahrungen mit verhüllten Frauen aus Saudi-Arabien zugrunde?"

Der Dialog war ihm fremd, offenbar besaß bisher nur er Fragerecht, was gingen andere seine Zeitgestaltung und Liebschaften an, schien er zu denken. Peter hatte Recht, Luca war Experte des flüchtigen Eros. Sie wollte arbeiten, die Fotos aufbereiten, unwillig verabschiedete er sich, küsste sie, schon in der Tür stehend, in der Hoffnung, seine Unwiderstehlichkeit könnte sie umstimmen, aber sie blieb konsequent, ihr alter Kampf- und Widerspruchsgeist war wieder erwacht. Von jeher war sie ein freiheitsliebender Mensch, der Spielräume benötigte und allenfalls die lange Leine akzeptierte. Als er gegangen war, setzte sie sich an den Laptop, hatte das Bedürfnis Michas frühere Briefe zu lesen, er fand in jeder Situation die richtigen Worte, ‚verbale Preziosen‘, sprach ihr Herz an, kannte sie und ihre Bedürfnisse. Wie sehr vermisste sie seine E-Mails, wie stark spürte sie dunkle Sehnsucht, wie hatte sie sich auf das Kennenlernen, Gemeinsamkeit, das Erlebnis Paris gefreut. Warum war das Schicksal so ungerecht und unbarmherzig? Jetzt saß er in Haft, woran sie die Schuld trug, schließlich hatte ihn erst die falsche Anschuldigung in den Kreis der Verdächtigen gerückt.

Traurig ging sie die Bilderserie aus dem Park durch. An diesem Tag wollte sie den Schleier, der sie voneinander trennte, endgültig zerreißen. Wie hoffnungsfroh war sie noch am Nachmittag, als sie die Fotos schoss. Sie betrachtete die des blonden Mädchens, das so zeitvergessen spielte, ihr Herz krampfte sich zusammen, wäre sie nur eine halbe Stunde länger geblieben, hätte alles verhindert werden können. Motive, von denen sie annahm, dass sie Peters Anforderungen genügten, wählte sie aus und begab sich an die Vergrößerungen. Ja, es entstanden andere Eindrücke, mehr Strahlung, fast Transzendenz. Sie versuchte extremer zu zoomen, was wegen der Unschärfe nicht überzeugte, stutzte plötzlich, was war denn das? Sie veränderte den Ausschnitt, zog die Stelle näher heran. Es waren … oder täuschte sie sich? Nein, für einen Moment schloss sie die Augen, fixierte das Foto erneut, ohne Zweifel waren es Konturen eines Gesichts, das sich hinter dem Kopf des Mädchens im Gebüsch abzeichnete. Bei normalem Format konnte man es nicht erkennen, aber bei der extremen Vergrößerung als eindeutige

Umrisse. Ihr Herz schlug wild, was hatte sie da entdeckt? Schnell ging sie Bilder durch, die sie verworfen hatte und fand eins mit anderer Tiefenschärfe, ohne Weichzeichner fotografiert. Hier waren die Konturen etwas besser erkennbar. Sie sprang auf, lief unruhig im Zimmer umher, hatte das Gefühl, auf eine Goldader gestoßen zu sein. Das bedeutet, meldeten die fieberhaft rotierenden Zellen, dass der Täter während ihres Aufenthalts im Gebüsch gelauert, das Mädchen beobachtet und nur darauf gewartet haben musste, dass sie den Platz verließ. Eiskalte Schauer verwandelten ihren Rücken in ein Nagelbrett, sie schüttelte sich angewidert und blickte vorsorglich zur Tür, ob sie abgeschlossen war.

Selten geriet eine Nacht so quälend lange, erst konnte sie vor Aufregung nicht einschlafen, dann erwachte sie wieder, von Unruhe getrieben. Sie könnte die Lösung für seine Unschuld in Händen halten, das Unrecht wieder gut machen. Wie viele Tage, Wochen hatte er jetzt in Haft, Ungewissheit und Verzweiflung verbracht, genug für sein Verhalten gegenüber Viola gebüßt. Das hatte sie nicht gewollt.

Hardy Baltus kam erst nach dem Mittagessen nach Hause; im Anschluss an die Konferenz mit dem unerträglichen Anblick des schmierigen Zänker in seiner Stellvertreterfunktion, war er länger durch die Gegend gefahren. Allein der Gedanke, dass der fettwanstige Hintern seinen Stuhl entehrt hatte, konnte ihm Erbrechen verursachen, er würde sich gleich einen neuen zulegen, wenn er wieder zurückkehrte. Seit dem Vortragsdebakel, das ihn in den Grundfesten erschütterte, unbeschreiblichen Frust und Zorn auf die Besserwisser da oben und Micha erzeugte, der nach Entladung schrie, hatte er nichts mehr von höchster Stelle gehört und konnte nicht sicher sein, ob er nach Gesundung seine Position wieder einnehmen dürfte. Er fühlte sich unberechtigt desavouiert, war nervös, Geräusche schreckten ihn auf, als könnten sie seinen Herzschlag bedeuten. Unwirsch reagierte er auf Carolines Frage, wo er so lange gewesen, warum so wortkarg sei – das gehe sie nichts an – und ebenso gereizt auf Elises Bitte, die Nacht bei ihrer

Freundin verbringen zu dürfen. „Kommt überhaupt nicht infrage, wer weiß, was ihr wirklich im Sinn habt? Ende der Diskussion." Handfester Familienstreit schloss sich an; die Kränkung durch ihren Vater und sein fehlendes Vertrauen ließen etwas in Elise explodieren, aufbrechen, wie eine verschlossene Druse und sich ihrer Mutter anvertrauen; endlich erzählte sie, was ihre Seele seit langem bedrückte.

Zehntmüller vergaß umzurühren, der Schluck schwarzen Kaffees schmeckte so bitter, dass er ihn sofort ausspuckte. Die Nachricht, die man ihm überbrachte, hatte die Sprengkraft einer Bombe. Gerade war die entblößte Leiche eines zehnjährigen Mädchens gefunden worden, das sich mit dem Rad auf dem Heimweg befand und ein kleines Waldstück passieren musste, wo ihm der Täter aufgelauert hatte. Birthe Zielau, missbraucht, erschlagen mit einem Knüppel, mehrere Zigarettenstummel, nach erstem Eindruck keine Fingerabdrücke, kein Sperma, das waren die Fakten, die ihm vorlagen. Exakte Parallelen zum Fall Rhein, nur dass der in der Zelle saß und es definitiv nicht gewesen sein konnte. Gedanklich hatte er den Fall abgeschlossen, nun begann alles wieder von vorne. Er fluchte laut, es war zum Verzweifeln und wieder ein kleines Mädchen das Opfer. Weiß traten die Fingerknöchel hervor, so fest presste er seine Hände zu Fäusten, ließ sie auf den Schreibtisch trommeln.

Jessie hatte in der unruhigen Nacht beschlossen, direkt am Morgen zur Kripo zu fahren und den Überraschungsbeweis vorzulegen. Man verwies an den Hauptkommissar; auf dem kahlen Gang vor seinem Büro nahm sie Platz, er sei in einem Gespräch, es dauere. Bald hielt es sie nicht mehr auf dem Stuhl, sie sprang auf, ging unruhig umher.

„Kann ich helfen, schöne Frau?", eine schmierige Type mit Seehundbart und lauernder Miene sprach sie an, „Sie wollen zum Chef, in welcher Sache?"

Nur widerwillig nannte sie den Fall, zu dessen Lösung sie Beweisstücke vorlegen wolle. „Da sind Sie bei mir richtig, Kriminalhauptmeister Zänker", sagte er diensteifrig und streckte ihr die Hand entgegen. Sie war kühl, feucht und fühlte sich an wie die Haut einer Kröte. Sein gieriger Blick machte sie stutzig, irgendetwas an der Art seines Interesses ließ sie vorsichtig werden. „Der Kollege ist nicht mehr damit befasst, der Fall ist mir übertragen." Er fasste sie am Arm, wollte sie ins Büro ziehen, den Blick neugierig auf ihre Tasche gerichtet, als sich die Tür öffnete und Zehntmüller eine Dame hinausgeleitete. „Herr Zehntmüller?" Er drehte sich um. „Möchten Sie zu mir?" „Ja, in der Sache Katharina Boll mit einer wichtigen Information." Wieder formte er seine Augenbrauen zu Dächern, ein Anblick, der Jessie erstaunte.

„Ich übernehme das schon Chef, ist ja nicht mehr von Bedeutung." Auch er bemerkte das Gierige in Zänkers Augen, das ihm nicht gefiel; gut, er hatte ihm in der Sache zum Erfolg verholfen, aber war er sich nach dem gerade geführten Gespräch noch sicher? „Danke, ich mache es." Er ließ Jessie den Vortritt; als Zänker sich ebenfalls hineinquetschen wollte, bedeutete er ihm, die Unterredung alleine zu führen und schloss die Tür.

Jessie stellte sich als die Anruferin vor, die das Kind unmittelbar vor der Tat gesehen und Zeitangaben gemacht habe, präsentierte die Fotos, die sie zunächst nicht beachtet, für die Fotoausstellung aber wieder in die Hand genommen und vergrößert habe. Zehntmüller konnte seine Überraschung nicht verbergen, als er die Bilder eingehend betrachtete.

„Donnerwetter, eindeutig ein Gesicht. Und Sie sind sicher, dass es am Tag des Übergriffs gemacht wurde?"

„Hundertprozentig, alle Bilder sind mit Datum und Uhrzeit erfasst."

„Ich bin Ihnen sehr dankbar Frau Klarin, es könnte die entscheidende Wende in den Fall bringen, halten Sie sich bitte für weitere Fragen bereit."

Kaum war Jessie gegangen, wieselte Zänker ins Büro: „Gibt's was Neues Chef?"

„Unbedeutend", meinte er geschäftig, „die Frau mit den Zeitangaben hat die Aussage zu Protokoll gegeben." Er griff nach dem Telefonhörer zum Zeichen, dass das Gespräch beendet war, blieb nachdenklich am Schreibtisch sitzen, die Stirn auf die gespreizten Finger seiner Hand gestützt, packte dann entschlossen seine Jacke und verließ das Büro. Er fuhr am Rhein entlang, schlug den Weg zum Park ein und setzte sich auf eine der Bänke. Niemand war dort, es herrschte, nicht weit vom Stadtverkehr entfernt, erstaunliche Stille. Er versuchte die Situation zu rekonstruieren, hier hatte das Mädchen den Angaben nach gespielt, aus diesem Blickwinkel war das Foto geschossen, dort musste sich der Täter versteckt und auf seine Chance gelauert haben. Zehntmüller kletterte selbst in die dichten Hecken. Drückte man die Zweige auseinander, hatte man tatsächlich Sicht auf den Spielplatz, ohne selbst entdeckt zu werden. Die Fotografin, hübsche Person übrigens, hatte nur das Kind, nicht der Hintergrund interessiert. Ein Produkt ‚à la Kommissar Zufall'?

Systematisch ging er die Fakten durch. Wenn Rhein nicht der Täter war, musste der andere sich im Gebüsch bereitgehalten und sofort gehandelt haben, nachdem sie gegangen war, die Zeitspanne bis Rhein auftauchte, hätte ausreichen können. Man hatte Fußspuren gefunden, die, wie er inzwischen wusste, nicht zu Rhein passten, die meisten verwischt, man würde sie mit denen am Ort der zweiten Tat vergleichen, vor allem die auch dort gefundenen Zigarettenstummel. Rheins Fingerabdrücke an der Eisenstange? Vielleicht vom Täter achtlos weggeworfen und von ihm nur aufgehoben, wie er sagte? Weitere Abdrücke würde man abgleichen, wenn er nicht Handschuhe getragen haben sollte. Die Frauen, die Rhein erkannten? Vermutlich war er in Eile, weil der Vortrag wartete. Es ist tatsächlich ein Platz besonderer Faszination, an dem man die Zeit vergessen kann, da musste man Rhein Recht geben, dachte er, wenn er nicht auf so fürchterliche Weise entweiht worden wäre. Die andere Täterschaft würde auch erklären, warum die Haare an der Kleidung des Kindes nicht von Rhein stammten. Bliebe noch die Sache mit dem Kamm, dem endgültigen Beweisstück, das sie so sicher sein ließ, bis sich der zweite Fall ereignete und diese Gerlinde Verfürth, die morgens als erste zum Gespräch kam, ihn misstrauisch werden ließ.

Micha nahm keine Nahrung zu sich, kauerte apathisch in der Zellenecke, als fürchte er sich vor ungebetenen Besuchern, war unkonzentriert beim Gespräch mit seinem Anwalt, der Details wissen wollte, etwa zu seinem Kamm, an die er sich nicht erinnern konnte. Lilith hatte sich darum gekümmert, der Mann gehörte zu den angesehensten Strafverteidigern. Von Michas Unschuld war er überzeugt, aber die Indizien sprachen gegen ihn, zunächst sah die Sache nicht rosig aus. Es gab zwar Ungereimtheiten, unlogische Abfolgen, bei denen man ansetzen konnte, außerdem war er nie einschlägig in Erscheinung getreten, bis auf die eigenartigen Beschuldigungen, die nach Intrige aussahen, aber das war reichlich dünn. Dann geschah das zweite scheußliche Verbrechen, das ihn entlasten könnte. Entscheidend wäre die Spurenauswertung dort. Der schlechte Zustand seines Mandanten machte ihm Sorgen, das Gift der Verleumdung schien ihn langsam zu zerstören.

Konsequenzen

Linde war bei Zänkers Bestätigung stutzig geworden, der scheußlich blaue Kamm, von dem Micha sich seit Jahren nicht trennen wollte, wie von einem Talisman, war ihr öfter begegnet und hatte fast Ekelgefühle ausgelöst. Damals, nach dem Unfall, als sie ihm half, wieder auf die Beine zu kommen, wollte sie das obskure Ding schon verschwinden lassen. Unter tausenden würde sie ihn wieder erkennen und nun sollte er dort gefunden worden sein, nachdem alles abgesucht war? Vor allem eins ließ sie zweifeln. Als die Polizisten Micha abholten, war es heiß und er ohne Jackett mitgegangen, sie hätte es vergessen, wenn nicht der Hausmeister es kürzlich im Schrank gefunden und nach dem Besitzer gefragt hätte. Die Suche in den Taschen ergab keinen Hinweis, dabei war der hässliche Kamm herausgefallen, daran erinnerte sie sich genau. Und nun angeblich Wochen zuvor am Tatort verloren worden sein? Sollte er zwei besessen haben? Als sie allein im Zimmer war, öffnete sie den Schrank, die Jacke hing noch da, ihre Berührung löste ein schmerzliches Gefühl aus. So sehr er sie gedemütigt hatte, entdeckte sie noch immer Gefühle für ihn, konnte sich nie vorstellen, dass er zu dieser Tat fähig gewesen sein sollte. Im Gegensatz zu Baltus war er wirklich ein guter Pädagoge, ehrlich, ein Mann mit Grundsätzen und Charakter. Mit leisem Seufzen griff sie in die Taschen, der Kamm fehlte. Sie schlief eine Nacht darüber, suchte am nächsten Morgen das Präsidium auf.

Zehntmüller ließ das Gespräch mit ihr kurz Revue passieren. Sollte der Kamm später zum Tatort gebracht, ein Beweis tatsächlich manipuliert worden sein? Das wäre ein ungeheuerlicher Vorgang. Vor allem, welches Motiv gäbe es dafür? In plötzlicher Eingebung fuhr er zur Schule und ließ sich bei Zänkers Zwillingsbruder melden. Er sah ihm zum Verwechseln ähnlich, ebenso unsympathisch. „Nur ein paar abschließende Fragen, Herr Zänker." „Selbstverständlich, für Sie jederzeit." Die schleimig, servile Art kotzt mich an, dachte er und begann ein unverfängliches Gespräch. Unschwer war sein Hass auf Rhein herauszuhören, wieder erwähnte er den Vorfall in der Turnhalle, überzeugt, dass er schon damals vergewaltigt und das betroffene Mädchen wohl aus Scham geschwiegen habe. Während der Unterredung spielte er nervös mit einem silbernen Kugelschreiber, auf dem ein großes ‚U' eingraviert war. Einen ganz ähnlichen hatte Zehntmüller bei seinem Bruder gesehen, er wollte wetten, dass dort ein ‚H' für Horst stand. Wahrscheinlich hatten sie sich die Stifte einmal gegenseitig zum Geschenk gemacht. Blitzschnell kam ihm die Idee.

„Einen schönen Stift haben Sie, wirklich ein außergewöhnliches Stück. Verrückter Zufall, den gleichen habe ich gerade am Tatort gefunden, schade, er liegt im Wagen, sonst hätte man ihn daneben legen können, wirklich absolut ähnlich, auch mit eingraviertem Buchstaben."

Er registrierte ein deutliches Zittern in Zänkers Bartspitzen, verabschiedete sich, ohne die Tür fest zu schließen, ging vernehmlich einige Schritte über den Flur, schlich auf Zehenspitzen zurück, rechtzeitig, um noch einen Teil des Telefonats zu hören.

„Was weiß ich, warum? Schau nach, ob du den Kuli hast? Was heißt, nicht wo? ... doch, er hat ihn da gefunden ... ganz sicher, sähe aus wie meiner mit Buchstabengravur ... wirst ihn bei der Aktion verloren haben, du Trottel ... Egal, wenn er danach fragt, hast du nie einen besessen, ist das klar?"

Er hatte Zänkers Blutdruck heftig in die Höhe getrieben und gehört, was er hören wollte; Adrenalin macht zwar schnell, aber ebenso unvorsichtig. Prompt war er auf den Trick hereingefallen, sein

Verdacht hatte sich bestätigt und er hatte endlich etwas gegen den unbeliebten Kollegen in der Hand, gemeinsam mit seinem Bruder ein Beweisstück getürkt zu haben. Am Kamm waren Rheins Spuren, die Haare des Kindes konnte Zänker bei der Befragung im Krankenhaus leicht beschafft haben. Wie groß musste der Hass sein, aber aus welchem Grund? Ein Motiv erschloss sich ihm nach wie vor nicht. Möglicherweise kommt einer von ihnen sogar als Vergewaltiger infrage und will von seiner Person ablenken?, schoss ihm durch den Kopf. Es ergaben sich völlig neue Konstellationen.

Anhand des Fotos rekonstruierten Spezialisten die Konturen und fertigten das Phantombild eines Gesichts an, das sofort an die Presse weitergeleitet wurde. Die Männer hatten gute Arbeit geleistet, schon kurz nach Veröffentlichung gingen übereinstimmende Hinweise ein. Die Spuren an den Zigarettenkippen beider Tatorte waren identisch, ebenso gefundene Haare an der Kleidung der Mädchen und Fußabdrücke. Die Tatwaffe wies zwar keine Spuren auf, dennoch musste der Täter ein und derselbe sein. Es konnte nicht Michael Rhein sein.

Caroline Baltus stand früh auf an diesem Morgen, sie war mit ihrer Freundin Kathi zum Joggen verabredet, wollte vorher in Ruhe frühstücken und die Zeitung lesen, ein Ritual, worauf sie an keinem Morgen verzichtete. Kaffeeduft erfüllte die Küche, lockte Elise aus dem Bett, die sich schlaftrunken eine Tasse eingoss und Brotscheiben in den Toaster schob. Erste Sonnenstrahlen stelzten wie gespreizte Finger über die Terrasse, ließen den Raum hell und freundlich werden, ein schöner Tag schien sich anzubahnen. So früh war beiden nie nach Konversation zumute, erst recht nicht seit Elises Offenbarung, die wie eine unheimliche Gewitterwolke über ihnen schwebte. Die Bewegung in frischer Luft würde ihr einen klareren Kopf verschaffen, außerdem Gelegenheit, Kathi in der Sache vertrauensvoll um Rat zu fragen. Sie blätterte die Seiten durch, überflog zwei Artikel, sprang plötzlich so abrupt auf, dass sie die Tasse umstieß, deren Inhalt sich auf dem Tischtuch gemächlich ausbreitete und stieß einen grellen Schrei aus. Entsetzt fuhr Elise zusammen. „Mama was ist?" Caroline deutete mit gurgelndem Laut auf die aufgeschlagene Zeitung, die gierig den Kaffeerest aufsog und verfiel in anhaltendes Wimmern. Aus ihrem Gesicht war sämtliche Farbe gewichen. Elise suchte die Seiten nach einem Hinweis auf die unerklärliche Reaktion ab, fand zunächst nichts, erstarrte dann. Das Phantombild sprang ihr ins Auge, übertitelt mit der Überschrift:

‚Mutmaßlicher Kinderschänder und Mörder gesucht. Wer kennt diesen Mann?' ... Es war so markant, dass sie keine Sekunde zweifelte.

Jessie erfuhr während ihres Rombesuchs von der überraschenden Wende, und dass ihr Foto zur Aufklärung geführt hatte, die sonst vielleicht nie erfolgt wäre. Sie hatte René ausfindig gemacht, sich zu einem Besuch entschlossen, weil ihr klar geworden war, dass sie dieses und ein weiteres Gespräch brauchte, um die Auseinandersetzung mit Violas Leben abschließen, endlich inneren Frieden finden zu können. Er bekleidete eine exponierte Funktion im Vatikan, es war nicht einfach und forderte ihren ganzen Charme, bis zu ihm vorzudringen. Der erwartete blonde Jüngling, inzwischen weißhaarig, empfing die vorgebliche Verwandte in seinem Ornat, und sie fragte sich insgeheim, ob er die Robe noch immer in der damaligen Schneiderei anfertigen ließ, in der er Viola kennengelernt hatte. Die beschriebenen feinen Züge, die Zartheit hatte er sich bewahrt, ebenso seinen zerzausten Schopf und die jungenhafte Ausstrahlung, die manche Männer bis ins hohe Alter nicht verlieren. Während ihres Spaziergangs durch den Garten des Refektoriums ergänzte René vieles am Bild der Beziehung, das Violas Tagebuch nicht aufgezeichnet hatte.

„Sie sollten wissen Jessie, dass ich sie geliebt habe, aber obwohl sie mich sehr mochte, verhielt sie sich, wie von einem unsichtbaren Band zurückgehalten. Die Erinnerung an Micha ließ sie nie frei werden, nie die Gefühle empfinden, die sie haben und geben wollte, bis auf wenige Urlaubstage. Da gelang es ihr, sich einmal aus dem Schatten zu lösen. Sie war innerlich gefangen seit ihre Liebe zerbrach, konnte oder wollte vielleicht diese Fesseln nicht sprengen. Entschuldigen Sie den sakralen Vergleich, unbewusst hatte sie einen Altar für ihn und die vergangene Liebe errichtet, der nicht entweiht werden durfte. Lange kämpfte ich damals um die richtige Entscheidung, war unsicher, ob ich jemals etwas an diesem Zustand würde ändern können und verzweifelt, weil sie meine Briefe nicht beantwortete."

„Haben Sie sie nie mehr gesehen?" „Doch, viermal habe ich sie später besucht." Ein belustigtes Lächeln trat in seine Augen. „Beim letzten Mal schenkte ich ihr im Scherz ein Lotterielos, ‚wenn ich dir schon kein Liebesglück bringe, dann vielleicht materielles', da war sie schon gezeichnet, Lähmungen traten auf, selbstzerstörerisch begann sie, sich zu ritzen. Sie hatte die Liebe zu sich selbst, aber nicht zu Ihnen, liebe Jessie, verloren; sie sprach viel von Ihnen, machte sich Vorwürfe, vieles falsch gemacht zu haben. Irgendwann wird sie mich verstehen und mir verzeihen, sagte sie. Ich organisierte Hilfe, die sie ablehnte, beauftragte eine Frau aus der Nachbarschaft, nach ihr zu sehen und das Nötigste einzukaufen."

Davon stand nichts im Tagebuch. Jessie war bestürzt und gerührt, das Meiste geschah während ihrer Kommunenzeit, in der das Dasein angeblich so einfach sein sollte. Viola hatte die Frau in ihr, die Liebe zu sich sterben lassen, einen langen qualvollen Tod durch inneres Verhungern, nicht mehr nach sich selbst gefragt. Wie einsam musste sie geworden sein. René wusste nicht, auf welche Weise ihr Leben geendet hatte und nahm es stumm zur Kenntnis. Es war ein Gefühl eigenartiger Distanz und Vertrautheit zugleich, mit einem fremden Mann, zumal Priester, zu sprechen, von dessen Gedanken, Gefühlen und intimer Zärtlichkeit sie alles wusste, weit mehr, als er vermuten konnte, verbunden durch geteilte Erinnerungen an Viola. Sie war froh, sich zu diesem Besuch entschlossen zu haben, der sie ihrem Frieden ein Stück näher brachte.

Weinend sank Elise auf den Stuhl zurück, rang verzweifelt nach Luft. Vor Monaten hatte sie das schreckliche Geheimnis entdeckt, als sie verbotenerweise an seinem Computer arbeitete, weil ihrer nicht funktionierte. Dutzende Dateien, Bilder missbrauchter Kinder, waren heruntergeladen, erschreckende Szenen von Gewalt und Erniedrigung. Sie war erschüttert, tief enttäuscht, verlor in diesem Augenblick ihren Vater, den niederträchtigen Heuchler, der Pädagoge, sogar Vorsitzender eines Kinderschutzvereins war und sich als ihren ‚moralischen Gehstock' zu bezeichnen gewagt hatte. Damals wurde sie krank, aß und schlief kaum mehr, vernachlässigte die Schule, hätte sich gerne jemandem anvertraut, befürchtete aber, alles zu zerstören. Ihrer Mutter sollte die Enttäuschung erspart bleiben, sie litt unsäglich. Wäre sie nicht verpflichtet, das Gesehene aufzudecken, ihn anzuzeigen, um eine Fortsetzung des perversen Bildertauschs zu verhindern? Wie viele Unschuldige sollten noch darunter leiden müssen? Seither ließ es ihr keine Ruhe mehr, jetzt war das Unfassbare geschehen, ihr Vater, hinter der Maske des Kinderschützers, zum Vergewaltiger und Mörder geworden. Sie hatte ihrer Mutter von der Entdeckung erzählt, die zu sehr gelähmt war, um sofort zu handeln. Nie hätten sie eine solche Eskalation für möglich gehalten.

Unbemerkt hatte Caroline die Küche verlassen, sich über die Treppe zum Schlafzimmer geschleppt, wo ihr Mann noch schlief. Unter fortwährendem Wimmern schlug sie mit einem Holzscheit auf ihn ein, bis sie zusammenbrach. Kurz darauf holte die Streife ihn ab, wegen kleinerer Verletzungen musste er auf der Krankenstation der Haftanstalt versorgt, Caroline psychologisch betreut werden.

„Wenn die Kraft da gewesen wäre, hätte ich ihn an diesem Morgen umgebracht. Unbewusst habe ich immer gespürt, dass es einen ‚dunklen Passagier' gibt, der sein Leben begleitet, ein Geheimnis, wusste aber nichts Weiteres, man durfte ihn nie darauf ansprechen", sagte sie als der erste Schock überwunden war. „Die häufigen Kurzvisiten in Istrien, wo ich eine andere Frau statt unschuldiger Mädchen vermutete, das stets verschlossene Arbeitszimmer, seine stundenlangen Streifzüge, von denen er mit schmutzigen Schuhen nach Hause kam, wonach man nicht fragen durfte. Warum konnte ich nicht gleich nach dem Gespräch mit Elise reagieren? Dann wäre wenigstens eine Tat verhindert worden."

Micha wurde aus der U-Haft entlassen, Jan holte ihn ab, versuchte seine Verlegenheit hinter trivialen Bemerkungen zu verbergen. „Sorry, dass ich dich nicht besucht habe, du weißt ja, meine Stellung, ich muss Rücksichten nehmen." Wie zum Bedauern hob er die Schultern. „Aber jetzt mein Freund fahren wir zu mir und futtern uns mal so richtig durch; siehst ja aus wie Lazarus, können die euch von unseren Steuergeldern nicht was Anständiges zu fressen geben?"

Micha lehnte brüsk ab, selbst jetzt traute Jan sich nicht, mit ihm ein Restaurant aufzusuchen. Ihm war nach keinem Pharisäer mehr zumute. Nachdem er sich drei Tage wie ein Einsiedler verschanzt und nur Linde für ihren aufmerksamen Spürsinn gedankt hatte, suchte er Caroline auf. Sie und Elise waren vom Schreck und Spießrutenlaufen so gezeichnet, dass ihr Anwalt sie an einem unbekannten Ort unterbringen musste, von einem Psychologen betreut. Tagelang war ihr Haus von Reportern und Kamerateams umlagert, sie interviewten ersatzweise Nachbarn, die die Chance, einmal in einem Kriminalfall mitzuspielen, nur allzu gerne wahrnahmen. Ohne Zögern hatte Caroline den Entschluss gefasst, sich scheiden zu lassen, das Haus zu verkaufen und wegzuziehen, ebenso wie Micha seine Wohnung aufgeben und sich versetzen lassen wollte. Jegliche Freude an Heim, Schule und Vereinen war ihm vergällt worden.

„Ich begreife nicht, wie ich mich so täuschen lassen konnte, dass er eine zweite, andersartige Person in sich trägt, von deren Existenz ich nichts ahnte. Wie eiskalt muss jemand sein, Kinder zu missbrauchen und dann zu töten, um den eigenen Kopf zu retten. Unser Leben ist zerstört." Caroline wandte sich angeekelt ab.

„Dich hätte er, ohne mit der Wimper zu zucken, für seine Taten ins Gefängnis sperren lassen und noch Mitgefühl geheuchelt. War das einmal Freundschaft?" Micha blickte resigniert und sagte: „Ich bin ebenso entsetzt, dass ich als sein Freund nicht hinter die Wand blicken, seine Perversion nicht erkennen konnte. Neben dem Schock, selbst den Verdächtigungen ausgesetzt zu sein, war eine weitere bittere Erkenntnis, wie viele Freundschaften sich nur als Schönwetterkontakte erwiesen. Cicero wusste: *‚Einen sicheren Freund erkennt man in unsicherer Sache'*."

Auch sie dachte an die gemachten Erfahrungen. Alle, die so gerne zu den Einladungen kamen, ihr Essen lobten und sich vertraut gaben, schienen sich plötzlich nicht mehr daran zu erinnern, kannten sie nicht mehr, nur Kathi war ihr geblieben.

„Wie eine kollektive Amnesie war das, was ist mit Jan?"

„Erbärmlich hat er sich verhalten, der ungetrübte Schein seiner Stellung war ihm wichtiger, als unsere Freundschaft. Schon unsere Vorfahren kannten das Phänomen und haben ihre enttäuschenden Erfahrungen in vielen Zitaten weitergegeben, ist es zynisch, davon zu sprechen?"

Sie schüttelte den Kopf. „Nein, es ist nur schlimm, es erst dann zu merken, wenn man sie am nötigsten gebraucht hätte."

„Bleiben wir in Verbindung, schon wegen Elise?" Er nahm sie in den Arm, spürte das Zucken ihrer Schultern, unkontrolliertes, tonloses Schluchzen. Sanft strich er die dichten schwarzen Locken aus der Stirn und streichelte über ihren Kopf. Ein schmerzlich schönes Gefühl, sie so nah zu spüren. Warum konnte er nicht früher einer solchen Frau begegnen, die lebenstüchtig, gefühlvoll, klug und jetzt so verletzt war? Sie gefiel ihm seit ihrer ersten Begegnung, Hardy hatte sie nie verdient.

„Natürlich Caro, wir wissen schließlich, was Freundschaft bedeutet." Gerne hätte er gefühlvollere Worte hinzugefügt, ihr gesagt, dass er sie mochte, zögerte aber, hielt den Zeitpunkt nicht für geeignet.

Anschließend ließ er die Folgen seines Traumas, die ihn seit Wochen in den Krallen hielten, im Sanatorium behandeln. In banger Ungeduld hatte er nach der Entlassung seinen Laptop geöffnet und enttäuscht festgestellt, dass sie ihm in den Wochen der Abwesenheit nicht geschrieben hatte, kein einziges Mal. Auch seine letzte Nachricht war unbeantwortet geblieben. Aus welchem Grund? Hatte sie seinen Namen und dann von der fürchterlichen Anschuldigung erfahren? Ihm eine solche Tat wirklich zugetraut? Das mochte er einfach nicht glauben. Die immerwährend bohrenden Gedanken folterten ihn, hafteten wie Blutegel in seinem Hirn, schienen es aussaugen zu wollen, bis zum letzten Partikel, dann schrieb er ihr erneut.

Ferne weiße Magnolie!
Ich bin verzweifelt, bekomme kein Lebenszeichen mehr, konnte dir leider nicht schreiben. Furchtbares ist passiert, wovon ich dir berichten will. Ich weiß nicht, warum du schweigst, was du vielleicht erfahren hast oder glaubst; ich bin unschuldig verdächtigt worden, war verhaftet und habe nur überlebt, weil ich mich an die Hoffnung unserer Gemeinsamkeit klammern konnte. Lass bitte etwas von dir hören.
Dein r.D. endlich in freien Gewässern.

Auf dem Rückflug von Rom, wo sie noch Fotos verkaufen konnte, fasste Jessie den Entschluss, zu kündigen und sich mit eigenem Atelier selbständig zu machen, Zeit für Praktika bei Topkollegen zu bekommen, Motive zu suchen, um ihre optischen Träume zu realisieren. Sie verabschiedete sich von Grommske, der Glück in ihren Augen sah. „Sie haben die richtige Entscheidung getroffen, ich freue mich für Sie, werden Sie glücklich, Jessica." Zum ersten Mal hatte er sie mit ihrem Vornamen angesprochen, es war ein verschwörerisches Zeichen besonderer Zuneigung und Verbundenheit.

Luca war begeistert von der Idee, mehr noch von der Vorstellung, sie könne künftig Zeit für ihn erübrigen, wann immer es ihm passe, begann direkt mit Planungen, wollte sich beteiligen, worauf sie sich nicht einließ – nur keine Abhängigkeit. „Warum nicht?", gab er sich beleidigt, „schließlich liebe ich dich."

Liebe?, dachte sie, wenn man ein Wort so schnell und oft sagt, wie er, verliert es seine Berechtigung, seine Bedeutung. Wie behutsam war Micha damit umgegangen; seinen verzweifelten Apell hatte sie bei ihrer Rückkehr vorgefunden, sie konnte nicht antworten und er nicht ahnen, warum.

Nachdem die ersten Schritte zur eigenen Existenz getan waren, machte sie sich auf zu ihm. Es war das zweite Gespräch nach dem mit René, das sie unbedingt führen musste. Auf ihr Klingeln öffnete niemand, sie beschloss, sich in der Schule zu erkundigen, ging zwar nicht davon aus, dass er wieder unterrichten, wohl aber, dass man dort seinen Aufenthaltsort kennen würde. Linde Verfürth kam ihr auf dem Gang entgegen.

„Den momentanen Aufenthalt von Herrn Rhein? Warum? Er erholt sich privat und möchte wohl kaum gestört werden." Dabei musterte sie Jessie mit kritischem Blick, sie war keine besorgte Schülermutter, das sagte ihr der weibliche Instinkt, sie war mehr, eine Freundin? „Oder gibt es etwas so Wichtiges, dass man ihn dabei stören müsste?", schob sie nach.

„Glaube schon, ich bin die Fotografin, die zur Lösung des Falls beigetragen hat, Jessica Klarin." Lindes Augen weiteten sich, deutlich freundlicher sagte sie: „Das ist natürlich etwas anderes, dann sind wir ja beide Zufallskommissarinnen, ich habe den Schwindel mit dem Kamm aufgedeckt, ich bin Linde Verfürth, eine Kollegin." Verführt, dachte Jessie und musste einen Lacher unterdrücken. Was für Namen es doch gibt? Sie gingen über den Schulhof, unterhielten sich über die unglaublichen Vorfälle und die Hinterhältigkeit der Zänkerbrüder.

„Die hatten tatsächlich die fixe Idee, Micha sei der flüchtige Autofahrer, der seinerzeit ihre Mutter tötete."

„Wieso denn das?" Jessie war so irritiert, dass sie stolperte und um ein Haar gestürzt wäre.

„Der Unfall damals geschah tatsächlich zum selben Zeitpunkt ganz in der Nähe, von dem, den Micha verursachte, es soll auch ein Käfer gleicher Farbe gewesen sein, der einzige weit und breit, der mit Totalschaden in die Werkstatt kam und verschrottet werden musste."

„Aber dann hätte man doch Spuren feststellen müssen."

„Ja natürlich, deshalb sagte ich auch ‚fixe Idee', die Untersuchungen ergaben nichts. Sie setzten sich aber in den Kopf, er hätte sie angefahren, den Wagen anschließend an den Baum gesetzt, um Spuren zu verwischen und bestärkten sich über Jahre hinweg in dieser Vorstellung, ihr Hass nahm beständig zu, vor allem, nachdem Zänker unser Kollege wurde."

„Wussten Sie oder Micha davon?"

Aha, sie sind per du, ahnte ich doch so etwas, dachte sie: „Nein, ich habe es erst von Zänker erfahren, als die Sache mit dem Kamm aufflog. Sie wollten ihn um jeden Preis verurteilt sehen, wenn schon nicht für die eine, dann wenigsten für eine andere Tat."

Jessie hatte verstört zugehört. „Das ist ja entsetzlich, völlig krank."

„Ja, genau so wie die Taten von Baltus, wir alle sind entsetzt, unfassbar, nie hätten wir ihm so was zugetraut. Obwohl? Irgendwie passt es auch wieder zu seiner Schwäche, sich an den Schwächsten zu vergreifen."

Sie schwiegen, ließen das Ungeheuerliche in sich nachwirken. Dann rückte Linde die Adresse einer Klinik in Bad Honnef heraus. „Er freut sich sicher, Sie zu sehen." Es wird sich herausstellen, dachte Jessie und wünschte ihr einen guten Tag. Ob er mal was mit ihr hatte, schoss ihr durch den Kopf? „Grüßen Sie ihn bitte von mir." Schon auf dem Weg drehte sie sich um: „Mache ich gerne, danke."

Das Klinikgebäude lag mitten im Grünen, die Sonne schien scheinheilig warm und täuschte darüber hinweg, dass noch hinterlistige Maikühle herrschte. Sie fragte nach dem Patienten und erhielt seine Zimmernummer. Vor der Tür mit der *achtundzwanzig*, der Zahl ihres augenblicklichen Alters, dem Dreißigsten bedrohlich nahe, was sie gar nicht prickelnd fand, atmete sie tief durch. Mit blassrotem Stift zog sie ihre Lippen nach, tupfte sie ab und klopfte. Nach kurzem Räuspern hörte sie „Herein", öffnete die Tür und erkannte den Mann, dessen Identität sie im Vortragsraum so überrascht hatte. Diesmal wirkte er nicht abgehetzt, hatte den Bart abgenommen, wie auf ihren Fotos, die Haare sorgfältig gescheitelt und offensichtlich an Gewicht verloren. Um seine Augen nistete Müdigkeit.

Wenn er so alt wie ihre Mutter war, um die Fünfzig wahrscheinlich, hatte er sich gut gehalten, das Alter hätte sie ihm keinesfalls gegeben. Er trug graue Cordhosen, ein blau-weiß gestreiftes Hemd mit Button-down-Kragen, das ihm gut stand und die randlose Brille. Jetzt, wo sie ihm zum ersten Mal so nah war, schien die Begegnung im Zug wieder präsent, die Impression von seinen Augen, dem Blick, offen wie eine Landschaft, der schmalen, nicht geraden Nase, dem interessanten Duft, der filigranen Brille. Er gewann sofort wieder ihre Sympathie. Die feingliedrigen Hände, die Zärtlichkeit versprachen, waren als Detail im Bewusstsein geblieben. Ihr Herz klopfte stark; eigenartig, dem Mann zum Berühren nahe zu sein, dem man sein Innerstes geöffnet hatte, der sie besser kannte, als jeder andere und sie auch wieder nicht kannte, der Mann, nach dem sie sich sehnte, der der Liebhaber ihrer Mutter und ihr Racheopfer war. Viola wird er damals ähnliche, vielleicht weniger reife, Worte gesagt haben, als ihr. Sie stand direkt vor ihm.

Micha sah die schlanke junge Frau überrascht an, die in sein Zimmer getreten war und es augenblicklich aufhellte. Sie schien das Licht einzufangen, ihr Lächeln verteilte sich im Raum wie helle Reflexe. In den Sekunden, in denen jeder stumm blieb und beobachtete, huschte sein Blick wie ein Scanner über ihre Erscheinung und maß sie von oben bis unten. Hübsch, mit natürlicher Ausstrahlung, die ihn sogleich fesselte, Milde und Strenge im Blick, etwas Warmem, Weichem, Verletzlichem. Sie war sportlich gekleidet, alles saß an ihrem Körper wie nach Maß. Winzige Sommersprossen auf der Nase, grüngraue Augen, die freundlich, aber prüfend auf ihn gerichtet waren. Es ging eine Anziehung von ihr aus, die er wie den Sog einer Strömung spürte.

„Jessica Klarin, entschuldige bitte, dass ich ohne Anmeldung hereinplatze, die Adresse hat mir Frau Verfürth gegeben, von der ich grüßen soll."

Sie fand es albern, ihn mit ‚Sie' anzusprechen, nachdem man ein Jahr innig miteinander korrespondiert und sich Intimstes anvertraut hatte. „Vielen Dank, was ... äh, kann ich für Sie tun, Frau Klarin?" Micha war offensichtlich irritiert, hatte keine Ahnung, wer sie war, vielleicht kam ihm der Name nicht unbekannt vor, aber in welchem Zusammenhang hatte er ihn gehört? Woher kannten sie sich, dass sie ihn duzte? Sie konnte es förmlich von seiner Stirn ablesen.

„Erinnerst du dich an weiße Magnolien, so wie ich mich an rote Delfine?"

Für einem Moment stockte ihm der Atem, plötzliche Röte und ein Ausdruck schmerzlicher Freude überzogen sein Gesicht. Er bemühte sich nicht, seine Verblüffung und Ergriffenheit zu verbergen.

„Du bist das? Ich kann es nicht glauben, warum hast du nicht mehr geschrieben? Ich bin fast verrückt geworden vor Sehnsucht. Wie hast du mich gefunden?" Sein Kinn zitterte, es zuckte um die Mundwinkel, dann machte er einen Schritt auf sie zu, als wollte er sie umarmen, was sie am liebsten zugelassen hätte, wich aber leicht zurück, was ihn in der Bewegung innehalten ließ.

„Ich auch", murmelte sie so leise, dass er es gerade noch verstehen konnte.

„Ich kann dir gar nicht sagen, wie glücklich und erleichtert ich bin."

Vorübergehend entstand eine Verlegenheitspause, die sie wieder voneinander zu entfernen schien. Er lächelte unsicher, bot ihr einen Platz am kleinen Tisch an, aber sie blieb stehen, gönnte sich einen langen Atemzug.

„Sagt dir auch ‚Skarabäus' etwas?" Sie wartete, bis das Wort sichtbar Wirkung hinterließ.

„So nannte dich eine junge Frau, die in dir die Liebe ihres Lebens gefunden hatte, für die sie alles getan hätte, sogar zu sterben, was sie letztlich tat. Du hast sie in größter Not im Stich gelassen, wie Abschaum behandelt und ihr das elementare Recht aufs Wort verweigert, einem anderen mehr geglaubt als ihr. Daran ist sie zerbrochen. Ich bin Violas Tochter, meine Kindheit, mein ganzes Leben hat darunter gelitten."

Er war blass geworden. „Sie ist tot?", wiederholte er verwirrt, wie zu sich selbst.

„Als ich nach dem Tod von ihrer Vergewaltigung und deiner kalten Reaktion erfuhr, hatte ich nur einen Gedanken, dich ihre Gefühle nachempfinden und spüren zu lassen, wie furchtbar es ist, grundlos verdächtigt zu werden, keinen Glauben geschenkt zu bekommen, nicht einmal die Chance, sich zu erklären. Zu sehen, wie sich alle abwenden und niemand deine Beteuerungen hören will."

Jetzt straffte sich sein Körper, Zornestränen traten in seine Augen. „Was dir gelungen ist, ruiniert hast du mich", giftete er entsetzt, griff sich mit dramatischer Geste in die Haare. Aus seinen Lippen war alles Rot gewichen.

„Und alles, was wir uns geschrieben haben, Gefühle, Bekenntnisse, war gelogen, nur inszeniert?" In seinen Augen stand eisige Kälte.

„Nein, alles war echt. Ich habe mich, genau wie Viola damals, in dich verliebt, ohne zu wissen, wer du bist. Es war reiner Zufall, dass wir uns im Zug begegnet sind, du und Micha Rhein waren für mich völlig verschiedene Personen. Ich hatte unvergesslich schöne Monate in unserem virtuellen Zusammenleben." Sie warf ihm einen tiefdringenden schmerzlichen Blick zu, in dem er die Wahrheit ihrer Worte erkannte.

„Als ich deine Identität erstmals am Vortragsabend erfuhr, brach alles und auch ich selbst zusammen. Du warst der Mann, den ich liebte und auf übelste denunzierte."

Micha blieb stumm, kaute auf seiner Unterlippe.

„Dann warst du doch da? Die Frau, die man zu Beginn hinausbringen musste? Du hast die hinterhältigen Fotos gemacht?", zischte er mit angewiderter Miene. Sein Blick flackerte unruhig.

„Bist du auch die, die den Fall gelöst hat?" Jessie nickte.

„Muss wohl noch dankbar sein?", meinte er höhnisch.

„Lässt man die Vorgeschichte außer acht, ja; Frau Verfürth und ich waren die besseren Kommissare."

Nachdenklichkeit lag wie eine große, Schatten werfende Wolke im Raum und verdammte beide zu schweigen. Lange Zeit sagten sie nichts.

„Micha, ich habe es als Rache für meine Mutter und meine getrübte Jugend getan", unterbrach sie die beklemmende Stille mit leiser, weicher Stimme, der sie verboten hatte, zu zittern, „obwohl ich weiß, dass sie es nie gebilligt hätte, ich war schon immer sehr eigensinnig. Ihrem inneren Schmerzensschrei, der durch mein Leben hallte, musste ich endlich ein Ende bereiten. Es war so stark, dass ich mich nicht dagegen wehren konnte, aber es hat mir wenig Genugtuung bereitet. Ich verlange nicht, dass du mich verstehst, mir verzeihst, du kannst mich anzeigen, ich habe Strafe verdient. – Lies das, dann wirst du manches begreifen."

Ihre Worte hingen in der Luft wie ein heraufziehendes Gewitter.

Damit legte sie Violas Tagebuch vorsichtig neben die akkurat gefaltete Zeitung auf den runden Tisch, dekoriert von einer Lesebrille, die obenauf thronte, bereit, Worte vor seinen Augen sichtbar werden zu lassen. Sie drehte sich langsam um und verließ das Zimmer, ohne ihn ihre Bewegtheit sehen zu lassen.

Wie erstarrt blieb er zurück, ließ sich auf sein Bett fallen. Nach einer Weile stand er auf, es verursachte ihm Anstrengung, schleppte sich müde und grau zum Fenster. Gerade durchschritt sie den hübschen Garten, der um die Klinik angelegt war, in der späten Maisonne, ohne den Kiesweg zu benutzen, quer über den frisch gemähten Rasen unter blühenden Magnolien hindurch, das Verbotsschild ignorierend. Was hatte sie gesagt? Eigensinnig sei sie. Ihr anmutiger Gang, die aufrechte Haltung, die unglaublich schmalen Hüften und das wehende, milchkaffeebraune Haar erinnerten ihn schmerzlich an Viola, nur die Scheu fehlte ihr. Sie hätte ohne weiteres seine Tochter sein können. Als sie ihm eröffnet hatte, die Denunziantin zu sein, die so viel Leid über ihn gebracht hatte, wäre er ihr fast an die Kehle gegangen und für einen jähen wütenden Augenblick tatsächlich dazu fähig gewesen, nur um den eigenen Schmerz auszulöschen. Aber was hatte er Viola angetan? Sie war von diesem Schwein vergewaltigt worden, er hatte sich nie mehr um sie gekümmert, sich verleugnen lassen, aus verletztem Stolz und Eitelkeit und jetzt war sie tot? Ein beunruhigendes Ziehen machte sich in der Brust bemerkbar, das durch den Arm bis in die Fingerspitzen hinein zu spüren war. Ohne Vertrauen gibt es keine Ehrlichkeit und Liebe, hatte sie gesagt, ihm damit eine Lektion erteilt. Er lehnte sich aus dem Fenster, weit, als wolle er ihr hinterherrufen, aber sein Mund blieb stumm vor kaltem Zorn. In dem Moment, als sie seinen Vornamen aussprach, mit der sanften, warmen Stimme, hatte ihn Zuneigung ergriffen, und er war tatsächlich versucht, sie, die er gerade noch erwürgen wollte, an die Brust zu drücken. Wie sehr hatte er sich das gewünscht, als sie noch ihre Botschaften austauschten. Als er sie nicht mehr sehen konnte, schloss er das Fenster, augenblicklich verstummte der fröhliche Gesang der Vögel. Vorsichtig griff er nach dem Tagebuch und schlug es auf, es brannte in seinen Händen.

Als Jessie die Klinik verließ, musste sie gegen ihre Ergriffenheit ankämpfen; es war schwer, die Rolle der Konsequenten zu spielen, als starke Gefühle aufkamen und sie sich des berührenden Satzes erinnerte, den er ihr einmal geschrieben hatte:
‚*Du und ich, wir sind eins, ich kann dir nicht weh tun, ohne mich selbst zu verletzen, – Mahatma Gandhi -*'.
Jetzt war es Wirklichkeit geworden. Der Verzicht, ihn aufzugeben, den Mann, mal Skarabäus, mal Delfin, in den sie sich, ohne ihn gekannt zu haben, verliebte und dem sie sich jetzt am liebsten in die Arme geworfen hätte, schmerzte brennend. In Arme, die schon ihre Mutter unglücklich gemacht hatten und denen sie aus blinder Wut fast Jahre der Freiheit entzogen hätte. Der Schmerz war redlich verdient.
Sie zwang sich zu einem sicheren Schritt, der nur schwer gelingen wollte und fühlte sich von den lebenssprühenden Magnolien über ihr, ob der durchsichtigen Bemühungen verspottet. Die Luft roch nach Blütenparfum, vom Boden stieg der würzig dumpfe Geruch von feuchtem Grasschnitt hoch. Ich bin verwirrt, so sehr, dass ich gleichzeitig schreien und lachen könnte. Vielleicht steht er am Fenster, schaut mir nach, unschlüssig, wie er mit den Informationen verfahren soll? Sie vermied es, zurückzublicken, um ihre Verunsicherung nicht größer werden zu lassen, um nicht zu stolpern oder aus dem selbst aufgezwungenen Tritt zu geraten.

Vielleicht hat er schon zum Telefon gegriffen oder Violas Tagebuch aufgeschlagen, das ihm Antworten auf viele Fragen geben würde?

Zuhause verkroch sie sich tagelang in ihrem Schneckenhaus aus dem Mineral traurigen Selbstmitleids. Die blaue Blume der Romantik war endgültig verwelkt. Der schmutzig graue Streifen Horizont, den sie, von der Couch aus, gerade noch durch das obere Fensterelement sehen konnte, passte zur tristen Stimmung, es stürmte und regnete pausenlos, als sollten die Wassermassen alles Geschehene endgültig fortspülen. Dann fegte der Wind den Himmel blank, die Wolken wichen und hinterließen ein Band aus glänzendem Silber. Der Tag war klar, wie frisch gebleichte Laken. Es blieben die Erleichterung, mit ihm gesprochen, das plötzliche Schweigen aufgeklärt zu haben, aber auch die unaufhörlich kreisenden Gedanken, vor denen sie Angst hatte, fliehen, nicht mit ihnen allein sein wollte. Sie brauchte dringend Ablenkung, flog kurzentschlossen nach England, wo Peter ihr das Praktikum bei zwei Fotografen vermittelte, anschließend half sie in seiner Galerie aus.

WANDLUNGEN

Luca besuchte sie in London, sie freute sich, ihn zu sehen, aber es gab gleich Vorwürfe, weil sie seine Zustimmung nicht eingeholt hatte. „Welche Veranlassung gäbe es dafür?", fragte sie und spürte, dass er seine Verärgerung nicht unterdrücken konnte.

„Ich will nicht, dass sich deine Alleingänge und Impulsivitäten wiederholen, haben wir uns verstanden Jessie?"

Sie wollte den Abend in einem unscheinbaren chinesischen Restaurant, das weit besser war, als sich das von außen vermuten ließ, nicht verderben lassen, überging die Frage, stritt nicht und verbrachte ein letztes Mal die Nacht mit ihm. Aus Dankbarkeit?, Mitleid?, Feigheit?, weil sie glaubte, es ihm schuldig zu sein? Eine Entscheidung hatte sie längst getroffen. Was war von der früheren Revoluzzerin geblieben? Sie empfing Küsse, ohne sie zu erwidern, berührte ihn mit willenlosen Händen, ließ zu, dass er sie auf seine egoistische Weise nahm, Duftmarken hinterließ, wie ein Rüde, der besitzergreifend sein Revier markiert. In Ekstase hielt er ihr die Kehle zu, schrie Worte, die sie nicht verstand, hart und lieblos.

„Erregt es dich, Sofia?", stieß er außer Atem hervor, während seine Augen fiebrig glänzten. Schauer liefen ihren Rücken entlang. Er konsumiert nur Liebe auf bizarre Weise, kann aber nicht lieben, es sind immer Akte der Selbsterhöhung. Hatte er sich versprochen? Ihren Namen in Ekstase vergessen? Eine andere im Kopf? Es war der endgültige Abschied von Luca und, wie sie zu sich sagte, der Weg zur ‚vaginalen Selbstbestimmung'. Wieder verstummte etwas in ihr, erneut war Trennung, Leere schmerzhaft zu verwinden, aber sie fühlte sich reicher in ihrer Einschätzungsfähigkeit und Erfahrung, wusste, wonach ihr Herz sich wirklich sehnte, um ihrer selbst geliebt zu werden. Dafür würde sie Micha immer dankbar bleiben. Überraschend meldete sich Sofia, versuchte energisch, sie umzustimmen, ihr Bruder leide, und reagierte verärgert, als sie konsequent blieb.

Peter umarmte sie verständnisvoll, stellte keine Fragen, obwohl er die Striemen an ihrem Hals bemerkte, tröstete stumm, machte sich ganz klein, gab ihr das Gefühl, sich endlich verlieren zu dürfen. Erstmals konnte sie ihre Tränen in Gegenwart eines anderen unbeherrscht fließen lassen, ohne sich dafür zu schämen, befreiend und reinigend.

„Lass uns an die Küste fahren, Landluft und Abwechslung werden dir gut tun, die Galerie kann einen Tag ohne mich auskommen." Inmitten sattgrüner Wiesen vor einem Hügel, der sich wie eine Brust aus dem weichen Landschaftskörper wölbte, dekoriert mit dem mahnenden Turmfinger einer Ruine, wartete ein Picknick. Peter hatte an alles gedacht, Decken, Essen, Getränke, sogar Kissen für den Kopf. Entspannt fühlte sie sich, angenehm gesättigt auf dem weichen Teppich aus dichtem Gras und duftenden Blumen, die Augen auf die weiße Karawane gemächlich dahin ziehender Wolken gerichtet.

„Weißt du, wo wir sind?" „Keinen blassen Schimmer, ein schönes Fleckchen mit geheimnisvollem Flair jedenfalls." Peter wirkte erstaunt. „Du wusstest es wirklich nicht?" „Nein", lachte sie, „ich weiß es noch immer nicht."

„Wir sind in Glastonbury Tor, Glastonbury ist die kleine Stadt, die wir eben passiert haben; den imposanten Hügel nannten die Kelten ‚Tor', daher der zusammengesetzte Name. Schon im fünften Jahrhundert wurde hier eine Kirche mit Kloster gebaut, um die sich immer schaurige Legenden rankten, jetzt siehst du nur noch die Ruine der Saint Michaels Church. Im Mittelalter verbreitete sich die Sage von Britanniens König Artus und seinen Rittern der Tafelrunde, die im selben Jahrhundert gelebt haben sollen."

„Hm, hab ich gehört, von Schloss Camelot, dem Zauberer Merlin, dem Schwert Excalibur ... wäre gerne als Lancelot dabei gewesen."

Peter fuhr belustigt fort: „Das meint der Kämpfer in dir, du hättest dich gewundert über die Verhältnisse, die damals herrschten. Jedenfalls haben Artus und seine Ritter nach dem Heiligen Gral, dem Weinkelch des letzten Abendmahls Jesu mit seinen Jüngern gesucht, der sollte ewige Jugend versprechen."

„Das wär's in der Tat", seufzte sie schläfrig.

„Im nebelverhangenen Ort ‚Avalon' soll er nach schwerer Verwundung in der Schlacht von Camlan Zuflucht gefunden haben. Da man später auf ausgegrabenen Steinen die Inschrift ‚Afalon' gefunden hat, glaubt man, Glastonbury sei der sagenhafte Ort. Nachher besichtigen wir das Grab, ‚resqiescat in pace'", meinte er wenig pietätvoll und blickte zu seiner Begleiterin, die die letzten Worte nicht mehr hören konnte, die grün-grau funkelnden Augen waren zugefallen, der Mund stand offen wie ein angedeutetes „O", als wollte sie noch eine Frage stellen.

Micha war umgezogen und an eine andere Schule versetzt worden. Jan hatte ihm geholfen, ungewohnt kleinlaut kam er angekrochen, hätte sich saublöde benommen und ihn vermisst. Von Valentina verlassen, wirkte sein Machoimage gewaltig ramponiert, wie ein schlaffer Ballon, dem man die Luft herausgelassen hatte. Erstmals war eine Trennung nicht von ihm ausgegangen, woran er schwer zu knabbern hatte. „Sie werden immer selbstbewusster die Weiber, wo mag das nur enden?" Jans verlorene Lieben, mittlerweile ein Roman füllender Stoff. „Die machen ständig Boden gut, leben länger als wir, ist das gerecht? Ist das Gleichberechtigung? Warum, frage ich mich?"

Micha grinste, es erinnerte ihn an ein Gespräch ähnlichen Inhalts mit Viola, die damals Biologie studiert hatte. Warum sterben die Männer statistisch früher? Man hielt die Mütter dafür verantwortlich, von denen die Söhne Mitochondrien, die Kraftwerke der Zellen, mit ihrem Erbgut erhalten. Das Genom unterliegt Mutationen, die Männer schneller altern lassen. Kinder bekommen

Genkopien von beiden Eltern, das Mitochondrien-Erbgut aber nur von der Mutter.

„Was ist mit der Evolution?", wollte Jan wissen. „Das ist ja das Verrückte, normalerweise sorgt sie dafür, ungünstige Genveränderungen verschwinden zu lassen, etwa wenn Tiere dadurch erkranken und sich nicht mehr fortpflanzen können, aber hier ist es anders; die Mutationen können ungehindert durch den Filter der Selektion schlüpfen und die männliche Lebensdauer einschränken, ohne jeglichen Nachteil für den weiblichen Organismus."

„Ich bin beeindruckt, es kann Frauen wirklich nicht schaden?" „Nein, wie bei Immunität." „Ist das bewiesen?"

„Soweit ich in Erinnerung habe, war es eine Theorie, dürfte heute gesicherte Erkenntnis sein."

„Meine Rede, wir sind eindeutig benachteiligt, die Rache für Jahrhunderte der Unterdrückung." Er musste völlig fertig sein, so wie er sich gab.

Für Micha war es in jeder Hinsicht ein Neuanfang, an den er sich nach Jahren ohne Veränderungen erst gewöhnen musste. Phlegmatisch Unflexible lieben das Gewohnte, Eingefahrene, aber in deren einschnürendem Rahmen konnte er nach den Ereignissen nicht mehr leben. Er vermisste vertraute Geräusche, die Wohnung, in der er jeden Gegenstand, zumindest seit Liliths Auszug, blind hätte greifen können, seinen Park, gewohnte Wege und vor allem Jessie, zumindest ihre virtuelle Nähe. Violas Tagebuch hatte er gelesen, viele Passagen erschüttert wieder und wieder, hatte keine Vorstellung von dem, was wirklich vorgefallen, wie ihr Leben verlaufen war und wie sie gelitten haben musste. Einfach hatte er es sich gemacht, den Worten eines anderen mehr Glauben geschenkt, als ihr, nicht um die Liebe gekämpft, die ihm weniger wichtig war, als sein verdammter Stolz, sein lächerlicher Nimbus. Die selbstgerechte Haltung, auf die er – des konsequenten Handelns wegen – sogar stolz war, schmerzte bitter. In Selbstmitleid hatte er sich damals gesuhlt, bedauern lassen, ohne einen Augenblick an sie und ihre Gefühle, geschweige denn, daran gedacht zu haben, dass er es war, der sie tatsächlich betrogen hatte, mit Teneka nach dem Ausflug, weil er etwas Neues, den reizvoll erscheinenden Vergleich zweier Frauen miteinander erleben wollte. Ja, er war ein intoleranter, kleinkarierter Spießer, Lilith hatte völlig recht, es nur gnädiger ausgedrückt.

Zu gerne hätte er mit Viola gesprochen, sich mit ihr versöhnt, es war zu spät. Nächtelang träumte er wieder von der glücklich unbeschwerten Zeit, die nie mehr wiederkam, sah sie in seinen Armen liegen, die schönen, von feuchtem Glanz beseelten Augen, aus nächster Nähe, als Viola fragte, was gefällt dir am meisten an mir, und er geantwortet hatte, ‚alles, aber ganz besonders dein Gesicht, kurz bevor du kommst. Wenn ich mir in schlimmsten Situationen etwas in Erinnerung rufen würde, was schöner ist, als alles andere, was ich je erlebt habe, dann wäre es dieser Augenblick deiner Lust'.

Auch Jessie ging ihm nicht aus dem Kopf, es war so, als hätte sie für alle Zeit ihr Lager darin aufgeschlagen; jegliche Versuche, sich abzulenken, waren zum Scheitern verurteilt. Sie fehlte an jedem Tag wie Licht, das die Nacht verjagt und den Morgen erwachen lässt, ihr galt sein erster Gedanke, dem gleich darauf die dumpfe Gewissheit folgte, sie verloren zu haben. Erst jetzt, in der freudlosen Stille, die ihn umgab, wurde ihm bewusst, wie viel Antrieb und Energie sie gegeben, ihn wie ein unsichtbares Geländer auf dem Weg durch den Tag geleitet, seine Fantasie belebt und zu berückenden Ausflügen angeregt hatte. Inzwischen lag sie brach, wie ein abgeerntetes Maisfeld. Bei Lilith sprang der Funke über, als er sie zum ersten Mal gesehen hatte, optische Anziehung und erotischer Reiz waren so dominierend, dass sie die Frage nach Gemeinsamkeiten, Interessen in den Hintergrund drängten, unwichtig erscheinen ließen, was sich später als entscheidendes Manko herausstellte. Bei Jessie war es umgekehrt, weder optische Reize noch becircende Pheromone führten irre, vernebelten die rationale Wahrnehmung. Gleichklang der Empfindungen, übereinstimmende Gedanken und Interessen waren die solide Basis, auf der sie zueinander gefunden hatten. Nachdem er sie auch als Mensch aus Fleisch und Blut mit ihrer ganzen Strahlkraft erlebt hatte, empfand er sie noch stärker als die einzig Richtige und seine Sehnsucht größer. Jetzt hatte sie ihn angesehen mit diesem gefühlvollen Blick, der ihn verfolgte, sich nicht abschütteln ließ, seinen Namen mit ihren Lippen geformt und den regelmäßigen weißen Zähnen ausgesprochen, ihren Atem und Geruch in seinem Zimmer verteilt. Verzweifelt schrieb er E-Mails, in denen seine Gefühle ausbrachen, er mitteilte, ihr Handeln zu verstehen, das ihn anfangs so sehr erzürnte, dass er sie anzeigen wollte, sandte sie aber nie ab. Blind-Messages – ungehörte verbale Rufe – wie Munchs stiller, Bild gewordener, nie empfangener Schrei. Allein der Umstand, schreiben zu können, verschaffte ihm einen Hauch von Erleichterung.

Auch Jessie gelang es nicht, den Begleiter vieler Monate aus dem Bewusstsein zu streichen, ertappte sich aus alter Gewohnheit dabei, nach seinen E-Mails zu schauen. Zu sehr hatten sie ihren Alltag geprägt. Sie musste sich eingestehen, süchtig danach gewesen zu sein, nach seinen Worten, die sie streicheln konnten. Ohne sie fehlte jedem Tag Struktur und Würze, vor allem die Inspiration der Liebe, die sie jetzt, aufs Fotografieren konzentriert, schmerzlich vermisste. Immer wieder kamen ihr Bilder in den Sinn, tauchten Worte und Gedanken von ihm auf, wie aus dem Nichts. In London war es weniger aufgefallen, es gab Peter und so viel Neues, Ablenkendes. Sie litt unter der Stille, die sich in ihr ausbreitete, unter Gefühlen von Heimweh und Verlust, die sie wie aus dem Nichts überfielen und hartnäckig an ihr kleben blieben. Die Art und Weise, in der ihr Kontakt zu Ende ging, war der intensiven Nähe nicht würdig, sie hätte sich einen angemesseneren Schluss gewünscht. Aber war es Micha zu verübeln, nachdem er erfahren hatte, dass ausgerechnet sie ihn ins Verderben gestürzt und rücksichtslos Rache geübt hatte? Nach ihrem Abgang ohne Blick zurück sollte die Ruhelosigkeit enden, aber so kam es nicht. Zusätzlich quälte sie die Ungewissheit einer möglichen Anzeige, der zweifellos empfindliche Strafen folgen würden. Sie wollte Klarheit, ihre Beziehung hatte einen versöhnlicheren Schluss verdient, sie musste Frieden finden, kämpfte mit sich, schrieb ihm schließlich. Kurz darauf kam die Nachricht, ihre Mitteilung sei unzustellbar.

Wochen vergingen, ohne dass sie einen neuen Versuch unternahm. Vielleicht wollte er verhindern, Post von ihr zu bekommen, vielleicht hatte er mit dem Wechsel seiner Lebensverhältnisse die Adresse geändert, um alles Bisherige abschütteln zu können. Es war schon Abend, die Tage währten kürzer, und der anbrechende Herbst hatte seine bunten warmen Farben auf den Blättern hinterlassen, als ihr Telefon klingelte; Luca würde es nicht sein, er hatte sich nach ihrem Rückzug nie mehr gemeldet, seine eitle Männlichkeit konnte die Zurückweisung nicht ertragen. Peter, dachte sie und meldete sich aus Spaß mit englischem Gruß. Zunächst blieb es still am anderen Ende, dann hörte sie ein Räuspern, kurz darauf eine Stimme, die sicher gehen wollte, mit Jessie Klarin verbunden zu sein.

„Hier Micha, oder soll ich ‚Delfin' sagen? Entschuldige, dass ich anrufe, aber ...", er zögerte, „... ich dachte, so wie bei unserem letzten Zusammentreffen sollten wir nicht auseinandergehen."

Jessie war so überrascht, dass sie förmlich nach Atem ringen musste. Es klang so, als sei er gerade zum Apparat gelaufen.

„Denke ich auch, es war zu wertvoll, um mit einer zugeschlagenen Tür zu enden."

„Ich bin erleichtert, fürchtete schon, du legst sofort auf."

„Wieso? Ich habe dich verärgert, Auflegen war doch deine Spezialität damals."

Er ignorierte die Spitze. „Können wir uns sehen?"

„Gerne, wann passt es dir?" Wieder dauerte es, bis er weiter sprach. „Jetzt?"

„Jetzt? Du meinst noch heute Abend?"

Er schien am Telefon zu lächeln, jedenfalls hatte sie den Eindruck. Seine Stimme war wie ein heimliches Flüstern in der Nacht.

„Ja, heute Abend, später hätte ich vielleicht nicht mehr den Mut zu einem neuen Anlauf."

„Und wie stellst du dir das vor? Bis du hier sein kannst, ist es Mitternacht. Lass uns etwas für die nächsten Tage vereinbaren."

„Ich wäre ... also, ich könnte direkt da sein", erklang es leise.

„Was heißt direkt?"

„Ich bin ganz nah, unter deiner appetitlichen Wohnung, im ‚Berthillon' von Leverkusen; das Eis ist formidabel, du hast nicht übertrieben."

„Ich weiß nicht mehr, was ich sagen soll."

„Kommst du runter oder darf ich rauf zu dir?"

„Dann komm rauf, ich warte."

Er nahm zwei Stufen auf einmal; ob die Anstrengung ihm plötzlich den Atem nahm oder die vibrierende Aufregung, sie wiederzusehen, wusste er nicht. Sein Herz raste bedrohlich. Gleich würde er vor ihr stehen, tausend Mal hatte er es sich in den letzten Monaten vorgestellt, jetzt trennten sie nur noch wenige Meter. Da fühlte er seine Beine schwer werden, Schwindel und Schwäche erfassten ihn, so dass er sich an ihre Tür anlehnen musste. Sein Mund, in dem noch der Geschmack von Kirscheis haftete, war staubtrocken. Alles nur ihretwegen. Hinter der Tür strich sie Rock und Bluse glatt, bürstete ihr Haar durch, warf einen letzten Blick in den Garderobenspiegel, nahm tief Luft und öffnete. Dann standen sie sich zum zweiten Mal gegenüber, besser und erholter sah er aus, etwas außer Puste, hatte zugenommen. Verlegen drückte er ihr Blumen in die Hand, keinen Strauß von der Stange, individuell zusammen gestellt. Er musste sich ihre Lieblingsblumen gemerkt haben, wunderschön fand sie ihn. Sie stellte ihn in eine Vase, fuhr mit den Fingern durch die kaffeebraunen Strähnen, kam mit Wein und Gläsern aus der Küche. „Du trinkst doch ein Glas oder?"

Er warf einen kurzen Blick aufs Etikett. „Moselriesling – bin ich gerne dabei. Entschuldige den plötzlichen Überfall, heute hat mich einfach der Mut gepackt."

„Bin ich denn so furchterregend?"

„Keineswegs, seit Wochen habe ich den Wunsch, etwas zwischen uns zu bereinigen, aber jedes Mal, wenn ich mich aufraffen wollte, habe ich ihn wieder aufgeschoben. Nein, Angst hatte ich nicht vor dir, aber vor einer neuen Begegnung, vor meinen Gefühlen."

Sie senkte den Blick. „Ich gebe zu, mir ist es ähnlich ergangen, hab dir geschrieben, kam aber nicht an. Hast du eine neue Adresse?"

Er atmete tief, nickte zur Bestätigung. „Ich musste alles ändern, hab Droh-E-Mails bekommen, außerdem kannte die Polizei Adresse und Passwort. Als du mich damals besuchtest, war ich noch in einem Ausnahmezustand. Wochenlang im Gefängnis, der fürchterlichen Tat verdächtig, sehnsüchtig auf Worte von dir wartend. Musste verkraften, dass Freunde sich in Luft auflösten, als Kinderschänder entpuppten und dann erfahren, dass ausgerechnet die Frau, die ich liebte, mir all das eingebrockt hatte. Es war nicht leicht, die Schocks zu verarbeiten, verstehst du?"

„Natürlich verstehe ich das, aber auch für mich war es schwer, die Realität zu verkraften."

Sie stießen miteinander an, langsam verflog die anfängliche Beklommenheit. Der Wein war kein weicher Schmeichler, charaktervoll, feinherb, mit Rasse und zartem Süßehauch.

Micha schwenkte das Glas und roch hinein. „Mir gefällt das Aroma reifer Mirabellen und die enorme Frische."

„Mirabelle, danach habe ich gesucht. Man sollte seine Geruchsfähigkeit viel öfter testen, das ideale Antiagingtraining fürs Gedächtnis, besser als Kreuzworträtsel, wenn man den Duftforschern glauben kann. Düfte haben bei mir schon immer eine wichtige Rolle gespielt."

Er musste lächeln. „Glaube ich ohne weiteres, Geruch ist eine der ersten Sinneswahrnehmungen. Wenn ich darüber nachdenke, sind mir noch heute welche in Erinnerung, die mir als Kind begegnet sind, in Verbindung mit bestimmten Ereignissen."

„Mutters Plätzchen in der Weihnachtszeit", sinnierte Jessie. „Wir haben es jedenfalls geschafft, uns ohne solche Hilfen zu verlieben, obwohl die Wissenschaft dazu lockende Sexualduftstoffe voraussetzt."

„Eigentlich ideal, wenn die noch dazukämen", lotete Micha vorsichtig aus.

„Du meinst, wenn wir uns zu allem auch noch riechen können?"
„Ja, können wir doch, oder?"
„Ich denke, wir könnten."
„Der Konjunktiv gefällt mir gar nicht."

„Gut, wir können", wiederholte sie und ließ ihre Nase demonstrativ Witterung aufnehmen.

„Wer hätte bei unseren E-Mails je an diesen Zufall denken können? Ich kann heute verstehen, dass du Rachegefühle spürtest, Violas Tagebuch hat mir die Augen geöffnet. Deine Aktionen waren falsch und perfide, am Anfang hatte ich den brennenden Wunsch, dich anzuzeigen, bestrafen zu lassen. Ich gebe es zu, aber ich konnte es nicht, Hass und Begehren waren gleichzeitig da, ich hab dir verziehen. Schließlich hast du am Ende meine Unschuld bewiesen. Was du Fabian, deinem Vater, angetan hast, musst du mit ihm und deinem Gewissen ausmachen, ich bin nicht dein Richter. Erst durch das, was ich selbst erlebte, konnte ich das Ausmaß von Violas Kummer und deinen Wunsch nach Vergeltung begreifen, ihr Gefühl, unschuldig gebrandmarkt zu sein, weder Gehör noch Trost zu finden, verunsichert ein Kind zu erwarten. Meine Haltung war erbärmlich."

Er legte das Buch auf den Tisch und sagte leise, als fürchte er, dass seine Stimme sonst versagen würde: „Ich vermisse dich sehr Jessie."

Am liebsten hätte sie hinausgerufen, dass es ihr ähnlich gehe, sie ihn nicht aus dem Kopf bekomme, seine E-Mails in schlaflosen Nächten immer wieder lese und sich wahnsinnig nach ihm, seinen Worten sehne, die jeden neuen Tag begrüßten, sagte aber so nüchtern, wie sie vermochte:

„Wir vermissen den mystischen Zauber, das tägliche Ritual, die aufregende Vorstellung, das Idealbild, das jeder sich schöner von dem anderen malte, nicht uns, die wir uns nicht kannten im Alltag."

„Wir könnten versuchen, uns auch dort kennenzulernen?", sein Blick ruhte eindringlich auf ihr.

Es war ein Blick, in dem sie sich wohlfühlte, auf bestimmte Weise vertraut.

„Du möchtest wirklich mit einer Straftäterin zusammen sein? Wir haben uns etwas vorgemacht Micha, Wunschbilder geschaffen, an Worten berauscht."

Sie sprach nicht weiter, blieb eine konkrete Antwort schuldig, Er gefiel ihr, die ehrliche Gradlinigkeit, die er ausstrahlte, die sie schon beim virtuellen Partner empfunden hatte. Da war ein Reiz, eine Anziehung, sie brauchte sich nichts vorzumachen.

Er unterbrach ihre Gedanken damit, was er bei Violas Tagebuch gefühlt hatte, seine Unsensibilität, den falschen Stolz, stellte Fragen, sprach von schlimmen Gefängnistagen, dem Gift der Verleumdung, das ihn fast zerbrochen hätte, wenn sie nicht gewesen wäre, an die er sich hatte klammern können. Ja, Liebe kenne keine Gerechtigkeit.

„Ich bin dankbar, dass du mir das Buch überlassen hast."

Vorsichtig nahm er ihre Hand, streichelte, während er sprach, kaum merklich über den Arm, die einzelnen Finger, führte sie an seine Lippen. Es löste elektrisierende Spannung, Wärme und Zuneigung aus, so dass sie ihn in die Arme schloss, an sich drückte, fürchtete, der wilde Herzschlag, das Zittern ihrer Beine übertrage sich auf seinen Körper und verrate ihre verborgenen Gefühle. Der unwiderstehliche Wunsch überkam sie, ihn zu küssen. Seine Finger tasteten zärtlich über ihre Stirn, folgten dem Bogen der Brauen, bevor sie die geschlossenen Lider berührten. Glücksgefühle überschwemmten auch ihn wie eine gewaltige Woge. Lange hielten sie sich umfangen, dann gab sie ihm einen Kuss, den er erwiderte, ein Kuss von süßer Intensität, so wie sie ihn in Träumen erlebt hatte, aber von bitterem Geschmack begleitet.

Die ganze Nacht hatten sie miteinander gesprochen, von Gefühlen hin- und hergerissen, während sie ihr Haar Locke um Locke zwischen den Fingen drehte, als könne sie damit ihre Entscheidung beeinflussen; es dämmerte, als sie auseinandergingen. Er hatte Sehnsucht, konnte sich nicht losreißen, sah in ihr Violas langes weiches Haar, wie es sich löste und auf die Schultern herabfiel, jugendliche Schönheit, aber auch die stärkere Kraft ihrer Persönlichkeit. Die betörende Stimme, die er wie eine Umarmung fühlte, der sinnliche Mund, das strahlende Lachen, waren nicht das Einzige, was er verführerisch an ihr fand, am liebsten würde er ihr Lachen stehlen. In seinen Augen lag die unbeantwortete Frage, die er gestellt hatte und die bange Furcht vor einem endgültigen, zerstörenden ‚nein', einem Abschied ohne Zukunft.

„*Der Bambus wartet geduldig auf den Wind, der ihn streichelt, um flüstern zu können*', sagt ein chinesisches Sprichwort." Sie wusste, was er damit ausdrücken wollte.

Auf dem Wandregal lag Maurices goldener Kompass, es war wie ein Zeichen, er schien ihr die blinkende Botschaft zukommen zu lassen, wie oft gelangt man im Leben an Brücken, bei denen man entscheiden muss, sie zu sprengen oder zu überschreiten. Ohne die Vergangenheit könnte sie sich Zukunft mit ihm vorstellen, ja wünschen, aber es gab sie, unauslöschlich, eingegraben wie ein Anker im Schlamm des Meeresbodens, der das gemeinsame Schiff am Weitersegeln hindert. Sie würde immer Schatten werfen diese Vergangenheit und irgendwann zu Vorwürfen oder Anklagen führen. Der Gedanke, sich wenigstens zu schreiben, beizubehalten, was bereichernd und beglückend war, schien verlockend, aber wäre es noch möglich, neutral und unverbindlich, nach der intimen Korrespondenz, jetzt, wo die wohltuend schützende Anonymität gelüftet ist? Nein, es gäbe keine E-Mails der Freundschaft, sie wären zu schmerzhaft, nur den Weg, loszulassen, ihn herzugeben, im sicheren Wissen, ihn nie mehr verlieren zu können, denn er war ein Teil ihres Lebens geworden. Sie musste die Brücke sprengen.

Eigentlich geht es ihm ähnlich wie Viola, dachte sie, auch er konnte sich nie von den Fesseln der zerbrochenen ersten Liebe lösen, vielleicht wäre es mit ihr möglich geworden? Es gibt Momente, in denen man ein ganzes Leben vergessen, dann wiederum solche wie diese, die man sein ganzes Leben lang nicht mehr vergessen kann. Vergebens wartete sie darauf, weinen zu können, während sich seine Schritte schleppend entfernten und nur noch das helle Knirschen von Kies unter seinen Schuhen zu hören war.

Die Zänkerbrüder wurden verurteilt, verloren den Beamtenstatus, Hardy Baltus erhielt die Höchststrafe, gab weitere Missbrauchsversuche zu, perverse Lust, die er sonst heimlich in Istrien ausgelebt hatte. Frust und Wut über seine Behandlung hatten nach Belohnung geschrien, die Maske des Biedermanns vom Gesicht gerissen, waren auf fürchterliche Weise eskaliert. Micha besuchte ihn in der Strafanstalt, aber er verweigerte das Gespräch, wollte ihn nicht sehen.

Zur neuen Schuldirektorin ernannte man Linde Verfürth, sie war qualifiziert, eine gute Wahl nach dem labilen, führungsschwachen Baltus.

Monate später flog Jessie mit Peter von Frankfurt aus zur Ausstellung nach Australien und sah im Terminal eine Crew vorbeigehen, Luca in schmucker Uniform voneweg. Sie winkte stürmisch, klopfte an die trennenden Scheiben, in diesem Moment drehte er den Kopf, stutzte kurz, ging aber weiter. Sie hätte nicht sagen können, ob er sie bemerkt, ignoriert oder nicht erkannt hatte. Es war das erste Mal, dass sie ihn sah, nachdem sie auseinander gegangen waren. Sein Haar war kürzer und glänzte gegelt, vielleicht hatte er Haarwachs benutzt, so unzerstörbar wie die Frisur lag.

„Mir liegt eine Frage im Magen, Peter."

„Well, heraus damit!" Sie lehnte sich an seine Schulter. „Sofia? ... könnte es sein, dass ..."

Er zog gleich die Stirn in Falten. „Lass das Vergangene ruhen Jessie, bitte."

„Ich möchte es wissen, es ist wichtig für mich, um ... etwas in mir abzuschließen."

„Ich weiß nicht."

„Bitte."

„Wenn du es partout hören willst, okay, Luca hatte ein Verhältnis mit seiner Schwester, genau genommen seiner Halbschwester. Es ist mir aufgefallen, als ich damals dort war, sie waren jung, als es begann, ich denke, es hat längst geendet. Wie kommst du darauf?"

„Tut nichts zur Sache, hab's aus einer Bemerkung geschlossen. Sofia hat ihn mir regelrecht in die Arme gespielt und keineswegs eifersüchtig gewirkt, sie sucht doch auch selbst immer Liebhaber."

„Die beiden liebten sich auch nicht. Es war starke sexuelle Anziehung, bei der jeder dem anderen Freiheiten ließ. Bizarr, wenn ich ein Geständnis im betrunkenen Zustand richtig deute, dass sie sich ihre erotischen Fremderlebnisse zur Luststeigerung immer erzählten, was Sofia rasend anturnte und beide motivierte, ständig Neues zu suchen."

Jessie musste einen Stuhl nehmen, schüttelte sich, hatte genug erfahren. Sofias Name war Luca also nicht zufällig über die Lippen gekommen. Der Gedanke, dass er Intimes preisgegeben, ihre Freundin damit stimuliert haben könnte, sich in Ekstase würgen zu lassen, schockierte zutiefst. War sie von beiden missbraucht worden?

„Du wolltest es unbedingt wissen", Peter hob entschuldigend die Schultern, als er ihre Betroffenheit sah. „Es ist längst vorbei, lass es ruhen."

„Machen Sie mir bitte einen besonders schönen Strauß", bat Micha die dralle Floristin im groben grauen Rippenwollpullover und zeigte auf das Bündel champagnerfarbener Rosen im Wasserkübel, die in dem abgedunkelten Blumenladen förmlich herausleuchteten. In den letzten Monaten hatte er in seiner rastlosen Niedergeschlagenheit öfter an Caroline denken müssen. Sie telefonierten miteinander, in gewissen Abständen, wobei er sich zuerst nach Elise erkundigte, um sein Interesse, von dem er gar nicht genau wusste, ob es eins war, nicht zu deutlich werden zu lassen. Sie war von Hardy geschieden, hatte das Haus rasch verkauft, seit einiger Zeit ein Häuschen mit hübschem Garten in St. Augustin bezogen und eine interessante Anstellung im Bonner Haus der Geschichte gefunden. Er war voller Bewunderung, wie sie mit den Umständen zurecht kam. Elise fühlte sich besser, ihr Freund, den sie seit kurzem hatte, tat ihr gut und war die richtige Medizin, um die Ereignisse zu verarbeiten. Je näher er dem Städtchen kam, desto mehr spürte er angenehme Aufregung, die das lähmend Bleierne, das ihn sonst umgab und nach Jessie sehnen ließ, niedergekämpft hatte. Er freute sich sehr auf das Wiedersehen, vor allem auf Caros überraschtes Gesicht, denn sein Besuch war nicht angekündigt. Navi und Herzklopfen meldeten gleichzeitig die Zielerreichung; langsam fuhr er weiter, die Hausnummer hatte er nicht im Kopf, der Kamillenweg war länger als angenommen. Er suchte die Adresse, weit war er nicht mehr entfernt, das Haus musste auf der gegenüberliegenden Seite sein, parkte, legte sich einen Pfefferminzbonbon auf die Zunge, fuhr mit dem Kamm übers Haar und beugte sich nach hinten, um den Blumenstrauß zu greifen.

Da sah er sie aus dem Haus kommen, in sportlichem Kostüm mit anderer, kürzerer Frisur, die ihr ausgezeichnet stand, sie jünger machte und einem strahlenden Lächeln, das seinen Magen sofort zusammenziehen ließ. Caro!, er öffnete die Tür, wollte zu ihr, auf die andere Straßenseite. Der stattliche junge Mann in Jeans und weißem Hemd mit offenem Kragen, der in diesem Augenblick das Haus verließ und seinen Arm leger um ihre Hüften legte, führte sie zu einem Wagen in der Nähe, öffnete galant die Tür. Bevor sie einstieg, gab sie ihm einen Kuss, er nahm sie kurz in den Arm, ging um das Auto herum und setzte sich hinter das Steuer. Langsam fuhren sie an ihm vorbei, glückliche Gesichter hinter spiegelnden Scheiben, es waren nur wenige Meter, die sie voneinander trennten, aber in diesem Moment erschien es ihm wie eine unüberwindliche Distanz.

Mit geschlossenen Augen zurückgelehnt, verharrte er lange unschlüssig hinter dem Steuer, hatte das ernüchternd traurige Gefühl eines soeben Verratenen. War das der Lauf der Dinge? Dass er alles Schöne, was er besaß, am Ende verlor, dass er immer, wenn er sich zu etwas durchgerungen hatte, diesen einen Augenblick zu spät kam? Er, der glücklose Zauderer, der das ganze Sein nur von hinteren Plätzen aus erleben durfte? Hinter seinen Lidern brannten Tränen, die er zu unterdrücken suchte. Schließlich richtete er sich energisch auf, nein, er durfte sich nicht mehr hängen lassen, er würde sein Leben ändern. Gerade hatte er begonnen, sich daran zu gewöhnen, es ging doch mit den Veränderungen. Und fünfzig war kein Alter, um zu resignieren, gut, er war schon etwas drüber, aber was sollten solche Kleinlichkeiten? Durch fliegenverschmutzte Scheiben blickte er entschlossen nach vorne. In diesem Moment tauchte eine junge Frau mit sonnengelbem Mantel am Ende der Straße auf. Zunächst sah er nur das kecke Hütchen, das in kurzen Abständen auf und ab hüpfte, sie schob einen Buggy vor sich her, lief übermütig ein paar Meter, lachte hinein, hielt an und begann das Spiel von neuem, was das Kind darin prächtig amüsierte. Er stieg aus, ging ihr zielstrebig entgegen, dorthin, woher das Lachen kam, legte den üppigen Rosenstrauß aus dem dunklen Blumenladen, wo er wie ein Orakel geleuchtet hatte, einfach in den Kinderwagen, aus dem fröhliches Krähen drang. Ein erstaunter Blick fragte stumm, warum?

„Ihr wunderbares Lachen hat eine Belohnung verdient", meinte er und ging ohne weitere Worte. „Danke, er ist wunderschön", rief die junge Frau ihm hinterher, „Sie sind ein Mann schneller Entschlüsse."

Um seinen Mund spielte ein amüsiertes Lächeln.

Die Fotoausstellung in Melbourne war erfolgreich, weniger in finanzieller, als in der Hinsicht, jetzt dem Kreis Arrivierter anzugehören und Anerkennung für ihre professionelle Arbeit zu erhalten. Sie war keine Amateurin mehr, der Zufallserfolge gelangen, sondern eine ernst genommene Künstlerin. Sie flogen nach London zurück, wollten gemeinsam in Peters Galerie aufarbeiten, Hilfe, die sie ihm versprochen hatte.

„Wir würden zueinander passen", meinte er nach ihrer Rückkehr scheinbar beiläufig, während er aus dem Fenster schaute. Gemeinsam sortierten sie Fotos in der renovierten Galerie. Draußen war die Luft rauchgrau, der kalte Londoner Nebel drückte sich neugierig an die Scheiben und hinterließ sein milchiges Weiß.

„Welchen Vorzug hättest du außer sagenhaften Geschichtskenntnissen, dass ich gerade dich wählen sollte?", fragte sie schelmisch.

„Ich würde dich sein lassen, wie du bist, unretuschiert!"

„Und wie bin ich, unretuschiert?"

„Natürlich spontan, ironisch witzig, klug fantasievoll, verletzlich und stark. Charmant, mit dem erotischsten Gang der Zeitgeschichte. Noch mehr?"

Jessie spürte Rührung, ausgerechnet ihr Gang gefiel ihm, der so lange Anlass ihrer Aggressionen und erlittenen Hänseleien war. Seine Worte taten ihr gut.

„Als ich dich und den stillen Rebell in dir zum ersten Mal sah, wusste ich, du brauchst Freiheit, um du zu sein, Abstand, um dich jemandem zuwenden zu können. Freiwillig angedockt ja, aber nie angebunden ist deine Devise. In den Jahren habe ich gelernt, gut daran zu tun, Frauen und Künstler nie verändern zu wollen. Erinnerst du dich an Adorno?"

„Ein gewichtiges Pfund in der Waagschale", nickte sie nachdenklich und murmelte die Zeilen kaum hörbar: *„Geliebt wirst du einzig, wo du schwach dich zeigen darfst, ohne Stärke zu produzieren."*

„Was meinst du? Könntest du dich an ein Scheusal wie mich gewöhnen, das es spontan überkommt, Wände anzumalen?"

Sie lächelte sibyllinisch. „Bei Gelegenheit werde ich darüber nachdenken, Wände anmalen übt großen Reiz auf mich aus."

Die Antwort überhörte er. „Den anderen verstehen zu wollen, ist ein weiterer Schlüssel; man muss auch seine geheimnisvolle Seite akzeptieren."

„Hast du dafür auch ein Zitat?"

Er überlegte, schob die Hand unters Kinn, legte sein Gesicht in Falten wie Rodins Denker, so dass sie unwillkürlich lachen musste.

„Es sieht aus, als wolltest du es erst unter Schmerzen gebären."

„Geboren worden ist es schon, von Stefan Zweig: *‚Wenn du den Menschen in dir begriffen hast, begreifst du alle Menschen'.*"

„Hm, hast du dich denn begriffen?"

„Ich arbeite daran, schon lange."

Er sagte es mit großem Ernst, sie glaubte es und schenkte ihm einen warmen Blick, es passte zu seiner Art. Wie lange hatte sie gebraucht, um sich von der inneren Reveluzzerin zu trennen, ihre Reaktionen verstehen zu lernen, zu sich selbst, zur inneren Harmonie zu finden nach Jahren der Zerrissenheit? Wie mühsam verschlungen war der Weg, zu erkennen, was Liebe bedeutet, was sie fälschlicherweise dafür gehalten hatte, und wonach sie sich wirklich sehnte.

„Und was unterscheidet lieben von bloßem gefallen, Peter?"

„Wenn wir etwas in uns sehen, das kein anderer wahrnehmen kann, stumme Signale unserer Herzen, den Blick auf ihren Grund. Sehen wir uns wieder Jessie?"

Ein kleines Lächeln huschte über ihr Gesicht. „Ich denke, bald."

DANK

sage ich allen, die an dem Zustandekommen dieses Romans mitgewirkt haben:

Meinen bewährten, engagierten Probelesern für ihre Mühe und konstruktive Kritik, der Autorin und Designerin Ulrike Linnenbrink für wertvolle Ratschläge und die gelungene Covergestaltung, der Autorin Ursula Oppolzer für ihre selbstlose inspirierende Begleitung, Herrn Fritz Frey und seinem wunderbaren Team des IL-Verlags Basel für die harmonische Zusammenarbeit, sowie meiner Familie, insbesondere meinem Sohn Philipp, für ihre Unterstützung.

Und zum Schluss ganz besonderen Dank Ihnen, liebe Leserin, lieber Leser, dass Sie sich auf diese Erzählreise mit mir eingelassen haben.

Sommer 2013, Rolf Ersfeld

Rolf Ersfeld
Winterbirnen
Roman

IL-Verlag, 2012
Paperback, 338 S.
ISBN: 978-3-905955-25-5
Preis: 14,70 EUR / 19.80 CHF

Eiskalt, doch zuckersüß sind die Birnen, die sich drei Kinder im deutschen Nachkriegswinter teilen. Die Früchte werden gleichsam zu einer Allegorie ihrer lebenslangen, turbulenten Freundschaft mit guten und schlechten Phasen.

Luisa umgibt ein dunkles Geheimnis, das sie auch ihrem treuesten Freund Joe nicht offenbaren kann und mehr Distanz zu ihm hält, als sie im Grunde ihres Herzens möchte.

Ben verliebt sich in die bezaubernde Biologin Belle, die auch Joe heimlich verehrt. Als sie beruflich in Afrika weilt und schwer erkrankt, droht Tom, ihr Arzt, das geordnete Leben auf den Kopf zu stellen. Und dann löst die rassig schöne Lilly, die sich ihrer erotischen Wirkung nicht bewusst ist, eine schicksalhafte Wendung aus.

Feinfühlig und fesselnd entwickeln sich die unterschiedlichen Charaktere und das diffizile, zum Teil geheimnisvolle Gefühlsgeflecht. Aber auch das leidenschaftliche Sevilla, die Liebe zu Wein und klassischer Musik machen diesen Roman zu einem genussvoll packenden Erlebnis.

Rolf Ersfeld
Mattuschke
Roman

IL-Verlag, 2012
Paperback, 288 S.
ISBN: 978-3-905955-35-4
Preis: 14,70 EUR / 19,80 CHF

Die hübsche Studentin Louise lernt den schweigsamen Rick kennen und bezieht mit ihm eine Wohnung im Hause seines Chefs, des charmant-raffinierten Autohändlers Mattuschke.

Mattuschke, aufgewachsen im Zirkus, hat durch diese Erfahrung gelernt, Reaktionen von Mensch und Tier vorauszuahnen. So konnte er sich zu einem überlegenen Gegner mit genialer Überredungskunst entwickeln, was ihm nicht nur bei seinen Geschäften entgegen kommt.

Nach Louises Trennung von Rick unternimmt Mattuschke alles, um sie als Mieterin zu behalten. Er gibt ihr einen Job, wird zu ihrem Wohltäter und bringt sie durch sein großzügiges Verhalten unmerklich in gefährliche Abhängigkeit. Die arglose Louise bemerkt nicht, was hinter Mattuschkes Verhalten steckt. Ihrer burschikosen, selbstbewussten Freundin Gila jedoch kommt so viel Freundlichkeit verdächtig vor.

Gilas Warnungen nimmt Louise nicht ernst.

Als sie Paul lieben lernt, zerbricht die scheinbare Idylle. Mattuschkes wahre Beweggründe und subtile Manipulationen kommen ans Tageslicht. Louise ist schockiert und sinnt auf Rache.

Der Roman deckt menschliche Abgründe hinter liebenswerten Gesichtern auf, feinfühlig, hoch spannend, erotisch.

Rolf Ersfeld
Balthasars Hände
Roman

IL-Verlag, 2012
Paperback, 250 S.
ISBN: 978-3-905955-60-6
Preis: EUR 14.70 / 19.80 CHF

Balthasar Krügers Zukunft steht unter keinem guten Stern. Verspottet wegen seiner Gesichtszüge - von Geburt an, die eines alten Mannes - hinterlässt der frühe Unfalltod seines Vaters, eines gewalttätigen Trinkers, auch noch einen Berg Schulden. Trotz der Häme, die ihn von allen Seiten trifft, umgibt den sensiblen, linkischen Jungen, den alle „Baba" nennen, eine mystische Aura: Seine Hände können auf unerklärliche Weise Schmerzen lindern. Als er nach einem erneuten Schicksalsschlag abstürzt und sich vor Gericht medienwirksam der Kleidung entledigt, um seine Mittellosigkeit zu beweisen, wird Daniel Lagarde auf ihn aufmerksam. Der belgische Industrielle leidet seit Jahren an einer schmerzhaften Erkrankung. Bei ihm findet Baba ein neues Zuhause, die Erfolge seiner Hände sprechen sich herum. Heimlich verehrt er Alissa, Daniels ebenso attraktive, wie eigenwillige Tochter. Hat er eine Chance auf Glück? Jemand missgönnt ihm Anerkennung und Erfolg seiner physiotherapeutischen Praxis, trachtet ihm gar nach dem Leben. Die Ereignisse überstürzen sich ... Feinfühlig, fesselnd, knisternde Spannung!